花颜策

卷一

西子情 著

目錄

楔子　太子選妃

雲遲第一次見到花顏的時候，是在太后給他選妃的花名冊上。

他隨手翻了一頁，只見上面一名女子，懶臥在美人靠上，一卷書遮面，看不到臉。下方一行小字注釋：花顏，花家最小的女兒。

他將花名冊推給太后說：「就她吧！」

太后探頭一瞅，頓時皺眉：「花顏？這麼多人，你怎麼偏偏選中了她？不行！」

雲遲挑眉：「皇祖母，這些不都是您選出來的人？為何她不行？」

太后看著他，眉心跳了跳：「是我選出來的人沒錯，但是當初不知道另有內情，如今這些人，你選誰都行，唯獨她不行。我也是才知道，她和安陽王府公子有私情，不能為妃。」

「哦？」雲遲看著太后失笑，「私情？」

太后頷首，氣道：「正是，我本要將她從製作好的花名冊中除去，奈何御畫師為防人破壞，名冊是統一裝裱的，撕去一頁，整個花名冊便都毀了，我才留下了她，以為這麼多人，她的那頁又在大半本之後，你哪能選中她？沒想到還真被你給選中了。」

雲遲瞅著太后：「安陽王府哪位公子？安書離？」

太后點頭：「正是他。」

雲遲一笑：「若是別人也就罷了，但是他嘛……」他頓了頓，如玉的手指叩擊桌面，輕發出咚的響聲，「他是安陽王府公子，自小拜名師教導，不是那等沒有禮數教化之人，不會行私情不端之事。這等傳言，怕是別有用心者對安陽王府潑的髒水吧，皇祖母可別中了有心人之計。」

太后聞言一愣，皺眉尋思片刻，點頭：「這……你說得也有道理。」話落，還是搖頭，「即便如此，她也娶不得，據說當日御畫師前往臨安花都，她聽聞是去選妃，便拿書遮面，不想入花名冊，顯然是不願意。」

雲遲聞言又是一笑，眼眸清冷，玉容疏離淡漠：「天家擇人，擇到誰便是誰，由得她不樂意嗎？」

太后一怔：「這也是，可是連臉都不讓見，可見是不將天家不將你放在眼裡，實非良……」

雲遲撫了撫雲紋水袖，站起身，打斷太后的話，冷冷地道：「普天之下莫非王土，率土之濱莫非王臣。皇祖母，派人去臨安花府傳旨吧！」

太后懿旨：臨安花府花顏，溫婉端莊，賢良淑德，謙恭斂讓，儀容無雙，與太子實為良配，特下懿旨，賜婚太子，締結良緣！

花顏正在樹上逗知了，聞言身子一滑，從樹幹栽了下來。

秋月一聲驚呼。

花顏落地，踮了一下腳堪堪站穩，隨手將知了往地上一摔，氣怒地嗤笑：「臉都沒看到，就胡說八道，我算哪門子的賢良淑德？」

秋月呆呆地看著花顏，一時啞口無言。

雲遲前往臨安花府，在鞦韆架旁的躺椅上找到了花顏。

彼時，花顏臉上蓋著一卷書，靜靜地躺在那裡，清風拂過，身上的煙羅華紗，隨風柔軟地輕輕揚起。

雲遲看著她，腦中現出他打開的那頁花名冊，畫卷上的女子在他眼前漸漸鮮活起來。

他駐足看了片刻，上前，伸手拿掉了她臉上的書卷，露出一張臉。

小太監頓時駭然地大聲尖叫：「鬼啊！」

花顏正頂著一張吊死鬼的臉，齜牙一笑。

小太監暈死了過去。

雲遲瞇了瞇眼睛，將書卷扔回花顏身上，聲音低沉：「去洗臉！」

第一章　折枝而送

臨安花都是個好地方，負有花之都的盛名。有一句俗話說得好，好景出京都，好花出臨安。又是一年春，臨安花都開了滿花，各處都能聞到馥郁花香。

花顏百無聊賴地坐在院中的籐椅上，一邊曬太陽，一邊與秋月抱怨：「這日子真是無聊啊，什麼時候才是個頭？」

秋月小聲說：「還有半個月，太子殿下就派人來接您了，您再忍忍，很快就解禁了。」

花顏撇嘴：「他就算派人來接我入東宮，也只不過是從花府挪到太子府，一個籠子進了另一個籠子，一樣不得自由，算什麼解禁？」

秋月勸道：「東宮的規矩雖多，但您是準太子妃，除了太子，在東宮就是您最大了。據說近來皇上的身體又不大好了，朝政都推給了太子，太子朝務繁忙，估計您去了東宮，太子也沒空管您。總比在花府被老太爺、老太太、老爺、夫人、各位叔伯們盯著強些。」

花顏想了想，道：「這麼說來入東宮竟然還比在花府好了？」

秋月咳嗽一聲：「目前看來是的。」

花顏伸手揪了朵花扔進嘴裡，嚼了兩下，有了些滋味，忽問道：「太子是叫雲遲吧？」

秋月嘴角抽了抽：「回小姐，太子的名諱是這個。」

花顏又問：「東宮有側妃、良娣、良媛、小妾、通房什麼的嗎？」

秋月愣了愣，說：「或許吧……」

花顏看著秋月：「或許是什麼意思？」

秋月又咳嗽了一聲，揣測道：「畢竟是太子，那些高門鼎貴的公子哥們，很早就都備有通房了，太子身分尊貴，應該不會沒有……」

花顏眨眨眼睛，望天，半晌道：「女人多的地方，應該很好玩吧？」

秋月頓時警醒，連忙說：「小姐，那可是東宮，就算有很多女人，也是太子的女人，不是您能玩的。您可千萬不要生出這個心思。」

花顏「嘁」了一聲，不屑地道：「太子的女人有什麼了不起？還不一樣是女人？我最喜歡看女人嬌滴滴，哭啼啼，花枝招展，可嬌可媚的模樣了。」

秋月無語，想提醒花顏，別忘了您也是女人呢，如今也算是太子定下的女人。

花顏又望著天道：「還有半個月呢，太漫長了，不行，我受不了了，咱們這就啟程去東宮吧？再在府中待下去，我就要悶死了。」

「啊？」秋月一呆。

花顏乾脆地站起身，拍拍身上的落瓣，俐落地說：「臨安這花香味兒聞久了，著實膩歪人。咱們去京城聞聞美人香好了。」

秋月嘴角抽搐：「小姐，您不等太子派人來接了？就這麼……去京城？不太好吧？」

花顏滿不在乎地說：「有什麼不好？他派人來接，興師動眾的，麻煩死了，不如我們自己去，輕裝簡行，多簡單。」

「這……老太爺、老太太、老爺、夫人、叔伯們會同意嗎？」秋月躊躇。

花顏眼皮一翻：「我主動去東宮，估計他們都能樂開花了，我又不是逃跑，他們肯定舉雙手雙腳贊同。」

秋月看著花顏：「可是教養嬤嬤還沒教全您禮數，就這樣冒冒失失地去東宮，怕……」

花顏隨手摘了朵花，塞進秋月的嘴裡：「真囉嗦，走不走？痛快點兒，你不走，我走了。」

秋月忙將花吐掉，臉皺成一團：「好苦……」

花顏回屋，三兩下便收拾好了行囊，走出門，見秋月還蹲在地上吐著苦水，她心情很好地說：「據說，東宮種有一株鳳凰木，曾有人評語，東宮一株鳳凰木，勝過臨安萬千花。我倒要去看看，那鳳凰花有多美。」

秋月直起身，苦著臉對花顏無奈地說：「小姐，您理解錯了，這句話的深意不是說鳳凰花美，而是寓意在說太子美。別說臨安了，普天之下，恐怕也無人能及太子儀容。」

花顏撇嘴：「一個大男人長那麼好看要做什麼？將來六宮粉黛，豈不都被他給比下去了？」

秋月嘴角又狠狠地抽了抽。

花顏拎著包裹就向西牆走去。

秋月立即說：「小姐，您又要翻牆走？不跟老爺夫人說一聲了？剛剛不是還說這次不是偷跑了嗎？」

花顏頭也不回地說：「你負責給他們留書一封好了，當面說太麻煩，估計一聽我主動進京，沒準兒又會怕我中途改主意跑了，然後又派大隊人馬跟著，想想就受不了。」

秋月點頭：「那好吧，我去留書。」

花顏揮手，催促她：「你動作要快點兒，我就等你一盞茶。」

秋月看著她一身輕鬆的模樣，包裹裡估計沒幾件衣服，揣的都是銀票，便提醒道：「老爺在將您禁足時，便命人把西牆加高了三尺……」

花顏不擔心地說：「估計鄭二虎早就守在西牆外等著接我出去呢。擔心什麼？他肯定有梯子，摔不死。」

秋月徹底無語，想著鄭二虎膽子可真大，沒坐夠牢房嗎？還敢來。

花顏費力地攀爬著一株極高且枝繁葉茂的老杏樹幹上了西牆，抹了抹汗，騎著牆頭折了一枝杏花，果然就見鄭二虎蹲在西牆根，睏歪歪地等著。見是她出現，虎頭虎腦頓時來了精神，口中連聲道：「姑奶奶，您總算是出來了，等的我花兒都快謝了。」

花顏「撲哧」一樂，用杏花枝敲了敲牆頭，無數花瓣落在他的虎頭上，「這花開的正盛，哪裡謝了？」

鄭二虎諂媚的說：「我心裡的花兒快謝了。」又趕忙道：「姑奶奶，我去搬梯子，您快點兒下來吧，您家老爺子盯得緊，老是威脅我。小的上一次幫您逃跑，就坐了大半年的牢，小的可不想再進去吃牢飯了。」

花顏嗤笑一聲地瞧著他：「上一次你因為坐了半年牢，我給你還清了萬福賭坊的一萬兩銀子，可沒虧著你，你這次又欠了多少？」

鄭二虎撓撓頭，笑得不好意思地說：「不多，三萬兩。」

花顏哼道：「你一條命都值不了這麼多，吃十年牢飯也不夠。」

鄭二虎連忙說：「這一次不一樣，幫您有大風險，畢竟是從太子手裡偷人，這……三萬兩差不多……」

花顏失笑：「你倒是會算計。」

鄭二虎裝作求饒狀：「姑奶奶，救命啊，我有個好賭的老子，我也沒辦法。」

花顏挑挑眉：「你在牢裡吃半年牢飯，他也沒因賭被人砍死，你還管他做什麼？」

鄭二虎梗著脖子：「他總歸是我老子，我娘死的早，我在這世上就他一個親人了，他只是好賭而已，這麼點兒小愛好，我當兒子的，理當盡孝心。」

花顏嘖嘖：「我從出生到這世上，也算見識了無數人，唯你這個孝心，真是日月可鑒。行吧！我答應你，幫你還了這三萬兩賭債，不過你得跟我走，從今以後，聽我安排。」

鄭二虎匆忙地從遠處胡同裡搬來梯子，一邊扶著讓她下牆頭，一邊爽快地答應：「好嘞，您去哪裡，小的便跟到哪裡，以後小的就是您的人了，供您差遣，比吃十年牢飯划算。」

花顏笑著將杏花枝遞給他：「喏，你先走一步，將這個送去東宮。」

鄭二虎一怔，看著花顏，目瞪口呆：「這個……杏花枝？送去東宮？」

花顏頷首：「沒錯，送去給太子，順便告訴他，不用派人來接了，我自己去。」

臨安距離京城千里，騎快馬也要三日夜的行程，慢慢驅車或者徒步行走，天數就無法計算了。

秋月代替花顏留書一封後，也爬著樹，踩著鄭二虎給的梯子，沒驚動任何人地出了花府。

鄭二虎從花顏手裡拿了三萬五千兩銀子，三兩萬跑去給他老子還了賭債，五千兩作為先一步去京城送信的花銷。

鄭二虎樂滋滋的揣著杏花枝上路了，想都沒想就算他能順利將那新鮮嬌嫩正盛開的杏花枝送到京城，再順利地去東宮見到太子交到他手上時，數天已過，會成什麼模樣。在他看來，花顏主動去東宮，這是好事兒，比他幫著她逃跑獲罪來說，零星的瑕疵簡直是可以忽略不計。

至於花顏送杏花枝給太子的寓意，他就更不會去想了，只覺得這是比坐十年牢要好的美差。

秋月見鄭二虎揣著一根杏花枝上路，嘴角抽了又抽，見花顏哼著江南小調，一副沒心沒肺的模樣，打算真就這樣優哉游哉的進京。她憋了許久，才開口：「小姐，您要送太子花，也該送桃花才是，怎麼就折了杏花呢！」

花顏嘴裡銜著根草，邊賞景邊說：「一枝紅杏出牆來嘛，我是告訴他，我是偷跑出來的。」

秋月嘴角又抽了抽，一時無語，偷跑得理直氣壯，還用這個法子送消息，也沒人能比了。忽地秋月又好奇起來：「小姐！太子看到您讓鄭二虎送去的杏花枝，會是什麼表情啊？」

花顏懶得去猜：「管他呢，信送到就行了。」

秋月又是無言了，想著小姐也真不怕在太子面前破罐子破摔，天下有多少人想嫁入東宮，別說做太子妃，就是做個婢妾，怕也是要擠的頭破血流。偏偏她家小姐，一聽到賜婚就氣得差點兒去拆了東宮的宮牆，後來更是想了無數法子要毀了這樁婚事，若非太子和花家長輩們齊力壓了下來，怕是早就傳得沸沸揚揚了。

小姐從小到大從不在乎名聲，女子該有的溫婉端莊，賢良淑德，閨秀氣質，她家小姐是半分也沒有，幹出那一樁樁的荒唐事兒，要不是這些年有花家的長輩們壓了下來……

如今太后賜婚已一年，婚事兒提上了日程，小姐也沒能讓太子取消婚約。如今，小姐反而要去東宮提前熟悉環境規矩……

她也不明白，太子殿下怎麼就選中她家小姐了？若說以前不知道她什麼模樣那倒也罷了，可是這一年來，小姐鬧騰出的那些事兒，連花家的長輩們都壓不住了，偏偏太子還幫著出手壓制了下來，這顯然是打定了主意，這樁婚事兒不容破壞。

論家世，花家在天下各大世家裡只算得上是中流世家。

論小姐品行，她跟在她身邊多年都不想說了。

哎，總之一句話，甚是難解啊！

「怎麼不說話了？」花顏問秋月。

秋月看著她，擔憂地說：「東宮雖不打緊，但皇太后那邊，怕是會對付您。那御畫師來臨安為您作畫入花名冊時，您不願入冊，以書遮面，太后便十分不滿。後來又傳出您與安陽王府安公子有私情之事，太后知道險些毀了花名冊，後來太子雖化解了此事，太后拗不過太子定下了您，但之後便病倒了。這一年多來，雖然花家和太子合力將您做的那些事兒瞞得嚴實，但想必也難瞞得過太后，此次太子接您進宮熟悉東宮和皇家的規矩，待您入京，太后勢必要刁難您一番。」

花顏不以為意：「刁難好，就怕她不刁難。」

秋月看著花顏：「那總要提前想好應對之策，否則，您是會吃虧的。」

「吃虧？」花顏呵呵一笑，伸手敲秋月的頭，「你想多了。」

秋月無奈地揉揉額頭：「小姐，皇后早薨，太子是由太后撫養長大，據說十分敬重太后，您若是不想吃虧，勢必要得罪太后。這一年來您雖然沒讓太子厭煩您而取消了婚約，但事關太后……怕太子不會再向著您，那豈不是完了？」

花顏望天：「完了不正是我所求嗎？」

秋月徹底沒了話。

二人一路遊山玩水，慢悠悠行路，走了大半個月，還沒到京城。而鄭二虎謹記著花顏的交待，買了一匹好馬，快馬加鞭，跑了個三日夜，在第四日時終於到了京城。

而到京城容易，找去東宮容易，但想見太子，當面將杏花枝交給他可就難了。

太子若是那麼容易見，也就不會有那麼多尋常百姓削尖了腦袋想一睹太子的儀容了。

鄭二虎在東宮門外晃悠了三天，眼見杏花枝枯萎得只剩下零星幾朵乾花，他這時才後知後覺花顏給他的這個東西不好保存，眼看就要剩下一根乾乾淨淨的枯枝幹，他是真急了，於是，跑去了皇宮的必經之路榮華街蹲守。

守了整整一日，終於在太陽落下時，守到了掛著東宮車牌的馬車。他再也顧不得了，頓時攔車大叫：「太子妃命小人給太子殿下送信物來了！太子殿下停車，停車！」

他這破鑼嗓子一喊，頓時整條街的人都聽到了。

東宮的護衛隊齊齊一震，頃刻間齊上前，用刀劍架住了鄭二虎的脖子，怒喝：「什麼人？」

鄭二虎一嚇，身子顫了幾顫，感覺抵在脖頸處冰涼的劍刃，眨眼就能讓他身首異處，他大著膽子，打著顫音豁出去地嚷：「太子……小人……是給太子妃送信物的。」

東宮府衛早先已經聽清了，看著這個虎頭虎腦的傻大個兒，露出懷疑之色。

這時，馬車內伸出一隻修長白皙如玉的手挑開簾幕，緩緩地露出一張清華溫潤的儀容來，那人眉如墨畫，眸如泉水，唇色淡淡，聲音清越帶著絲絲溫涼，看著鄭二虎，問：「你是太子妃派來的人？臨安花顏？」

探身出來的人，雖然只露出半截身子，穿著淡青色軟袍，看不清全貌，鄭二虎卻一時看呆了，想著這便是傳言中的太子殿下嗎？

有著翩翩濁世裡洗滌的清雅，又如天邊那一抹落入塵世浮華的雲。

這是太子！

太子！

他面上呆呆的，心裡卻激動得翻了天，他終於見到太子了。

府衛見他不答話，頓時怒喝：「大膽刁民，見到太子，還不跪下回話！」

鄭二虎被喝醒，連忙跪在地上，顫巍巍地高舉杏花枝，激動得幾乎要抹一把辛酸淚地說：「太子殿下，草民總算見到您了，草民在東宮外守了三日，又在這裡守了一日……這是太子妃託付小人送給您的杏花枝。」

雲遲看著鄭二虎，目光落在他那高舉著已經乾巴了的花枝上，聽他絮絮叨叨地說完，眉目動了動，涼聲問：「杏花枝？」

鄭二虎忙不迭地點頭：「對對，正是杏花枝。」

雲遲揚眉：「花顏給我的？」

鄭二虎連連點頭。

雲遲看著那乾巴了的杏花枝沉默了片刻，說：「拿過來。」

鄭二虎連忙起身要將杏花枝遞過去，卻被一名府衛，喝道：「你不准動，將杏花枝給我。」

鄭二虎只能乖乖地又跪回地上，將杏花枝給了那府衛。

那府衛接過乾巴的杏花枝，檢查無異，上前遞給了雲遲。

雲遲拿過杏花枝，看了一會兒，對鄭二虎問：「她除了讓你送一株杏花枝來，可還讓你傳了什麼話？」

鄭二虎連忙點頭：「太子妃讓我告訴您，您不用派人去接她，她自己前來。」

雲遲把玩著乾巴的樹枝，忽然一笑：「她倒是善解人意。」

鄭二虎不明白這句話是什麼意思，只能呆呆地看著雲遲。

雲遲揮手落下了簾幕，溫涼的聲音吩咐道：「啟程吧，將他帶回東宮。」

從臨安的陽春三月，桃李杏花正盛開時，到了京城的人間四月天，鄭二虎在東宮住了一個月，等得春天的花都快凋謝了，也沒等到花顏來。

他私下猜想著，花顏小姐不會是半途落跑了吧？亦或者是根本就在糊弄太子，不會來京城？

他心下忐忑，實在拿不准，想著她若是半途跑路不來，把他擱在這東宮，雖然吃得好喝得好穿得好，有了太子的吩咐，也沒人難為他，但他被東宮的規矩搞得不敢亂走動，這東宮整日裡都靜悄悄的，僕從們各幹著各的活計，也無人與他說話，他都快憋出病來了，覺得還不如在臨安縣衙的牢房裡蹲著呢，至少有人可以說說話。

他一日盼著一日，越盼越想念牢房。

盼久了，還真就得了相思病。

東宮的管家這一日正與雲遲稟告趙宰輔生辰快到了，詢問太子送什麼禮，好提前準備著。雲遲思索片刻，說了句「不急」後，管家又稟告了一樁事兒，說：「奉了太子妃之命前來給殿下送信的那人病了。」

雲遲聞言吩咐：「請太醫給他看看。」

管家連忙說：「看過了。」

雲遲看著管家犯難的神色，揚眉：「得什麼病症？太醫也看不好嗎？」

管家無奈地說：「太醫說他是得了相思病，這個病，解鈴還須繫鈴人。」

「哦？」雲遲看著管家，「他這是相思誰了？」

管家汗顏片刻，道：「老奴問過了，他說求太子把他送去牢房裡，他的病就會好了，他是想念牢房了。」

雲遲失笑：「這事兒可新鮮了，天下還有人想坐牢想得病了的嗎？」

管家也是不解：「所以老奴也在納悶，不明白這是怎麼回事兒？」

雲遲道：「他來東宮多少時日了？」

管家張口就答：「老奴記著是三月初二，如今是四月十六，已經來了一個半月了。」

雲遲點點頭：「一個半月，是夠久的了。」

管家頷首，想著太子妃怎麼還沒來呢？她說自己來京，不必太子去接，可到現在人還沒到。若是太子派人去接，從京城到臨安，都能接兩個來回了。

雲遲想了想，吩咐：「既然他要求，就按照他所說，將他送去京中衙門好了。」

管家應是：「老奴這就派人將他送過去。」

雲遲擺手：「你親自送過去。」

管家一怔，瞬間了悟，京中的衙門，進去容易出來難。這個是給太子妃送信的人，雖然看起來像是個虎頭虎腦的傻大個兒，但也不能讓他死了，否則太子妃來了，怎麼交代？

管家連忙應道：「是，老奴這就親自將人送過去。」

雲遲點點頭。

管家帶著人將鄭二虎抬出了屋，扶上馬車，收拾了一應所需，親自將他送去了京中衙門。

俗話說宰相門前七品官，東宮的管家，那更是太子的三分顏面。府衙的一眾人等聽聞後，連忙至衙門前相迎。

管家對府衙的趙大人拱了拱手，詢問：「趙大人，府衙可還有空餘的牢房借老奴一用？」

趙大人連忙拱手：「京中近來十分太平，沒有宵小作亂，府衙多得是空餘的牢房。」話落，試探地詢問，「東宮有人犯事兒了？需要關幾日？」

管家搖頭：「不是有人犯事兒了，是有人得病了，想念這牢房，老奴得了太子殿下應允，派老奴親自將人送過來。此人名叫趙二虎，是東宮的貴客，還望大人多照料幾分，他小住在府衙牢房的時日裡，千萬別出了差錯。」

趙大人一怔，竟然還有人想念牢房？

管家拱手：「勞趙大人費心了，人就在馬車上。」

趙大人雖然不明所以，但既然是東宮的管家遵照太子的吩咐親自送來了人，他說什麼也不能不收，小聲問：「福管家，這貴客……小住幾日？」

管家搖頭：「說不準，什麼時候病好了，什麼時候出去。」

趙大人一驚：「有病在身嗎？」

管家歎了口氣：「正是。」

趙大人連忙問：「病得可嚴重？是傳染之症？還是不可言說的隱疾？這下官要知道病症，才能好好地給殿下看顧好人。」

管家默了默道：「相思病。」

趙大人又驚呆了。

管家讓人將趙二虎扶下車，趙二虎看到府衙的牢房，顯得十分高興，連連對福管家和趙大人道謝，嘿嘿直笑：「多謝兩位了，多謝太子，小的就喜歡待在牢房裡。」

福管家和趙大人面面相覷，看著他十分無語。

趙大人給鄭二虎安排了一間單間，鄭二虎一看，頓時搖頭：「大人，小人不要單獨的牢房，要和大傢伙擠在一起的大牢房。」話落，他用手筆劃了一個大大的弧形。

「這……」趙大人看向福管家，「大牢房裡的環境不好……」

鄭二虎立即說：「小人不怕。」

福管家見此，對趙大人道：「就依他說的安排吧。」

趙大人只能點頭。

如今京中太平，作奸犯科者少，京中府衙最大的牢房裡也只關著寥寥無幾的幾個犯人。但這足夠趙二虎高興的了。剛一進去，便樂呵呵地和裡面的人打招呼，一改在東宮病懨懨連床都起不來的模樣。

安排好趙二虎，福管家便辭別了府衙的趙大人，回了東宮。

他對雲遲稟告完安排了趙二虎的經過之後，試探地建議：「殿下，太子妃這麼久還沒到，難道是路上出了差錯？是否派人沿途尋找太子妃的下落？」

雲遲不答反問：「她的住處可收拾妥當了？」

管家連忙說：「兩個月前就收拾妥當了，每日有人打掃，就等著太子妃來住了。」

雲遲看了眼案桌上始終放著鄭二虎交給他的那株乾巴杏花枝道：「用不了三五日，她便會到了，不必尋。」

管家看著那株乾巴巴的杏花枝暗暗想著，沒聽說折花送人竟然送杏花的，這太子妃行事真是異於常人。都一個半月了還沒到，再有三五日就能到嗎？

雲遲笑了一聲，溫涼地道：「她派人送一株杏花枝來，是告訴我，待京城的杏花凋落了，我就如見著這株乾巴杏花枝一樣見著她了。如今杏花再開個三五日，可不就都要凋落了？」

管家恍然大悟。

當京城最後一株杏花凋落時，花顏果然如約而至地踏進了京都城門。

自從福管家得了雲遲的解惑後，便命人趕著東宮的馬車去南城門口守著，吩咐一旦見著太子妃進京，立馬將她接來東宮。

車夫手裡拿著福管家從花名冊上臨摹下來的那幅畫卷，每日睜大眼睛瞧著，一連守了五日，也沒接到人。

第六日快晌午時，門口有人稟報：「大管家，趙小姐來給太子送書了。」

福管家以為是花顏來了，一陣失望，聽說是趙清溪，不敢怠慢，連忙說：「快請趙小姐去報堂廳坐，今日殿下正賦閒在府中，我去稟報殿下。」話落，又吩咐左右，「快去報堂廳侍候茶水，要沏上好的曲塵香茶。」

有人應是，立即去了。

福管家連忙去了書房。

雲遲正在翻閱奏摺，近日皇上又病了，朝政一應事務都推給了雲遲，朝臣們的奏摺自然也都送來了東宮，雲遲書房的案桌上堆了厚厚一摞奏摺。

福管家站在門口稟報：「殿下，趙小姐來給您送書了。」

雲遲「嗯」了一聲，眼睛不離奏摺，吩咐道：「你代我收了就好。」

福管家應是，見雲遲沒有見人的打算，便離去了。

趙清溪是趙宰輔的獨女，在京城頗負盛名，不但琴棋書畫樣樣精通，更是通曉詩詞歌賦四書五經。加之容貌姣好，性情溫良，著實稱得上大家閨秀的典範。

去年，太后為太子選妃時，很多人都以為她是太子妃的不二人選。據說，太后命御畫師制定花名冊時，特意囑咐將趙清溪放在首頁，以便太子翻開第一個便能看到她。

可是沒想到，太子不按常理出牌，隨意地一翻，就翻至了大半本後，翻中了名不見經傳的臨安花家的小女兒花顏，令人跌破眼鏡。

福管家來到報堂廳，笑呵呵地給趙清溪見禮：「太子殿下正在批閱奏摺，吩咐老奴將書收下，其實您不必親自來一趟，派個下人將書送來就是了。」

趙清溪笑著將書遞給他，溫婉地道：「這書是孤本，派下人送來我不放心，怕給弄丟了或者弄破了，左右我閒來無事，走一趟也累不著。」

福管家接過書，笑著說：「您哪裡是無事兒？老奴聽聞您近來幫著夫人在籌備宰輔壽宴之事。如今宰輔壽誕快臨近了，夫人日日繁忙，您哪裡能清閒？」

趙清溪微笑：「有娘在我頭上頂著，我是累不到的。」

福管家呵呵地笑：「宰輔夫人實在太能幹了，這京中無論誰提到夫人，都要豎起大拇指。」

趙清溪笑著道：「今年父親壽宴適逢皇上身體抱恙，本想著便不辦了。但皇上聽聞卻囑咐父親一定要辦，皇上說想趁著壽宴出宮透透風，去府裡坐坐，沒準兒病就好了。我娘聽聞後，不敢怠慢，便趕緊操持起來。」

福管家歎了口氣：「皇上每年都要大病一場，今年尤其病得久了些，已經幾個月了，殿下處理朝政，近來都累瘦了。」

趙清溪試探地問：「如今京中安寧，四海安穩，殿下朝務依舊繁忙嗎？」

福管家小聲說：「南楚的確是安寧，但西南番邦小國不太平靜，近來殿下便勞心這些事兒。今日雖然賦閒在府，但依舊不得閒。」

趙清溪聞言道：「福管家您要勸著些太子，身子要緊，千萬別累壞了。」

福管家連連點頭。

趙清溪又試探著問：「這麼說來，今年父親壽宴，殿下應該無暇去府中坐坐了？」

福管家道：「每年宰輔壽宴，殿下都會去，今年殿下還沒說，若是得空，想必定會前去。」

趙清溪笑著點頭。

第二章 我是倒楣蛋

福管家陪著趙清溪又說了一會兒閒話，門口便有人前來稟報，跑得上氣不接下氣地說：「大……大管家，太……太子妃來了……」

福管家聞言大驚，緊接著又大喜，連忙走到門口詢問來人：「太子妃進城了嗎？車夫在城門口接到人了？」

那人喘著粗氣說：「不是在城門口，是在……咱們府門口……來了兩名女子，隻身前來，其中一人說她是臨安花顏……」

福管家聞言駭然，連忙說：「快，在哪個門口？帶我去看看。」

那人引路，同時說：「北門口。」

福管家急跑兩步，想起報堂廳內還坐著趙清溪，連忙又折回來，道：「趙小姐，您先坐，老奴先失陪一下。」

趙清溪笑著點頭：「我坐坐就走，福管家快去忙吧！」

福管家再顧不得趙清溪，行個禮便趕忙轉身跑出了報堂廳，跑了兩步，對一人吩咐：「快，快去稟告太子，就說太子妃來了。」

有人應是，向書房跑去。

福管家一路小跑到北門口，沒見到人，便問守門人：「太子妃在哪裡？」

守門人對福管家拱拱手，然後轉向牆頭上，恭敬又無奈地說：「太子妃在牆頭上。」

福管家一怔，仰頭一看，果然見牆頭上坐著一名女子，此時陽光正好，暖風和煦，牆上的女子身穿一件翠青色長裙，肩披碧色煙羅華紗，一頭青絲簡單的用一根碧玉簪子挽著，沒有簪花，亦沒插步搖，連耳飾都沒戴，除了腕上佩戴一枚玉鐲，周身再無其餘首飾，身姿窈窕纖細，懶洋洋地翹著腿隨意地坐在牆頭上，未施脂粉，卻姿容天成，麗色無雙。

福管家他呆愣了片刻才驚醒，暗暗覺得只有這容貌才配得上太子殿下，當得上花顏這個名字。同時又不禁咋舌，敢爬東宮的牆頭，古往今來，太子妃是第一個。

他連忙垂下頭，恭敬地拱手：「老奴來福，拜見太子妃。」

花顏一笑：「原來是東宮的福大管家，有勞你前來接我。」話落，她輕輕一跳，下了牆頭，站在了來福面前，笑著對他說，「我走累了，門口沒有凳子，便在牆頭上歇歇腳。」

來福連忙說：「殿下說您這幾日便會到，老奴每日都派馬車去城門口接，竟沒接到您，車夫辦事不利，回頭老奴定然稟報殿下重罰他。」

花顏眨眨眼睛：「我進京時，確實沒看到北城門口有車夫。」

來福一怔：「您不是從南城門而來？」

花顏搖頭：「從北城門。」

來福疑惑：「從臨安到京城，應該由南城門進城才對，您……怎麼會從北城門進城？難怪車夫沒有接到您。」

花顏一笑：「聽聞京北三十里有一處半壁山清水寺，寺中抽姻緣籤十分靈驗，我便改道去試試。」話落，她從袖中拿出一支籤，遞給來福，「我的姻緣也事關太子，你拿給他看看吧。這大凶之籤，好像不是個好兆頭，趁著我還沒入東宮，你問問他，要不要換個人做太子妃？」

福管家一怔，接過花顏遞給他的姻緣籤，低頭一看，臉色頓時大變。

「大凶」那兩個字刺得他眼睛疼。

他顫著手，一時間拿不定主意，看向花顏：「這……這籤……」

花顏對他擺擺手，和氣地說：「福大管家，太子可在府中？你快去問問，我上牆頭再去歇會兒，等你回來。」說完，她又要爬上牆頭。

福管家驚醒，連忙阻止她：「太子妃，有椅子，您不必再去牆頭上歇著。」話落，連忙吩咐人，「快，快去搬一把椅子來，讓太子妃歇腳。」

有人應是，連忙去了。

福管家覺得這事兒挺大，他自然是做不了主的，幸好今日太子賦閒在府中，連忙對花顏說：「太子妃，您先等等，殿下今日正賦閒在府中，老奴這就去問問。」

花顏點頭：「好，你快去吧！」

福管家拿著那支籤，立即向太子的書房跑去。

東宮北門距離書房不近，福管家足足跑了兩盞茶，才跑到了太子的書房，他停在門口，上氣不接下氣地說：「殿下，老奴……」說了兩個字後，他大喘了一口氣，「太子妃她……她求了一支籤，讓老奴……交給您。」

雲遲早已經聽人稟告花顏來了，不過沒多做理會，依舊坐在案桌前翻閱奏摺，如今聽聞福管家氣喘吁吁地來回稟，他眉頭輕輕一皺，問：「什麼籤？」

福管家不敢說是大凶之籤，立即說：「您……看看就知道了。」

雲遲放下奏摺，道：「進來吧。」

福管家連忙推門而入，來到桌前，隔著一堆奏摺，將那支籤遞給了雲遲。

雲遲伸手接過，只見籤上寫了四句籤文。

「月老門前未結姻，鳳凰樹下無前緣。桃花隨水逐紅塵，牡丹亭前不惜春。」

總結一句話：無姻無緣，花開無果，有始無終。

籤尾寫著：若求姻緣，乃「大凶」之籤。

雲遲盯著籤文看了片刻，抬頭問福管家：「她如今在哪裡？」

福管家連忙回話：「回殿下，太子妃如今正在北門口。」話落，趕緊將見花顏的經過和花顏讓他轉達的話說了，說完還偷偷打量雲遲的神色，悄悄用袖子抹了抹額頭的汗。

雲遲聽罷，忽然笑了一聲：「她可真是不遺餘力地想讓我退了這門婚事兒。」

福管家聞言倒抽了一口涼氣，不敢吭聲，暗想著，去年，殿下選妃當日，多少人伸長脖子等著，當聽聞殿下選中臨安花顏，多少人心都碎了一地，包括太后。做東宮的太子妃，未來天下最尊貴的女人，這是多少人夢寐以求的身分。

可是這位太子妃似乎真不太樂意這門婚事兒。

去年，太后下懿旨賜婚，傳旨的公公前往臨安花都，花顏聽聞覺得是傳錯了懿旨，將傳旨的公公打發回來問殿下是不是弄錯了？連花家的一眾長輩們也頗為認同，搞得傳旨的公公沒辦法，真跑回來問殿下，於是，殿下百忙之中抽出了幾日的時間，親自帶著懿旨，去了趟臨安花都，當著花家長輩的面交給了花顏，花顏才確信懿旨沒傳錯。

太后聽聞此事，氣得病了大半年，傳了懿旨後，便沒催促此事，當作忘了。

誰知花家也不急，似乎也跟著把這事兒給忘了。

直到今年，太后覺得不能再拖下去了，幾番試著勸說殿下退了這樁婚事兒另選，殿下偏偏無動於衷，只說人選既然已經選了，該是她就是她，斷然不會更改。太后勸說無果，才作罷，認命地重新為殿下操持起來。

太后覺得在議親過禮之前，還是有必要將花顏先接進京來學學皇室的規矩。所以，與殿下商議，殿下不反對，命人前往花家傳話，說派人接花顏來東宮小住，熟悉東宮。花家立即給了答覆，說聽殿下的。可誰也沒想到，殿下還沒派人去接，花顏就派人拿了一根乾巴的杏花枝傳話說自己進京，不用殿下去接。

這一趟京城之行，她走了一個半月，也是史無前例的久了。

今日終於來了吧，竟然又帶了支大凶的姻緣籤……

這籤若真是出自京北三十里半壁山清水寺的話，那還真不能等閒視之。畢竟半壁山清水寺古寺古剎，由來已久，寺中高僧德遠大師與人算命抽籤，素來靈驗得很，十分有名望。

雲遲笑罷，摩挲著手中的籤文，道：「你去告訴她，我素來不信什麼姻緣籤。她若是覺得此籤不好，有礙她踏入這東宮的心情，明日我派人去將德遠大師請來，重抽便是。」

福管家一聽，連忙應是：「老奴這就去。」

雲遲放下籤文，重新地拿起奏摺，翻閱起來。

福管家出了書房，長長地吸了一口氣，不敢耽擱，連忙小跑著向北門口跑去。

福管家去稟報時，花顏就坐在椅子上，晃著腿，悠哉地與看守北門口的人閒聊。

東宮的人，尋常時候，都不敢隨意三三兩兩地聚在一起嘮嗑，每個人都恪守本分地幹著活。

如今花顏跟他們聊天，礙於她太子妃的身分，不敢不答，於是，守門的幾個人規矩地站在花顏面前，花顏問一句，他們答一句。

花顏聊了一會兒，覺得這下人們太規矩呆板，一個兩個三個四個都一個樣，沒什麼意思，便對外面喊：「秋月，你躲哪兒去了？進來陪我聊天。」

秋月嘴角抽了抽，小聲說：「小姐，您還是省著點兒口水吧，沒準兒咱們連東宮的一碗水都喝不上，就得走人了。」

她實在是覺得，花顏拿了一支大凶的姻緣籤來給太子，這簡直是……沒法說。

花顏撇撇嘴，身子向後一仰，用衣袖蓋上了臉，閉上眼睛，心中不屑地嗤笑，若雲遲這麼好打發，一支姻緣籤就能讓他改變主意，她就不會折騰了一年，也沒能讓他退了這樁婚事兒。

福管家沒敢耽擱，從書房一路小跑著來到了北門口，到了後，他蹲在地上，捂著肚子，大口大口地喘氣。多少年了，他從沒這麼跑過。

花顏聽著他腳步由遠及近，來到近前後，幾乎到了上氣不接下氣的地步，她拿開袖子，好笑地瞧著他：「福大管家，跑得這麼急做什麼？我又不怕等。」

福管家連忙站起身，對花顏恭敬地拱手：「太子妃雖然不怕等，但老奴可不敢讓您久等。」話落，便將雲遲交代的話一字不差地說了。

花顏就知道雲遲是個不好相與的，哪怕她拿來一支大凶的姻緣籤，他也不會鬆口退婚換個太子妃。索性她本就沒報希望，也就談不上失望。所以，在聽完福管家的話後，點點頭：「反正太子殿下金尊玉貴，我與他雲泥之別，既然他不在乎，那我也沒什麼好在乎的，若是以後相看兩厭，恩怨相對，沒個好結果什麼的，是他不信的，也就不能怪我了，你做個見證。」

福管家汗顏，擦了擦額頭的汗，連忙道：「不會的，殿下和您是天作之合，太后命人製作花名冊時，對每個人都核對過生辰八字的。」

花顏笑著站起身：「說起這件事兒，當初御畫師前往臨安花都，是我太祖母給我報的庚辰，我太祖母一大把年紀了，糊裡糊塗的，連我的名字有時都會喊錯，這庚辰報沒報錯，還真是不好說。」

福管家剛擦完的汗又滋滋地冒了出來，不敢再繼續接話，恭敬地道：「太子妃，老奴帶您去安置吧，您的院落在兩個月前就命人收拾好了。」

花顏點頭，對外面喊：「秋月，滾進來吧！你有水喝了。」

秋月連忙從門外跑了進來，對福管家深施一禮：「大管家好，奴婢秋月，是小姐的婢女。」

福管家一怔，仔細地打量秋月，面上綻開笑容，笑呵呵和氣地道：「秋月姑娘，如今太子妃雖然是來東宮做客，但將來便是這東宮的主母。從今以後，你陪著太子妃住在這東宮，有什麼需要，只管吩咐老奴。」

秋月連連點頭：「奴婢曉得，以後就仰仗大管家提攜了。」

福管家笑呵呵地說：「提攜不敢，這東宮比臨安花府的規矩是多些，不過你是太子妃身邊的人，只要不出大錯，就好過活得很。」

秋月點點頭，看了一眼花顏，暗想她只能祈求小姐別再作妖了，既然沒辦法退婚，就安生地嫁給太子得了，否則真怕在她的自掘墳墓下她倆的小命都搭在這裡。

福管家帶著二人進了東宮。

東宮十分之大，院落多不勝數，重重樓閣殿宇，庭院深深，望不到頭。

臨安花家雖然占據了大半個臨安城，但花顏還是覺得，花府的院落比之東宮來說，氣派的程度簡直是小巫見大巫了。

福管家一邊走，一邊對花顏恭敬地道：「殿下給您安排的住處是鳳凰苑，鳳凰苑有兩座宮殿，比鄰而居。一座是鳳凰東苑，一座是鳳凰西苑。殿下住東苑，您住西苑。」

花顏挑眉：「以前鳳凰西苑是什麼人在住？」

福管家搖頭：「建府時這處本來就是預備給未來太子妃住的，太子未立妃前，一直空置著。如今您來了京城，殿下才吩咐人收拾出來給您住。」

花顏點頭，她還沒與雲遲大婚，便直接住進了鳳凰西苑，這地位可真穩固啊！

走過廊橋水榭，繞過幾座山石碧湖，大約走了三盞茶，才來到了一處院門前，門頭的牌匾上寫著「鳳凰西苑」。

花顏打量了一眼牌匾，跟著福管家進了西苑。

西苑內有一群人等在院中，見花顏到來，齊齊跪在地上：「拜見太子妃。」

花顏用眼睛掃了一圈，大約四五十人。

福管家停住腳步，恭敬地道：「太子妃，這些人都是老奴精心挑選出來侍候您的。您看可夠？不夠的話，老奴再調派些人來。」

何止夠？簡直是太多了。在臨安花家時，她的花顏苑也就秋月一個人。不過東宮不比花府，規矩大如天，以後在這生活，未免枯燥乏味，還是人多些好，能熱鬧點兒，她點頭：「夠了。」

福管家見花顏沒意見，當即對那些人吩咐道：「太子妃遠途而來，一路上辛苦，大家都各司其職，趕緊侍候著吧，不得出差錯。」

眾人齊齊應是。

福管家領著花顏進了內殿，為她介紹一番後，恭敬地說：「太子妃，您先沐浴用膳、歇會兒，老奴去給殿下回話，您有需要，只管吩咐下人們。」

花顏笑著點頭：「勞煩福大管家了，你快去忙吧！」

福管家出了鳳凰西苑，臨走前，又對西苑的管事方嬤嬤交代了一番，方嬤嬤一一點頭後，他才放心地去給雲遲回話了。

他邊走邊想，看來太子妃極好說話又好伺候，不似傳言那般刁鑽啊，怎麼就能整出那許多的事情讓殿下在去年一年裡忙於朝事兒外，還抽出大半的時間應付她呢？自從知道太子妃要來東宮後，他可是打起十二萬分精神對待，絲毫不敢怠慢和馬虎。

花顏沐浴、換衣、梳洗、用膳，折騰完，已經是兩個時辰之後了。她來時不到晌午，等她躺在床上時，已是日色偏西了。

秋月算是見識了東宮規矩之多，排場之大，給花顏梳個頭身邊都圍著四五人。她雖然提前做好了心理準備，但真正陪著花顏住進來後，還是覺得以後要小心再小心，千萬不能行差就錯，否則她這個小姐帶來的唯一婢女，就難做了。

花顏倒是心安理得，沒覺得哪裡不自在，被人侍候完後，便睏倦的上了床。

秋月陪在她身邊，待人都退下後才小聲問：「小姐，沒看見鄭二虎，他是不是不在東宮？」

花顏打了個哈欠：「估計在哪個牢房裡蹲著呢。」

秋月一怔：「難道殿下將他治罪了？」

花顏閉上眼睛，找了個舒服的入睡姿勢，道：「比起東宮，我倒覺得他更願意待在牢房裡。」

話落，伸手拍拍秋月臉蛋，「你不累啊？快去歇著吧，與其操心他，不如想想咱們明日去京城哪裡玩？」

秋月嘴角抽了抽：「小姐，咱們走了一個半月才進京，如今剛入了東宮，人生地不熟的。咱們明日還是待在東宮熟悉環境吧，總要安生過幾日您再折騰啊！」

花顏哼了一聲：「以前沒見你囉嗦得怕前怕後的，如今怎麼這麼絮叨婆媽？」

秋月大呼冤枉，無奈地幫她落下帷幔，出了內殿。

初來乍到，秋月自然不能如花顏一般倒頭就睡，即便再累再睏，她也得打起精神去跟在這西苑侍候的下人們聊聊天，套套話，瞭解瞭解這東宮的事兒。

福管家安置好花顏後，來到了雲遲的書房，對他稟告，將花顏在聽到了他對於那支姻緣籤的答覆說的原話一字不差地複述了一遍。

雲遲聽罷，點點頭，未置一詞。

福管家見他沒吩咐，便準備告退，臨踏出房門時，雲遲忽然開口：「明日一早，你將趙宰輔生辰需要準備的賀禮之事跟她說一聲，讓她安排。記得囑咐她，禮不可輕了也不可重了。」

福管家腳步猛地一頓，頓時心驚，想著太子妃今日剛到，殿下便將這麼重大的事兒交給她辦，他不敢揣測殿下的意思，連忙垂手應道：「是，老奴明日一早便告知太子妃。」

雲遲頷首，又吩咐道：「讓所有管事和僕從們明日一早都去拜見她，將帳房的帳目全部都拿去給她，從明日起，東宮內院的掌家權便是她的，讓她管起來。」

福管家震驚地睜大眼睛，頭上似驚雷滾滾，他目瞪口呆了許久才驚醒，暗想，太子妃今日進府，還沒熟悉環境規矩，明日便將掌家權給她，這……會不會太欺負人了？

哪裡有人什麼都還沒熟悉便能管得了家的？更何況還是這偌大的東宮太子府。

他看雲遲面色平靜，不似說笑，張了張嘴，終究沒敢出聲詢問，連忙垂頭應是，見他再沒有別的吩咐，便告退出了書房。初夏的風一吹，他才察覺後背已然濕了一片。

花顏這一覺足足睡到了第二日天明，住進東宮的第一晚，她連晚飯都沒吃，似乎真應了那句遠途而來舟車勞頓千辛萬苦。

一夜好眠後，起來神清氣爽。

聽到她起身的動靜，秋月先走了進來，之後才是十多個侍候奴婢魚貫而入。

昨日花顏可算是領教過了東宮的排場，今日可不想再花兩個時辰梳洗用膳，剛要說話，眼睛掃到珠簾外似乎站了黑壓壓的一群人，透過珠簾縫隙，領頭站著的人隱約是東宮的大管家來福，她一愣，訝異地問：「外面可是福管家？怎麼帶了那麼多人？可是出了什麼事兒？」

秋月往外瞅了一眼，小聲地說：「是福管家，聽聞是奉了太子的吩咐，帶著府中人來拜見您的。」話落，又補充了一句，「天沒亮就都來了，已經在外頭等了一個時辰了。」

「嗯？」花顏嚇了嚇，向外看了一眼天色，她雖然昨日睡得熟，晚飯也沒吃，但起的也不算晚，至少太陽還沒出來。她皺眉，「怎麼那麼早就來了？」

秋月搖搖頭，表示她也不知，難道這是東宮的規矩？

花顏納悶地又向外面看了看，轉頭對著方嬤嬤說：「簡單收拾一下就好，我不喜歡太繁瑣，以後也別像昨日那般排場，若沒有必要，便不必如此行事了。」

方嬤嬤恭謹地應是，二話不說，指揮婢女們兩三盞茶工夫便將花顏給收拾好了。姿容雪膚花貌，容顏清麗絕倫，碧色綾羅織錦長裙，尾曳拖地，裙擺繡了幾株纏枝風鈴花，加之身段纖柔，遠看如西湖景緻墨畫，近看若曲江河畔玉蓮盛開。端的是麗質窈窕，婀娜娉婷，令人移不開眼睛。

打扮妥當後，屋中一眾侍候婢女都靜了靜，就連方嬤嬤眸中都露出驚豔之色，暗想她原以為趙宰輔府中的趙小姐是南楚第一美人了，如今這簡單收拾的太子妃，才真真正正端的不輸半分的好容色，若是她盛裝，真是難以想像。

她這樣想著，便見花顏不若尋常女兒家那般蓮步輕移，大步快走出裡屋，毫不溫柔地一把將簾子挑開，在叮咚脆響聲中，她已經來到外堂屋門口，看著站著院外黑壓壓一片，個個如木樁子一般恭敬而立，不發出半絲聲音的東宮奴僕們，揚了揚眉：「福管家，這是做什麼？」

福管家雖然帶著人等了花顏一個多時辰，面上卻無半分不耐煩之色，見她出來詢問，臉上露出笑容，笑呵呵萬分恭謹和氣地拱手見禮：「稟太子妃，老奴是奉了殿下之命，帶著府中所有人來拜見您，請您過過目。」

花顏皺眉，掃了一圈，笑了笑，不溫不熱地說：「太子殿下太客氣了。」

福管家聞言面上笑意不改，身子卻俯首得更低了些，聲音也更恭謹了些：「殿下還吩咐老奴將府中的帳目都拿過來給您，從今日起，府中一應諸事，都由太子妃您做主。」話落，他一擺手，十多人手捧著疊得整齊的一摞摞帳本走上前，恭敬見禮，然後立在一旁。

花顏臉色頓時變了，驚道：「什麼？你再說一遍。」

福管家不敢揣測花顏這句驚問背後的意思，連忙不急不緩地又將話說了一遍。

花顏盯著那黑壓壓一群人和那一摞摞被人捧在手裡的帳本，她眼睛幾乎能噴出一把火把他們燒得乾淨，胸口起伏片刻，聲音才從牙縫中擠出：「我還不是太子妃，你家太子是不是腦子被什麼東西給踢了？」

福管家聽到她這話，當即如一陣寒風吹過，腿微微哆嗦了一下，才勉強站穩，不敢接這話，立即道：「您是殿下定下的太子妃，是東宮的主母，雖還未與殿下大婚，但這是遲早之事，斷不會更改了。老奴與東宮上下所有人，早就遵從殿下吩咐，自一年前太后懿旨賜婚之日起，便尊太子妃為主母，如今主母住進來，自當掌家。」

花顏一口氣險些沒上來，她瞪著來福，目光有些陰狠狠。

來福即便早就習慣了太子發怒時看人的涼薄目光，但如今也有些受不住太子妃這赤裸裸想殺人的眼神，連忙垂頭跪在地上，小心翼翼地說：「東宮事務雖繁雜，但老奴一定與東宮諸位管事一起輔助太子妃，請您放寬心。」話落，他抬起頭，見花顏臉色更差，連忙改口又道，「咱們東宮的人手雖然看著有幾百人，但對比這京中勛貴世家來說，也算是少的，帳目雖然看著多，但分門別類也就幾項，也是……不難管的。」

頭頂上冷颼颼的風，寒濕了他的衣襟，他有些說不下去了。

昨日他便覺得這怕不是個好差事兒，可是殿下吩咐，他不敢置喙，是以，昨日晚上便安排了下去，忙了大半夜，讓今日所有人，務必不能出岔子。可真沒想到，如今比他想像的還要艱難，這話剛沒說上兩句，太子妃的臉已陰沉如水，眸中熊熊如火，他如處在冰火兩重天的煎熬著，同時又被頭上的鈍刀子剜肉般地剜著。

想他活了一把年紀，先是侍候皇后，太子殿下出生後便跟了他，風裡來雨裡去，也算是經歷了好些事兒的，可如今，他可真是頂不住了啊！

足足有一盞茶時間，他大氣都不敢喘了，他身後黑壓壓的人更是在他跪下時，也都默默地齊齊地跪下，有人甚至把頭都快伏在地上了。

沒有言語，只這陰沉的五月飛霜的氣息，便快將這一院子的人都凍死了。

「小姐。」還是秋月看不過去，走到花顏身邊，扯了扯她的袖子，小聲喊了一句。

天可憐見的，她家小姐從不輕易發怒，也從不輕易被人惹怒，唯一一次勃然大怒，還是接到太后賜婚那日。如今這氣場全開，連她都快站不住了，可見真是被太子殿下這般作為氣狠了。

她也沒想到，小姐才剛到太子府，睡了一夜的舒服覺，還沒想著怎麼玩呢，太子殿下便給了她這麼一個大驚喜。

這剛入東宮，什麼也不熟悉，管事奴僕和所有的掌家權便都悉數拿到了她面前。這是用一根粗鐵鍊將小姐給綁上了，也就是告訴小姐，東宮主母的位置，她何止安穩，簡直如鐵板釘釘，誰也撬不動啊！

花顏聽到秋月輕喚，緩緩地從福管家身上收回了目光。

福管家頭上壓著的高山大海頃刻間退去，他鬆了口氣，心裡感激秋月祖宗幾十代，偷偷地抹了抹額頭上偌大的汗珠子，暗暗想著，怪不得去年一年，殿下用了一半的精力來應付太子妃鬧出的事兒，原來……

他暗暗慶幸自己一直恪守殿下吩咐，效忠殿下安排，悉聽殿下旨意，自太子妃進府，半絲沒敢怠慢，否則，他這個大管家，以後死了估計連亂葬崗都沒有他的容身之地。

花顏看著嚇軟了的東宮大管家，以及一個個嚇得快死的一眾僕從，她忽然惱怒盡褪，輕笑了一聲：「太子殿下，果然不同尋常。東宮的人，皆令人刮目相看。」

花顏這句話意味頗深，福管家琢磨不出其中之意，只覺得深不可測。但她笑了總歸是好的。暴風驟雨散去，便是朗朗日色。

花顏直立的身子忽然懶懶地往門框上一靠，對福管家擺手，笑吟吟地說：「你去回了太子殿下，就說我不會管家。從小，花家長輩們就嬌寵我，我只會玩樂，除了玩，什麼都不會。」話落，又補充了一句，「學也學不會。」

福管家額頭又冒出汗，後背的衣服已經不知濕了幾層，他抬起頭，看著花顏懶洋洋的臉上露出的明媚笑意，一時間吶吶地不知道該說什麼，因為她把話都堵死了。

不會掌家，學也不會。那……這些人這些帳目和太子殿下的交待可怎麼辦？

他壯著膽子試探地開口：「這……殿下去上朝了，還沒回來。」

花顏嗤了聲，她才不管，只笑看著福管家：「那就等太子回來再告訴他也是一樣。」

福管家吸了吸氣，這差事兒沒辦好，可怎麼跟殿下交代？猛地又想起昨日殿下還交代了另一樁事兒，連忙說：「還有，殿下昨日說，趙宰輔的生辰就快到了，府中還沒準備賀禮，殿下請您安排，說這賀禮，不可輕了也不可重了。」他一口氣說完，都覺得嗓子不順得緊。

「嗯？」花顏腦中打了個轉，倒沒如早先那般惱怒，反而揚眉，「趙宰輔生辰禮？」

管家見她沒立即拒絕，心下大喜，連忙說：「正是。」

花顏瞅著他，琢磨了一番這趙宰輔生平以及他那出名的女兒，似笑非笑地說：「說起這事兒，我也奇了怪了，趙宰輔也算是你們太子殿下的半個老師，他與那趙小姐應該是自小相識，青梅竹馬，他怎麼就沒選她來當這太子妃？」

福管家倒抽了一口涼氣，只覺得太子妃這話也太敢說了，這一年間，天下多少人都暗自裡忖度悄悄議論過，只不過，至今沒人敢這麼堂而皇之地說出來罷了。

他咳嗽了一聲，又吶吶地說不出話來。

花顏看著福管家，笑容深了深：「你也不知嗎？還是知道不說？」

福管家覺得周身像是被涼水泡了兩回，垂著頭，苦著臉說：「老奴……確實不知。」

花顏也不難為他，掃了一圈院內依舊安靜的諸人，轉了話題，閒話家常一般地問：「今兒，這東宮所有人都在這裡了？全都來了？還是來的只是僕從？主子不算。」

福管家暗暗鬆了一口氣，連忙說：「除了太子殿下，東宮所有人都來了，全部都在這裡，包括守門的人。」

花顏一怔，又打量了一眼眾人，忽然覺得不對勁，猛地問：「這東宮的側妃、良娣、良媛、小妾、通房什麼的都哪裡去了？」

福管家一愣。

花顏看著他，猜測道：「不會我來了，太子殿下將所有人都移去別處了吧？」雖然這話是給她自己臉上貼金，但她這太子妃的位置她實在怎麼也撼不動，不由她不給自己貼金。

福管家醒神，連忙說：「回太子妃，東宮沒有您說的這些人。」

花顏不解：「什麼意思？說明白點兒。」

福管家道：「就是沒有側妃、良娣、良媛、小妾、通房。」

這回輪到花顏愣了，她呆愣片刻，脫口而出：「你們太子不會是有什麼毛病吧？」

福管家面皮狠狠地抽搐了一下，明白花顏懷疑什麼，立即搖頭：「沒有。」

花顏驚詫：「他今年也二十了吧？據我所知，高門鼎貴的王孫公子們，十四五便有通房了，早的十三便啟蒙了。他這是唱哪齣戲？」

她是衝著嬌滴滴水嫩嫩的美人而來，這東宮沒有美人，她還怎麼有滋有味地過日子啊！

福管家看著她的臉色從驚訝到不敢置信，再轉化為真真切切的失望之色，這多種情緒讓他一時間覺得這似乎是多麼不可饒恕的事兒。

他定了定神，謹慎地說：「殿下……十五歲之前一直專攻術業，十五歲之後便擔起了朝中政事，無暇女色，是以東宮空虛。」

花顏聞言仰頭望天。

福管家看著她的神色模樣，拿不准她心中所想，也不知該再說些什麼，怕開口即錯，她不問，他也不敢多言。

秋月也驚詫不已，沒想到偌大的東宮，竟然沒有一個侍候太子的女人。她也沉默了片刻，看向花顏，見她一副被這東宮傷害了的模樣，眼皮抽了抽。

過了好久，花顏從空中收回視線，沒力氣地對福管家擺擺手：「趙宰輔生辰禮我也不懂送什麼，與上一樁事兒一併告訴太子殿下，就說我不會，別拿這種事兒來煩我。」

福管家頓時挫敗。

花顏不再理她，轉身回屋，又扔出一句話：「讓這些人都撤了吧，該幹嘛幹嘛去。」

說完，人已經進了屋，珠簾清脆作響。

福管家如霜打了的茄子，想著太子殿下昨日交代給他兩樁事兒，他一件也沒辦好，只能等殿下回來再稟告了。揮了揮手，帶著人都退出了院子。

東宮的僕從們來時沒弄出動靜，走時也井然有序沒發出半點聲響。

花顏回房後覺得一陣氣悶，想著雲遲是娶不著媳婦兒嗎？還是沒女人樂意跟他？所以，他才抓住了自己，死活不放手？她怎麼就成了這個倒楣蛋了？

秋月看著花顏，想著今日的事兒有些發懵。

方嬤嬤早先也被花顏嚇了個夠嗆，如今大管家帶著人走了，但她還是要在這裡侍候主子的，定了定神，打起比昨日還多兩分的精神，走進屋，輕聲問：「太子妃，日色已經不早了，您還沒用早膳呢，現在用嗎？」

花顏抬頭瞅了她一眼，笑著說：「用，端過來吧！」

方嬤嬤暗暗鬆了一口氣，連忙吩咐人去準備。

不多時，早膳端來，雖然菜品不多，但每樣都十分精緻講究，也是花顏常吃的早膳。她問：「昨日午膳和今日早膳，都是我常吃的菜品，好巧？東宮廚子做出的菜品怎麼如此符合我的口味？據我所知，京城和臨安差這一千里，還是有所區別的。」

方嬤嬤立即笑道：「是太子殿下在兩個月前命人招募了一名臨安的廚娘，太子妃這兩餐的膳食都是她做的。」

「哦？」花顏又輕嗤了聲，「太子殿下真是有心了。」

方嬤嬤從花顏臉上分辨不出情緒，笑著說：「東宮一共有六個廚子，奴婢想著太子妃初來，怕您舟車勞頓後再因水土飯食影響身子，這兩頓飯便都讓臨安的廚娘做了。待您休息兩日後，也讓其餘的廚子做些京城以及別地的名菜給您嘗嘗。」

花顏點頭，笑道：「多謝你想的周到。」

方嬤嬤露出笑意。

用過早膳，花顏看了一眼天色，拍拍秋月肩膀：「走，咱們出去玩。」

出去玩？秋月瞅著花顏，想著才剛到東宮第二日，就這樣大搖大擺的出去玩，不大好吧？更何況小姐那一場狂風暴雨剛剛嚇破了一眾人的膽，總要緩緩。

花顏不理秋月，出了房門。

秋月連忙追出去，湊近她，小聲說：「小姐，您忘了，咱們進京這一路，身上帶的銀子都花光了，就算出去玩，也沒銀子啊！」

花顏伸手溫柔地拍拍她的臉，聲音和煦如春風，笑咪咪的說：「只要有你跟著，有我這雙手，還愁沒銀子花？」

秋月頓時臉色唰地一白，後退了一步猛搖頭：「小姐，這裡是京城，您如今的身分可是太子妃，若是被人知道……」

花顏哼了一聲，打斷她：「囉嗦！你不去，我自己去了啊！」

秋月站在原地，臉色青白交加的見花顏已出了院門，她猛地跺了下腳，氣惱地追了出去。

方嬤嬤不解這二人要去哪裡，想著大管家千叮嚀萬囑咐，不敢出絲毫差錯，連忙也快步帶著十多名婢女追了出去。

出了鳳凰西苑，花顏沿著昨日福管家帶著她來時的路往北門口走。

剛走出不遠，方嬤嬤便急忙帶著人追了上來：「太子妃，您是要逛園子嗎？奴婢帶著人侍候您。」

花顏回頭瞅了眼方嬤嬤，笑著說：「我要去街上轉轉，有秋月侍候就行，你們不必跟著。」

秋月臉色不好，沒吭聲。

方嬤嬤連忙說：「您若是要出府去逛，奴婢這就吩咐人備車。」

花顏笑看了她一眼：「擺出東宮的排場，我玩得就不盡興了，我不喜歡人多跟著。」話落，對她擺擺手，「你們回去吧，晚上讓廚房裡的廚子將各自拿手菜品都給我做兩樣，我也嘗嘗。」說完，頭也不回的往北門口走去。

方嬤嬤聽著花顏那語氣神色是斷然不容拒絕的意思，她站了半晌，不敢強行跟著，便連忙對身邊一人吩咐：「快去稟告大總管，就說太子妃上街去逛了，不讓我等跟著，只帶了她的婢女秋月。」

一名婢女應聲，連忙快步去稟告福管家。

第三章　大殺四方

福管家出了鳳凰西苑，風一吹，覺得全身都是沁涼的。他活了一把年紀，在太子身邊也侍候了多年，這還是第一次覺得自己被煎炒烹炸冷熱洗滌鞭笞火燒十八般酷刑都受齊了。

他深深地歎了口氣，琢磨著待太子殿下回府，該怎麼跟他如實地描繪出今日他的水深火熱。

他回到自己住處，換了一身乾淨的衣服，剛覺得身上有些暖和了，便聽到在鳳凰西苑當值的小婢女匆匆跑來稟告太子妃只帶了自己的婢女出府去街上逛逛之事。

半晌，福管家才無力地擺擺手：「我知道了，告訴方嬤嬤，依照太子妃吩咐，讓廚子好好做今日的晚膳。至於太子妃，從臨安到京城，千里路程都自己來了，去京城街道上逛逛而已，應是不打緊的。」

小婢女得了吩咐，連忙去給方嬤嬤回話了。

福管家琢磨了片刻，還是覺得應該派人去知會太子殿下一聲。

於是，太子府的小廝匆匆跑出了東宮，打聽了太子的蹤跡後，去了宗正寺。

雲遲琢磨了數日關於西南番邦小國動盪之事，今日下了早朝，便親自去了宗正寺，與皇族宗親商議從中選出一人出使西南番邦。

正在商議還未有論斷時，貼身侍候的小太監小忠子悄聲附耳稟報了幾句，雲遲眉目微動了一下，點了點頭，表示知道了。

小忠子見太子殿下沒什麼吩咐，便出去給東宮報信的小廝回了話：「殿下說知道了。」

小廝點點頭，匆匆跑回了東宮。

再無人攔阻，花顏順利地出了東宮北門。一踏出門，她便覺得沒有了亭臺樓閣高屋華宇牢籠壓頂，頓覺神清氣爽。

她悠閒地沿著北門口的街道走走，不多時，便來到了京城最繁榮熱鬧人聲鼎沸的榮華街。

街上各大商鋪林立，人潮中各個衣衫華麗，車水馬龍，來來往往。

有一看就姿態風流顯貴的王孫公子，有衣袂鮮華的富賈商戶，有蒙著面紗大堆僕從護衛的閨中女子，有布衣釵裙卻喜氣洋洋頗顯富足的尋常百姓。

花顏這一身簡單打扮的裝束雖然清雅貴氣，但在這樣富足安樂繁榮鮮華的人群中，也不算太過顯眼。唯一的惹眼處，便是她的容貌。

南楚民風開放，對女子閨訓不算極為嚴苛，但規矩森嚴的高門世家還是不容家中女子單獨出門，即便出門，也是大堆僕從前呼後擁的護衛，且都戴著面紗。

花家規矩雖然也嚴苛，但是花顏自小脾性就異於常人，素來不管這些。

她在人流中，沿著街道，慢慢地走著，欣賞著京城的熱鬧。

她不得不承認，南楚天下，百餘州縣湘郡，唯京城最是繁盛榮華。

秋月跟在花顏身邊，臉一直垮著，見身邊走過的人都朝花顏投去驚豔的目光，她都會皺眉瞪過去，瞪得人悻悻然地走開，不敢再看，瞪了數次，瞪得眼睛都疼了，她才小聲開口：「小姐，您不會真要……」

她話還沒說完，花顏已經在一處門面前停住腳步，笑著說：「正是，總要賺點兒銀子花，身上沒錢的滋味果然如鄭二虎所說不怎麼好受。」

秋月臉色越發不好看了，小聲說：「東宮總能養得起小姐吧？」

花顏嗤笑，伸手點點她眉心：「怕是養不起，我胃口大著呢，他一個東宮，才多少產業？所做那些事兒，也不是中飽私囊，而是為國為民填充國庫而已。若是不拿國庫給我花，上哪裡養得起我？笑話！」

秋月頓時沒了聲。

花顏抬步走了進去。

秋月看了一眼門匾上大大寫著「順方賭場」四個字，只覺得頭皮發麻，渾身長刺。

順方賭場是南楚最大的賭場，足足有榮華街上最大最貴的三家酒樓那麼大。這裡，十二個時辰不閉門，天下間但凡金銀錢帛、奇珍古玩、織錦布匹、人身牲畜等等任何東西在這裡都能賭。天下能玩的賭局花樣，這裡也是品類齊全。

雖然已是午膳時間，但這裡卻是不休息，莊家一莊莊地開局，賭徒們一次次地下注，有轟然叫好聲，有哭喪哀泣聲，不論身分貴賤，任你是王孫公子，還是三教九流，在這裡都一樣。

花顏邁進門檻，便有小廝迎上前，用他那看了無數人的眼光快速地上下打量了一眼花顏，笑呵呵地問：「姑娘是來找人？還是來玩兩把？」

花顏對他一笑，無害的眸子笑吟吟地說：「我昨日才從外地來京城，聽聞順方賭場名揚天下，慕名前來玩兩把，長長見識。」

小廝被她一笑晃花了眼，半晌才回過神，讚歎這姑娘好容貌，連忙笑問：「姑娘想玩大莊，還是小莊？」

花顏隨手往身後一扯，便將不情不願跟著她進來的秋月扯上前，笑著說：「小二哥，你看，我這婢女值多少銀子？我今日出門時太高興，只顧著體會京城的榮華，忘帶銀子了。就拿她賭玩了。」

秋月的臉頓時如大白菜過了水。

那小廝一愣，上上下下仔仔細細地打量了秋月一眼，在她鐵青的臉上轉了片刻，一時有些估不出價錢，做不得主。

花顏對她一笑，聲音柔和：「小二哥，這裡可有能將我這婢女待價而沽的掌事人？」

那小廝連忙點頭：「有的，姑娘請帶著人跟小的來。」

花顏點點頭，扯著秋月，跟著小廝進了門。

走過幾莊叫嚷下注的賭局，來到一處小方廳，小廝囑咐了一聲花顏稍後，便麻溜地走了進去，聽他在裡面跟人嘀咕一會兒，不多時，一名方臉的胖子從裡面走了出來，眉目周正，四十多歲，見人就笑先帶了三分和氣，他上下打量了花顏一眼，露出驚讚之色，然後瞅向她身旁的秋月。

秋月此時的臉無法形容的難看，默不吭聲。

那人看了秋月片刻，又瞧向花顏。

花顏對他展顏一笑：「如何？可夠我玩一局小莊？」

那人聞言呵呵一笑，拱了拱手，笑著道：「姑娘客氣了，你這位婢女，面容秀美，有折而不屈的氣度，少說也值一百兩銀子，夠玩十莊小莊了。」

花顏聞言頓時更高興了：「我買她時，不過花了五兩銀子，如今在這順方賭坊待價而沽竟被估值百兩。怪不得順方賭坊名揚天下，果然如傳言一般店大不欺客，善德兼備，今日不愧我來這一遭。多謝了！成交！」

秋月幽怨又惱怒至極地看了花顏一眼，氣悶堵心地扭過頭，不再理她。

花顏也不管她，笑著說：「帶我去吧！就從小莊玩起，但願我今日手氣好，能見識見識那名揚天下的九大賭神。」

那人一愣，隨即哈哈大笑：「姑娘啊，九大賭神可不是誰都能見識到的。」

花顏對他粲然一笑，神往地道：「我知道啊，九大賭神這些年皆是神龍有名，卻無人得見嘛。我只說但願。」

那人又大笑：「但願姑娘如願以償。」

花顏笑得更開心，對他說：「就讓我這婢女先跟著我吧，沒準兒一會兒我就把她給贏回來呢，先借她侍候著我。回頭我若是輸了，人就是你們的。」

那人笑著頷首，爽快地說：「好。」話落，又抬手吩咐那小廝，「阿九，這位姑娘說不準就是我們順方賭坊今日最尊貴的客人了，你也跟著去侍候吧！」

小廝悉聽吩咐，連忙點頭。

秋月心中憤怒卻又覺得那胖子的話還是有些道理，她家小姐可不就是今日這順方賭坊最尊貴的客人嗎？有幾個人能比她腦袋上頂著太子妃的帽子大了去？

小廝帶著二人來到一處最小的莊前。

花顏瞅了一眼，玩的是最普通的擲骰子，最高的賭注是十兩封頂。圍的人不少，有布衣平民，有華服子弟，有四平八穩的，有謹小慎微的，也有玩過了大莊輸沒了如今來小莊東山再起的。

她不在意，笑著對小廝說：「第一個十兩，你記一下。」

小廝瞅了秋月一眼，牢記她價值百兩，夠這位姑娘玩十次，他點點頭。

賭局開始，眾人都紛紛下注。

第一局，花顏賭錯，輸了。小廝記下，第一個十兩沒了。

第二局，花顏依舊賭錯，又輸了。小廝再記下，第二個十兩沒了。

第三局……

第四局……

小廝眼見花顏一次都沒賭贏，跟在她身邊也沒了觀看的興致，想著富貴府邸裡的千金小姐，僅僅因慕名好奇便想來這順方賭坊見識見識，可是她哪裡知道，這賭哪是那麼容易贏的？就是普通的擲骰子也要靠幾分本事，若是靠運氣？他搖搖頭，有多少好運都能輸光，別說見識九大賭神了？簡直是癡人說夢！

趁著花顏又下賭注的空檔，他揮手招來一名端茶送水的小夥計，笑著附在他耳邊說：「去告訴程掌事一聲，就說八下八賠，不足為慮。」說完，又回頭瞅了一眼，眼見花顏又輸了，便又改口，「九押九賠，沒戲了。」

那小夥計點點頭，匆匆去了。

小廝都懶得看花顏了，想著這姑娘雖然貌美，但運氣可不是一般兒的差，九押九輸，可惜她的婢女了，即使不願，也只能抵給順方賭坊了。若是運氣好，公子看中留做婢妾，以後的生活也不會差，若是運氣差，不得公子看中，被發賣到窯子裡也只能怪她命苦，跟了個這樣沒本事還敢來賭博的主子。

他正想著，花顏忽然扭頭對身邊的秋月說：「乖秋月，還不快用你的帕子來給你家小姐我擦擦汗，說不準帶了你香味的帕子就能給我帶來好運道，讓我時來運轉呢。」

秋月瞪著花顏，不情不願地伸手入懷掏出帕子，給她擦了擦額頭上根本不存在的汗。

花顏笑開，伸手拍拍她的臉，溫柔地說：「真乖，我定把你贏回來。你這麼貼心，我可捨不得把你抵在這裡。」

秋月有些沒好氣地提醒她：「開局了。」

花顏見眾人都看她，唯獨她還沒下注押寶，笑著說：「壓大。」

眾人都齊齊「噦」了一聲。

那小廝想著馬上他就能領了這婢女離開了。

莊家開局，眾人圍著喊小，唯花顏賭大。在一片的篤定聲中，莊家揭開謎底，先是一片靜寂，接著，眾人哀嚎一聲。

花顏以一贏十，一局翻本了還多贏了十兩。

小廝也訝異了，想著這姑娘今日這衰運當真過去了?竟然還真讓她翻本了。

花顏伸手攏過一堆銀子，拿出十兩捏在手裡，其餘的推給小廝：「看來女兒家的香粉帕子真是轉運的好物件，我這婢女與順方賭坊無緣啊!這是百兩，煩勞小二哥去還給那胖掌事，就說我多謝他。」

小廝收了銀子，點點頭，問了句：「姑娘可還玩?」

花顏正高興，毫不猶豫地點頭：「玩啊，剛轉運，哪能不玩?」說著，便一指不遠處，「我去試試那個牌九好不好玩。」便走了過去。
小廝也懶得再理她，靠著剛有點兒好運氣就繼續不知死活賭博的人多得是，但願今日這麼美的姑娘別把自己賠在這兒。他轉頭，抱著百兩銀子走了。
程掌事看著拿回來的百兩銀子，也不以為意地擺擺手：「行，甭理會了，讓她玩吧！這麼美的姑娘，極是少見，若是把自己給輸了，沒準兒公子會看中留在身邊暖床了。」
小廝點點頭。
程掌事謹慎行事了二三十年，坐鎮順方賭坊十年，從來沒有出過大事兒，他怎麼也沒料到，就是這樣兩個柔柔弱弱，溫良無害，幾乎被他認定會留下來給公子暖床的一主一僕，讓京城甚至天下赫赫有名的順方賭坊塌了天。
花顏帶著秋月去了牌九桌後，不見那小廝再跟來，頓時嘴角的弧度幾乎彎上了眼眉。
這順方賭坊，安穩得太久了！
她不再客氣，把把皆贏，不出兩盞茶的功夫，便見秋月的懷裡抱了滿滿得白花花的銀錠。
在她抱不動時，伸手溫柔地拍拍她的臉，笑吟吟地說：「乖，去換成銀票，別累著，我去茶室喝口水等你。」
秋月點點頭，乖覺地去了。
花顏悠閒地喝了一盞茶，見秋月回來，又親手給她倒了一杯，笑著說：「待會兒還要你辛苦，先潤潤嗓子。」
秋月抽著嘴角，半天憋出一句話來，小聲說：「小姐，您今日要玩多久啊？」
花顏晃著腿：「大殺四方，見到九大賭神！」

秋月捧著茶杯的手一抖，茶水灑了些。

花顏待她喝完茶，站起身，爽利地說：「走，難得來一次，我們今日就好好見識見識名揚天下的順方賭坊，看看這名號是真響，還是假響。看看這德善兼備，一諾萬金是真還是假。」

秋月默默地跟上她，忽然替這順方賭坊哀悼了起來。

接下來，花顏是一莊莊，一桌桌地玩過去，每隔兩盞茶，她便換一個地方，秋月便利用這間隙，抱著黃白之物往賭坊內設的錢莊跑，將重重的金銀換成輕便的銀票。

一個時辰後，她從最小的莊玩到了中莊，也從一樓玩到了二樓，從有點兒本事的莊家換成了賭坊裡有本事的莊家。

她每玩一會兒便悠閒地歇一會兒，雖然將秋月的腰包都贏滿得塞不下了，但也未引起太多人的注意。畢竟這順方賭坊太出名了，也太有錢了，每日裡金銀如流水，王孫公子一擲萬金也不是沒有過，所以，像她這樣從小莊玩到中莊的人，不會有人特意盯著，自然也沒什麼人理會。

兩個時辰後，花顏從中莊又玩到了大莊，從二樓上到了三樓。

這時，秋月身上已經塞不下銀票，只能解了肩上披著的綢絹裹著一大包銀票，跟在花顏身後，甚是顯眼。

一上三樓，便有人注意到了花顏。

三樓一共設了九桌，每一桌玩法不同，無不是天下絕頂的賭局玩技，莊家有高有矮，有胖有瘦，有俊有醜，各個不同。圍在各桌前的人也比下面少的多，但出手無一不是一擲千金萬金。從桌面上堆著的籌碼就能看出來，能來這三樓的人，無一不是家財萬貫。

花顏也不急著玩，先圍著每一桌都看了一會兒，便坐去一旁的茶室喝茶了。

秋月喝了一口茶，低聲說：「小姐，有人注意到我們了。」

花顏一笑：「怕什麼？今日不會走不出這裡，太子殿下會來接我們的。」

秋月無語地噎住。

花顏喝了兩盞茶，便見那程掌事上了樓，他那胖臉掃了一圈，瞅見茶室裡坐著的花顏，眼底閃過驚異之色，隨即，便抬步走了過來。

花顏看見他，笑著打招呼：「掌事好啊！」

程掌事腳步一頓，來到近前，拱手笑著道：「是在下眼拙了，不知姑娘高技，早先多有怠慢，慚愧慚愧！」

花顏笑吟吟地擺手：「掌事說哪裡話？謝你高看我這婢女，給我百兩賭本呢。」

程掌事心下一緊，連連笑道：「姑娘的婢女別說百兩銀子，就是千兩金子也使得。」

花顏眉開眼笑，扭頭捏捏秋月的臉：「看，來了這順方賭坊，你這身價噌噌地往高漲。值得吧？」

秋月內心吐血，無話可說。

程掌事看她笑顏如花，聽著她的話，一時心裡氣悶得，暗想他從不敢小瞧人，今日真是瞎了眼，小瞧了這對主僕。

他呵呵地笑，試探地問：「姑娘可還繼續玩？還是……只來這三樓見識？這三樓有別於一、二樓，不是小打小鬧，玩得可都是大的。」

這話暗中的意思是讓她見好就收，從身無半分文踏入賭坊，到如今不足半日，便贏得了十萬雪花銀，這也算是順方賭坊開坊以來少有的事兒了。

花顏似乎沒聽懂他的規勸，一邊喝著茶，一邊晃著腿：「嗯，我也覺得一、二樓確實不比這三樓環境雅致，茶水也是上好的上品。」

程掌事眉毛豎了豎，誰跟她說環境了？誰跟她說茶了？

花顏放下茶盞，站起身，對程掌事明媚一笑：「我今日是來玩的，錢財嘛，就是身外之物。這麼多銀錢，就這麼拿走了，我心下也不踏實，不如都玩玩輸了出去，也省得累得我家阿月得背著抱著。」

秋月剛跟著站起身，聞言一個趔趄。

花顏對程掌事發出了邀請：「掌事若是閒暇，不如跟我一起？」

程掌事心裡暗罵，這是誰家不懂事兒的姑娘，放出來禍害一方。她是真想輸？還是故意說這話，其實是真有本事想贏得更多？想見九大賭神？

十萬兩雖能引起他的注意，但還不夠被他真正提防，且先跟她看看再說。

於是，程掌事呵呵一笑，欣然同意，跟上了花顏。

花顏去了這九桌裡的最末一桌，這一桌，也是這三樓之中下注的賭金相對最小的。

程掌事見此，微微地放寬了些心。

雖然玩法不同，花顏如早先一樣，在試了兩把後，便順暢自如地跟著玩耍起來。

一桌贏滿，五萬兩。

二桌贏滿，五萬兩。

三桌、四桌、五桌……

程掌事在看過五桌後，面上的笑容終於掛不住了。

在三樓的這九大莊家，雖然不是順方賭坊賭技之最，卻是九大賭神之下有著最強賭技的人。這十年來，有他們坐鎮就足夠，運氣好又賭技好之人，也不過是五年前出了一個敬國公府世子，賭到了第九局，拿走了五十萬兩銀子，也還是沒能見到九大賭神。

但即便如此，他的賭技也足夠轟動京城甚至天下。

難道今日又會出一位如同當年的敬國公府世子？

五十萬兩銀子，可不是小數目，他不敢不重視，連忙揮手招來一人，附在他耳邊耳語道：「快，去稟告公子，就說今日怕是又要出一個陸之凌，讓他快來。」

那人得了吩咐，不敢耽擱，連忙匆匆跑下了樓。

花顏用眼神斜瞟了程掌事一眼，不甚在意，繼續下注押賭，同時心中也肯定，順方賭坊不愧是名揚天下的大賭坊，果然這些賭技都極為有玩頭。

六桌贏滿，五萬兩。

七桌贏滿，五萬兩。

八桌贏滿，九桌……贏滿。

程掌事就跟在花顏身邊，看著一桌桌的莊家輸沒了自己坐莊的最大額度後都面帶土色，自己的臉也跟著一寸寸黑了下去。

她竟然……

竟然贏了第九桌！

比當年的敬國公府世子還要技高一籌！

他不敢置信地瞅著花顏，整個三樓都靜悄悄的，唯秋月背著大大的大包裹立在花顏身後，如山一般穩定地站著，這時候，她嬌弱的身段頗顯筆挺。

花顏在一片寂靜中回頭，笑吟吟地看著程掌事：「我可否見見這九大賭神了？」

程掌事看著花顏如花一般的嬌容，實在難以想像，這樣一個女子……怎麼能在他和這些莊家的眼皮子底下把把皆贏？而且他絲毫沒看出她出千，沒有絲毫的破綻。

賭贏到這分兒上，不出千，那是不可能的，莊家有千，賭客也有！

真是見鬼了！

他木然了半晌，深吸了一口又一口的涼氣，才勉強一笑，開口道：「這……九大賭神……」

花顏看著程掌事躊躇又駭然的面容，清麗的容顏眉梢微揚地看著他。

難道她大殺四方，過五關斬六將，從一樓闖過三樓，累了這大半日，眼見天都黑了，她辛辛苦苦忙活一場竟然見不得九大賭神嗎？

程掌事在她的盯視下額頭冒汗久久不語，便似笑非笑地問：「怎麼？九大賭神不是順方賭坊的鎮坊之寶？傳言說闖過這三樓的九席莊家，就能見到九大賭神，難道傳言有假？」

程掌事心裡騰騰冒火，面上想堆笑，奈何實在堆不出來，半晌，他聲音有些發硬地說：「的確是有這說法，可是九大賭神雖然在順方賭坊掛牌，奈何多年來無人攻破過三樓九席莊家，是以，九大賭神不常來順方賭坊，尤其是今日姑娘來的突然，九大賭神……不在這裡啊！」

花顏一笑：「原來是真有九大賭神，那就好說了。他們既在賭坊掛著名號，想必要時刻等著人攻破三樓九席莊家，這些人肯定就在京城某處，你派人請來就是。我別的不多，時間多的是，等著他們就是了。」

程掌事一時說不出話來。

秋月見他似是要推脱，也不幹了，瞪眼喝道：「你還不快去？難道名揚天下的順方賭坊九大賭神是糊弄人的玩意兒？順方賭坊的名號雖然叫得響，天下皆知，也不過是紙老虎？」

程掌事臉色霎時一變，立即回喝道：「哪裡的話？我順方賭坊名揚天下，怎麼會糊弄欺騙世人？自然是真有九大賭神。」

秋月懶得跟她廢話：「那就快請來！還廢話囉嗦什麼？沒看天都黑了嗎？你這順方賭坊可以日夜不休，但我家小姐見了九大賭神後還要回府用晚膳呢？」

程掌事看著這主僕二人，一個似笑非笑，一個嬌哼怒喝，這三樓內還有不少旁觀的賭客，在花顏玩到一半時，不少人發現她賭技厲害，竟然都歇了手看起了熱鬧，在九席莊家通賠她通贏後，一雙雙的眼睛看著她都不敢置信地冒著光，如今更是看著順方賭坊的好戲，也等著想見見這傳說中順方賭坊的九大賭神。

他後背已經汗濕，猛地想起花顏初見面時說的那句想見九大賭神的話來，早先他當天大的笑話，如今這事實就擺在眼前，今日她顯然就是謀算著九大賭神來的，不見著人，即便讓她將這些贏到的銀錢都拿走她怕是也不幹，而其餘這些能上三樓玩的人都各個來頭不小，無數雙眼睛都看著呢，由不得他不去請人，否則就坐實了順方賭坊哄騙世人了。

他猛地一咬牙，喊道：「來人，去請九大賭神！」

有人應是，白著臉快步跑下樓，匆匆去了。

程掌事勉強定住神，對花顏道：「姑娘稍等，九大賭神不住在一處，怕是要久等些時間。」話落，看了一眼天色，「姑娘回府用晚膳的時間定然是趕不及的。」

花顏展顏一笑，痛快地道：「無礙，我在這裡吃也行，我府中準備的飯菜就當夜宵也是一樣。」

話落，目光掃了一圈圍觀的眾人，定在一位樣貌清秀也就十二三歲的少年身上，對他笑吟吟地說，「小兄弟，煩勞你下樓幫我去這京城最好的酒家買些飯菜可好？銀兩好說。」

那小少年本來還處在對花顏賭技的震驚中，如今聞言回過神，看著她的笑臉愣了愣，一時沒出聲。

秋月從懷中抽出五張百兩的銀票遞給他，也說：「煩勞小公子了！可否行個方便？若非我不便外出，必不會麻煩你的。」

那小少年愣了半晌，看著秋月身後的大包裹，幾乎從肩膀垂到腳跟，的確不便。他伸手接過銀票，點點頭：「好，你們稍等。」說完，便跑下了樓。

花顏不再理會眾人，去了一旁的茶室。

秋月背著大包裹也跟著花顏進了茶室。

主僕二人落坐後，眾人面面相覷半晌，自然捨不得就此離去，皆心潮澎湃地湧進了茶室。

不多時，小小的茶室便坐滿了人。

有人對花顏搭腔：「姑娘，敢問高姓大名？」

花顏端起茶盞喝了一口，瞅了那人一眼，三十多歲，面容周正，衣衫華貴，有些氣度，顯然身分不同尋常。她淺淺一笑：「如此堂而皇之地當面問姑娘家的名字，是否有些唐突？」

那人一愣，隨即哈哈大笑，手中不知從哪裡變出一把摺扇，搧了搧，看著花顏髮髻笑道：「陸某的確是唐突了！姑娘見諒！你有如此賭技，我等在座眾人都心生佩服，難免一時忘了你是個未出閣的姑娘家，抱歉抱歉！」

「手氣好而已。」花顏又喝了一口茶，閒適地笑道。

那人一愣，又是一陣大笑：「手氣好到如此地步，連破了九席莊家，姑娘切莫太謙虛啊！」

「我從不謙虛，否則就該識趣地拿著銀子走了，不會在這裡等著見識九大賭神。」

那人聞言收了笑，看著花顏隨口而出，彷彿對幾十萬錢財毫不在意沒有一絲歡喜的模樣，心下一動，笑道：「九大賭神若是來了，姑娘就不怕輸得血本無歸且搭上自己？」

花顏淺笑：「也許吧！」話落，她晃動著杯中茶盞，說，「難得來這世上走一遭，當該賞遍諸多風景，這京城最大的風景便是順方賭坊，能見九大賭神，真是運氣也是福氣，即便今日輸得血本無歸搭上自己，也不算什麼。」

那人聞言挑眉，又哈哈大笑：「姑娘有趣得緊呢！這一番話，頗有禪意。看姑娘不似京城人士，不知姑娘是哪裡人？」

花顏放下茶盞，笑道：「問不出名姓，便變著法兒打探出身家世嗎？這位大哥也好生有趣，陸家人都是這樣的嗎？」

那人一噎，手中搖扇頓停。

這時，又有人笑了起來：「陸嚴，你的心思被這位姑娘識破了啊。你還有甚可說？」

那人咳嗽一聲，轉頭瞅了說話之人一眼，半晌，憋出一句話：「我就是好奇，想多問問，如今問不出來，自然無甚可說。難道五……公子你不好奇？若不然，你說兩句，看看這位姑娘可否給你面子解解惑？讓我們都知道知道天下什麼時候有了如此厲害擅賭的姑娘？竟比我家世子還厲害。」

那人聞言一笑，對花顏說：「姑娘，我們的確好奇，撿你能說的，說一二可好？大夥都眼巴巴地等著呢。」

花顏尋聲望去，見是一名不過年紀十八九的年輕男子，穿著貴氣，面相貴氣，容貌也是清和貴氣。她放下茶盞，笑問：「這位公子，剛剛替我下樓去買飯食的小兄弟是你什麼人？」

那人一怔，脫口問：「你怎麼知道我與他有關係？」

「你們的眉目有幾分相似，穿著也有些相似，身上佩戴的玉佩，似也相似。」

那人一驚，低頭看向自己腰間的玉佩，然後抬起頭，盯著花顏看了又看：「姑娘好眼力。」

花顏手指叩了叩桌面，笑道：「這眼睛是玩賭技練出來的。」

那人無言了片刻，回道：「他是我弟弟。」

花顏點頭，笑著：「看在那位小兄弟的面上，我就告知公子一二。」

眾人聞言都豎起耳朵，一時間，茶室靜靜。

「我家住臨安，昨日來京，今日慕名來這順方賭場，」花顏話落，又琢磨著補了一句，「等我見過了九大賭神後，無論輸贏，你們都會知道我的身分和名字了。」

花顏心想如今她在順方賭坊大殺四方九席連贏的消息估計已傳了出去。京城雖大，傳消息可不會慢，等她見識過了九大賭神，估計這消息也會傳到了那位太子殿下的耳朵裡。

不管她是贏光了順方賭場被人惱羞成怒強行扣押下，還是輸得血本無歸被理所當然地扣押下，總歸，這身分都是要暴露的。無論是她亮出身分，還是太子殿下得到消息來接她。屆時，誰還不知道她這頭上頂著準太子妃的身分？

她想著，嘴角露出笑意，一個剛來京城就往賭場裡跑的太子妃，即便這賭技的名聲自此後響徹大江南北天下各地，但對於身為一國儲君的太子殿下來說，可不算是什麼好事兒。

這事兒只要一出，朝野必定轟然，御史台彈劾的摺子估計會堆滿他的玉案，太后估計會暴跳如雷誓死反對這樁婚事兒。

這樣一來，在所有人都反對下，她也就能扔了這頂破帽子了。

秋月看著她家小姐嘴角越發深的笑意，心下一陣哀歎，想著太子殿下這回即便有通天的本事，怕是也壓不下小姐給他惹出的這場禍端了。畢竟這三樓裡的人，顯然都非富即貴，應該都是京城叫得上名號的人物。

眾人聽了花顏的話，都私下揣測起來。

臨安？昨日來京？慕名來順方賭坊？見了九大賭神後眾人就能知其身分？

這話裡的資訊還是太少了！

眾人正揣測議論時，就見那小少年提著一大摞食盒上了樓，進了茶室，掃見花顏的座位，氣喘吁吁地來到近前，將食盒放在案桌上，說：「我去了京中最有名的醉傾齋，五百兩銀票都給了掌櫃，他給做了這些招牌菜。」

花顏瞅了一眼，八個大食盒，對他一笑：「多謝小兄弟，不介意的話，一起用可好？」

那小少年愣了愣，看著她的笑顏，臉微微一紅：「不必謝。」話落，扭頭找人，看到自家兄長，推脫說，「我五哥還在這裡，我與他稍後一起用。」

花顏笑著看了一眼那年輕男子，道：「飯菜這麼多，再兩個人也夠用了。讓你五哥一起也行。」

那小少年聞言詢問地看向年輕男子：「五哥？」

那年輕男子站起身，笑著走過來，對花顏拱手，彬彬有禮：「多謝姑娘，既然姑娘不拘小節，我們兄弟二人就卻之不恭了。」

「小兄弟幫我跑了一趟，理當請他一頓。」花顏淺笑，隨意地道，「禮數教化閨儀典範那些東西，我素來不懂。兩位不必拘謹。」

年輕男子一怔，想著如今是在順方賭坊，她若是守那些禮數之人，今日是斷然不會走進來的，便笑了笑，點點頭。

秋月早已經將一大包銀票扔在她和花顏身後的空地上，伸手將食盒逐一擺出。

食不言寢不語，一頓飯食吃得甚是安靜，茶室內，飯菜飄香。

這飯菜香味很是容易勾起人的饞蟲，於是茶室內等著看熱鬧的眾人皆紛紛打發人去買飯菜來吃。

順方賭坊開坊多年來，第一次，三樓的茶室內在這個點兒不是聚眾而賭，而是聚眾用餐。

九大賭神先後得到消息，匆匆趕來後，便看到了這樣一番景象。

花顏吃個半飽，給肚子留了空隙等著回東宮吃夜宵，出門時，她交代了方嬤嬤做晚膳，總不能人家忙了半日，她半分面子不給，那樣就太無良了。

程掌事帶著九人來到茶室外，對裡面用完飯菜慢悠悠喝著茶的花顏拱手，比早先有幾分鎮定和底氣地說：「姑娘，我們賭坊的九大賭神來了。」

眾人聞言齊齊看向茶室門口，這一看，不少人都愣住了。

只見那九人，身著不同打扮，高矮胖瘦皆有，有華服者，有布衣者，良莠不齊，若說唯一齊整之處，便是年歲大約都在五六十左右，模樣尋常，扔在人堆裡，普通得讓人識不出。

這就是傳說中的九大賭神？

坐在花顏對面的那小少年一見之後，皺著眉開口，問：「程掌事，你確定這是九大賭神？別是隨便拿出來頂數糊弄人的吧？怎地這般普通？」

程掌事正色地對那小少年恭謹地回道：「回十一爺，小人不敢拿人隨便充數，這的的確確是我們順方賭坊的九大賭神，這三樓的九席莊家就是他們的徒弟。」

小少年見他說的實誠，扭頭看向年輕男子：「五哥，你看呢？」

年輕男子一笑：「程掌事說是就是，這位姑娘的賭技擺在這裡，若是濫竽充數的話，難不成順方賭場要砸自己的招牌，等著輸垮了本？」話落，補充道，「畢竟九大賭神出手，不是小數目，有句話說得好，叫真人不露相。」

小少年點點頭，看向花顏。

花顏笑著看了九人片刻，站起身，隨手拍拍秋月肩膀，笑著說：「阿月，帶上賭金，咱們好好會會九大賭神。」

秋月見花顏豁出去了，自己只能打起精神，背了大包裹跟上了她。

第四章 南楚四大公子

眾人見此，紛紛起身，畢竟能見識順方賭坊的九大賭神與人對決，能遇上這等千載難逢的大事兒，都覺得三生有幸，哪裡有放過不圍觀的道理？

還是九席莊家早先坐的位置，九人依次坐好。

花顏還是選了末尾，一群尾巴靜悄悄地跟在她身後圍觀。

三樓的茶室靜得只能聽到骨牌嘩嘩響，雙方的案桌上擺滿了籌碼。

九大賭神的最高籌碼是一人二十萬兩。

花顏粗粗地計算了一下，早先，她在一、二樓贏了十萬兩，三樓贏滿九席莊家每莊最高五萬兩，是四十五萬兩，如今的籌碼統共五十五萬兩。而這九大賭神，每莊最高封頂額度是二十萬兩，九莊下來便是一百八十萬兩。

若是通贏，那麼，便是二百三十五萬兩。

這些年，順方賭坊立足京城，名揚天下，所贏之利，估摸著也就這麼多吧？

她正想著，樓梯處傳來一陣動靜，坐在她對面的莊家一頓，面上瞬間露出恭然之色，本要開局的手停住，看向樓梯處。

眾人聞聲轉頭，也看向樓梯處。

秋月與眾人一起回頭瞅了一眼，只見伴隨著那陣陣腳步聲，樓梯處走來一名錦袍玉帶的年輕男子，他身後跟著幾名勁裝華服的隨從，那人面容不善，剛一上樓，便透過圍觀的人群，盯緊了花顏。

秋月只覺得一陣寒意撲來，她錯身上前一步，用身子擋住了花顏。

那人目光瞬間一沉，面容如水地對著秋月瞇起了眼睛。

小少年見到來人，心下一突，瞅了身旁的五哥一眼，開口喊了聲：「子斬哥哥。」

那人從秋月身上移開視線，看了小少年和他身邊的五哥一眼，眉梢上挑，鳳眸微動，聲音意味不明：「原來今日五皇子和十一皇子也在，好巧！」

小少年聞言脖子一縮，沒了聲。

五哥輕淺和氣地一笑：「今日閒來無事，與十一弟來這逛逛，的確巧得很。」

那人轉了一下手指上戴著的玉扳指，轉向秋月擋著的花顏，嗓音沉了沉，透著幾分寒意和冷冽：「姑娘好本事，驚動了我順方賭坊的九大賭神。這是開坊以來，從不曾有之事。」

花顏慢慢地轉過頭，對擋在她身後的秋月擺擺手，秋月挪開腳步，她對上這說話的年輕男子。只見他一身緋紅錦繡華服，身形頗有些清瘦修長，如今已經是近五月，別人已經都穿了夏衫薄裳，他卻比別人穿的厚實得多，一張面容秀逸絕倫，鳳眸長挑，有三分清貴，五分風流，兩分陰涼的邪意。

總體來說，這是一位貴氣風流得又十分危險的男子。

她不意外地打量他，想著若是沒有三分顏色也不敢開這七分染房，否則他哪能當得上這順方賭坊的東家？哪裡拿捏得住讓魚龍混雜之地井然有序？

她撚了一下自己露在衣袖外的手指，拇指與中指摩擦，發出一聲輕響，她揚著臉淺笑嫣然地看著他道：「慕名而來，驚動了子斬公子，榮幸了！」

南楚四大公子，敬國公府陸之凌，安陽王府安書離，武威侯府蘇子斬，東宮太子雲遲。

這四人均是少年俊才，從十年前還是小小少年時，便響徹天下。

提起這四人，天下無人不知無人不曉。

花顏看著蘇子斬，想著今日她本是給雲遲挖個大坑，利用順方賭坊讓她卸掉這準太子妃的帽子，雖是上策，但也是下策。若不是被逼的沒辦法，她是無論如何也不會來得罪這蘇子斬，借他的地盤撒這大網。

要知道他可是個得罪不得的人物。

天下傳言，陸之凌灑脫，安書離溫和，蘇子斬狠辣，雲遲涼薄。

這四人，尤其是蘇子斬的狠辣，最是讓人膽戰心驚三緘其口。他每年都會出手做一件極其狠辣的大事兒，且這事兒會讓人十年不忘，甚至永生難忘。

今年他還沒做，估計她就是那個讓他出手拔除的驚雷。

一時間，三樓鴉雀無聲。

蘇子斬見到秋月錯身讓開後，一名清麗無雙，雪膚花貌，容色傾城的女子映入他眼眸，看著她淺笑嫣然，燦如春花的嬌容，聽著她柔而不媚，緩而不嬌的聲音，他瞳孔猛地一縮，忽然冷冷一笑。

這笑聲如六月飛霜，寒涼刺骨，三樓內瞬間冷得讓人齊齊打了個哆嗦。

花顏笑意不減，暗想好一個蘇子斬，他這一聲冷笑，足以將這處冰凍成極北之地。

蘇子斬一聲冷笑後，不再看她，轉身丟出一句：「是我這順方賭坊蓬蓽生輝才是。」說完，進了不遠處的茶室，冷寒地說，「開局吧！我也想看看這一日之間能搞得我順方賭坊翻天覆地的賭技是何等厲害。」

花顏輕輕一笑，回轉過身：「定不負子斬公子所望！」

九大賭神隔著賭桌對看一眼，齊齊心神一凜，絲毫不敢托大，更不敢輕視疏忽。

推轉羅盤，骨牌輕響，所有人的心神都凝聚到了開賭的莊家和花顏身上。

三盞茶後，莊家通賠，花顏贏滿。

人群中爆發出一陣歡呼聲，不過這歡呼聲隨即在看向不遠處茶室內坐著臉色淡得沒有絲毫顏色的蘇子斬時瞬間停止。

換莊再坐，賭局繼續。

所有人都盯著賭局，無人注意那九大賭神之一的人臉色灰敗地進了茶室，跪在了蘇子斬的面前，一言不發地請罪。

蘇子斬只是擺了擺手，那人無聲地站起身，退了下去。

又是三盞茶，不多不少，莊家通賠，花顏贏滿。

接下來，每三盞茶，便換一個莊家，而花顏，只換了賭桌。

一個時辰後，花顏已經坐到了第五位賭神面前。

眾人連觀了四場，都覺得真是不枉此生了。這九大賭神看著模樣普通，其賭技的確是精湛得令人稱絕，比原先那九席莊家不知高明多少，的確堪稱當得上「九大賭神」，順方賭坊確實不是哄騙世人。

不過更讓人驚奇震撼的是花顏，不過二八年華，卻有這等手眼通天可以稱得上前無古人後無來者的賭技，著實令人更加好奇她的身分。

程掌事眼看花顏贏滿了第五莊，籌碼悉數被她收入懷，等同於白花花的銀子進了她的腰包，他早已經汗流浹背冷汗森森，忍不住快步走到了蘇子斬近前，貼在他耳邊急喊了一聲：「公子！」再不阻止，順方賭坊這麼多年的經營可就付諸流水了！

蘇子斬冷眼看了程掌事一眼，這一眼帶著的殺意讓程掌事一個激靈，「噗通」一聲跪在了地上，「公子恕罪！」

「滾！」蘇子斬吐出一個字。

程掌事再不敢多言，麻溜地從地上爬起來，當真滾出了老遠。

兩個時辰後，三樓棚壁上的夜明珠都亮了幾分，花顏終於贏滿了第九莊，雙方罷了手。

籌碼堆在花顏身後，足足有小山那麼高，與秋月早先背著裝著銀票的大包裹相輝相映。

二百三十五萬兩啊！

半日加兩個時辰，順方賭場十年經營之利，被花顏贏了精光。

所有人都靜靜的，包括自小生長在皇家富貴金窟裡的五皇子和十一皇子，似乎都看到了花顏和秋月身後堆滿了白花花的銀山。

這時，再無人歡呼，眾人皆已驚得發不出聲來。

一片死寂中，響起一下一下緩慢又清脆的掌聲，來自不遠處的茶室。

眾人扭頭看去，只見蘇子斬坐在茶室內，雙手在鼓掌，如玉修長的手掌，在夜明珠的照耀下，煞是好看。可是眾人看著他的手，卻只透過那白皙修長的十指看到了一片血紅。

這雙手染了多少人的血？

眾人看著，想起他的狠辣，無不心下膽寒，為花顏擔心起來！

她的賭技從今日起將名揚天下，但是她破了順方賭坊的九大賭神，拆了順方賭坊的台，一個女兒家，即便今日能在蘇子斬的面前走出順方賭坊的大門，那麼明日，難保她還能有命在。

可惜了！多少白花花的銀山，她即便拿走，也花不起！

三聲掌聲落，蘇子斬對花顏道：「我順方賭坊的九大賭神難望項背，果然是天外有天，人外有人。好得很！」

花顏笑吟吟地看著蘇子斬：「公子客氣了！」

蘇子斬瞳孔又縮了縮，周身泛出冷意：「想拿走我順方賭坊多年所贏之利，不單是贏了九大賭神，還要喝我敬的一盞茶，敢問姑娘可敢當我一敬？」

眾人聞言，齊齊倒吸了一口冷氣。

天下誰人不知，蘇子斬的茶可不是那麼好喝的，小小的一盞茶，一條命都不夠賠的。

秋月面色一變，上前一步，剛要開口，花顏站起身，隨手按在她肩頭上，笑吟吟地點頭：「子斬公子的茶自然是天下最當喝的茶，榮幸之至。」

話落，她緩步走近了茶室，坐在了蘇子斬面前。

蘇子斬瞇了一下眼睛，親手拿了一只白玉盞，執起茶壺，為她斟滿了淺碧色的茶水。

花顏似乎是渴了，二話不說，待他放下手後，端起來，就要一飲而盡。

這時，十一皇子驚醒，猛地跑進了茶室，大聲喊：「且慢！」

花顏卻似乎沒聽到，一仰脖，不管茶水燙不燙，一口喝下了肚。

十一皇子面色大變，想說的話噎在了口中，想阻止的手停在了半空。

五皇子這時面上也變了顏色。

一時間，四下寂寂。

蘇子斬忽然大笑，他三分清貴，五分風流，兩分陰涼邪意的面容一下子如冰寒散去，極北之雪融化，秀逸絕倫的容貌如雲破月開，霎時令人目眩神迷。

花顏看著他暗想，妖孽啊！

他笑了許久才收住，盯著花顏：「姑娘高姓大名？蘇子斬今日指教了！」

花顏放下茶盞，笑了笑，也盯著他淺淺地道：「臨安花顏！」

臨安花顏？

一年前，太子選妃，選中了臨安花家最小的女兒花顏，朝野震動。太后懿旨賜婚後，這個名字便傳遍了大江南北，天下皆知。

眾人聞言頭頂如落下了驚雷，轟轟乍響。

五皇子和十一皇子看著花顏與眾人一樣都驚呆了！

她竟然是太子妃？

蘇子斬似乎也怔了一下，不過片刻，他便又笑了起來，聲音輕寒：「原來是太子妃！是子斬眼拙了，沒看出來。」

花顏莞爾一笑：「很快就不是了。」

蘇子斬又瞇了一下眼眸，瞅著她，見她雖然笑著，眼底盡是隨意淺淡，他揚了揚眉梢，吐出一句意味不明的話：「有意思！」

花顏拿起茶壺，又拿過一只茶盞，斟了一盞茶，轉頭遞給身後的秋月：「你也渴了，喝一杯吧，子斬公子的茶，不是什麼人都能喝得到的。」

秋月伸手接過，看了蘇子斬一眼，似乎也與花顏一樣，真的渴了，仰脖一飲而盡。

蘇子斬收了笑，對花顏道：「二百三十五萬兩，除了太子妃婢女包裹裡的五十五萬兩銀票，還有這些價值一百八十萬兩的籌碼，我順方錢莊沒有這麼多現銀，需要從京外調動，太子妃可容寬限時日，定會送去東宮府上，如何？」話落，他隨手解下身上的玉佩，遞給花顏，「一個月後，憑此物取銀。」

蘇子斬的玉佩，一面刻著方天畫戟的圖，一面刻了一個「斬」字。

眾人見此，都齊齊地抽了抽氣。

花顏瞧了一眼，笑道：「君子無故，玉不去身。」

蘇子斬瞳孔縮起，嗓音又帶起絲絲冷寒：「我不算君子，這也不算無故，我敢給，太子妃不敢收？」

花顏手在桌面上叩了叩，發出輕響，道：「其實，寫個欠條就好，何必動用公子信物？」

蘇子斬冷然：「在我順方錢莊，沒有我的玉佩，拿不走上百萬銀錢，欠條等同廢紙。」

花顏一笑，伸手接過玉佩：「既然如此，這五十五萬兩銀票被我家阿月背著也是麻煩，我拿出十萬兩，剩餘四十五萬兩與那一百八十萬兩的籌碼一起，都先寄存在順方錢莊吧。公子也不必急著籌錢，更不必送去東宮，也許我住不了幾日，便打道回臨安了。」

蘇子斬鳳眸幽深，盯著花顏看了片刻，吐出一個字：「好。」

他一個「好」字剛落，有一行人匆匆跑上了樓，為首之人正是東宮的管家福來，他身後跟著東宮的幾名僕從，他白著臉進來後，一眼看過眾人，臉色又變了變，之後快步來到茶室外，恭敬地見禮：「老奴拜見五皇子、十一皇子、子斬公子！」

五皇子和十一皇子看著福管家，好半晌，才回過神來，齊齊地點了點頭。

蘇子斬揚眉寒笑：「福管家，什麼風把你給吹到我這順方賭坊來了？」

福管家不敢抬頭：「回子斬公子，老奴是奉了太子殿下之命，來接太子妃回府用晚膳的。」

「哦？晚膳？」蘇子斬笑了一聲，語氣更寒地道，「都什麼時辰了，還用晚膳？福管家莫不是告訴我，我如今連用膳的時辰都分不明了？」

福管家額頭冒出冷汗，連忙說：「太子妃離宮前吩咐了，晚膳要嘗嘗東宮廚子做的拿手菜，府中早就準備好了，等到這個時辰，太子妃還未回府，如今雖然過了晚膳時間，但回去當夜宵也可。」

蘇子斬寒寒地一笑：「看來太子殿下對太子妃甚好啊！」

福管家連忙說：「殿下如今就在外面馬車裡，怕夜深露重，為太子妃帶了暖爐來。」

蘇子斬忽然大笑了起來。

福管家聽著他的笑聲，後背覺得更寒了。

蘇子斬笑罷，霍然起身，看著花顏道：「太子妃今日是我順方賭坊的貴客，我自然該當親自相送，也有多日未見太子殿下了，正好見見殿下豐儀是否較之以往更勝一籌了。」

花顏笑著站起身：「多謝子斬公子了！」

秋月早已經依照花顏的吩咐，數出了十萬兩銀票帶在身上，將包裹銀票的那條綢絹抖開，披回身上，銀票隨著她抖開散了半個茶室，她看也不看一眼，跟上花顏。

眾人見此，面面相覷。

蘇子斬當前走了幾步，即將下樓時，喊了一聲：「程掌事！」

「小的在，公子有何吩咐？」程掌事連忙跑上前，恭敬地問。

蘇子斬隨口吩咐：「將那些銀票與太子妃贏得的籌碼一起，都存入錢莊。一錢不能少了，否則拿你問罪！」

程掌事心下一凜，連忙恭敬地應是。

蘇子斬緩步下了樓，衣袂捲起一陣寒風。

花顏落後蘇子斬兩步，緩步下樓的姿態散漫隨意。

一眾人等見二人走了，貓爪撓一般地也緊跟著下了樓，心中齊齊暗想，等會兒東宮對上武威侯府，太子殿下對上蘇子斬，不知會掀起怎樣的驚天巨浪？

下了樓，出了賭坊，外面果然停靠著東宮的馬車和太子儀仗護衛隊。

福管家快走一步來到馬車前，透著厚重的車廂簾幕，對裡面提著心稟告：「太子殿下，子斬公子送太子妃下樓了。」

雲遲聲音低沉地「嗯」了一聲，聽不出情緒。

福管家側身站去了一旁。

蘇子斬出了順方賭坊，夜裡的涼風一吹，他頓覺周身驟冷，寒意漫上心口。他伸手攏了攏衣領，有人立即送上了一件披風，輕巧地幫他披在了身上。

花顏注意到這一幕，想著傳言果然不假，蘇子斬畏寒。

披上披風後，蘇子斬身上的寒意不減，走至馬車前：「深夜來接太子妃，太子殿下真是好興致！」

雲遲挑開車廂簾幕，露出鬼斧神工也難雕刻出的容顏，對蘇子斬淺淺溫涼一笑，「她對京城不熟，夜深露重，本宮怕她走丟了，恰逢今夜閒暇，故來接上一接。」話落，又道，「子斬今日也好興致，竟然來了順方賭坊視察。」

蘇子斬冷冽地笑：「太子殿下怕是有所不知，太子妃今日可給我上了一堂好課。天外有天，人外有人，論賭技，她冠絕九大賭神之上，不過一日便拆了我順方賭坊的台。難怪殿下棄了趙宰輔的獨女，偏偏選中了臨安花顏，果然名不虛傳啊！」

這話有點兒……誅心！

花顏仰頭望天，九天銀河橫在天空，一輪明月更是映襯得碧空如洗。

棄了千好萬好真正溫婉端莊賢良淑德的名門淑女趙清溪，選了她這個傷風敗俗不顧禮數出入賭場的臨安花顏，這不是腦子有病嘛！

雲遲盯著蘇子斬看了看，又風輕雲淡地看了眼仰頭望天的花顏，淺淺淡淡地道：「子斬差矣，選妃當日，本是依照天意，沒有棄之一字可言。本宮的太子妃，該著是臨安花顏而已。」話落，對花顏道，「上車！」

蘇子斬意味幽深：「當真是這樣嗎？我看未必。太子殿下慣會以天命之說來做定論，其實無非是隨自己心意主宰萬事而已。」話落，他瞥了花顏一眼，深深一笑，「不過，殿下這回怕是要錯了！東宮的太子妃，似乎強扭不來。」

雲遲笑了笑，笑意卻不達眼底：「子斬身子骨不好，夜風涼寒，還是早些回去吧！至於本宮的太子妃，便不勞你費心了！」

蘇子斬哈哈一笑：「太子妃存在我順方錢莊二百二十五萬兩銀錢，沒有我的玉佩，取不了，她收了我自小佩戴的玉佩，以後我與太子妃打交道的日子怕是長得很，太子殿下這話見外了！」

話落，隨即轉身對花顏道，「太子妃……再會！」
花顏又暗罵了一聲妖孽，揚眉淺笑：「子斬公子……再會！」
蘇子斬離開後，夜風似乎都和煦了些，沒那麼涼寒了。
雲遲看著花顏，見她站在夜風中，眸光沉靜姿態安然的目送蘇子斬遠去：「還不上車？」
花顏轉身看向雲遲，見他輕袍緩帶地坐在車廂內，一腿伸平，一腿支起，如玉的手放在支起的那隻腿上，車廂頂端鑲嵌著的那顆小小夜明珠泛著清白的光芒，襯得他如天邊的星河，冉冉清輝，璀璨高遠，青絲袍袖上的雲紋金線也奪目了幾分。
沉默了片刻，微微揚了一下眉梢，乾脆俐落地上了馬車，坐在了雲遲對面。
她剛坐下，五皇子和十一皇子便從人群中走了過來，齊齊對馬車見禮：「四哥！」
雲遲神色淡淡地擺擺手：「天色已晚，宮門下了鑰，十一弟無法回宮了，五弟你帶著他去你府上住吧！」
五皇子立即點頭。
「十一弟年歲畢竟還小，尚未出宮立府，正該專心修學之時，五弟以後還是少帶著他出宮閒逛才是，免得父皇考問他學業時答不上來，多受訓斥。」
五皇子又點點頭：「四哥教訓得是。」
雲遲揮手落下簾幕，溫涼地吩咐：「回府！」
儀仗隊護送著馬車向東宮而去。
東宮車馬走遠，眾人都呼了口長氣，暗想無論是蘇子斬還是太子，以後有他們在的地方，還是避得遠遠的好，免得被嚇得短了壽成。

隨及想到那女子竟然真的是臨安花顏，是太子一年前定下的太子妃！

天！這太令人驚駭了！

十一皇子拽了拽五皇子衣袖，小聲說：「五哥，我今日不是在做夢吧？那女子……怎會是太子妃？」

五皇子無言片刻，拍拍他肩膀一笑：「不是在做夢，就是太子妃。」話落，想著今日目睹她大殺順方賭場的賭技，真是令人難以置信，不禁歎道，「真沒想到。」

眾人猛地點頭，是啊，真沒想到。

誰能想到傳言了一年多的太子妃廬山真面目竟然是這樣。臨安花顏，明日由她捲起的風暴怕是比一年前懿旨賜婚更甚。

馬車上十分安靜，雲遲在花顏上車後，便未再開口說過一句。

花顏上了馬車後，隨意地捶了捶肩膀，見他沒有興師問罪的打算，便靠著車壁閉上了眼。賭，也是很累的。

不多時，便安然地睡著了。

雲遲看著就這麼睡著了的花顏，柳眉粉黛，朱顏嬌容，她的眼底沒了那分見他時的疏離冷漠，而是舒緩安然。他蹙了蹙眉，一貫溫涼的眸光染上了些許情緒。

「你收了蘇子斬的玉佩？」

花顏本就睡得淺，聞言「嗯」了一聲。

雲遲聲音又低沉了兩分：「你可知他自小到大隨身佩戴的那塊玉佩代表了什麼？」

花顏懶懶地哼聲：「他不是說了嗎？代表我可以用它從順方錢莊支走我今日贏的銀子。」

雲遲沉默了下來。

花顏忽然睜開雙眼，眼底的睏意一掃而空，揚著眉望著他：「難不成殿下以為他看中我了？在我這準太子妃的頭銜還沒被御史台彈劾掉時，就先搶著要定下我？」

花顏看著面色寒涼如水的雲遲譏笑了起來：「殿下莫不是以為我十分搶手？不但得你青眼看中選為太子妃，就連武威侯府的子斬公子也因我這驚駭世俗的賭技而對我青睞有加？他輸了順方賭坊多年經營之利給我不說，反受虐地覺得我千好萬好？」

雲遲面容更冷沉了幾分。

「殿下還是及時懸崖勒馬吧！我花顏其實就是個俗物，當不得殿下抬舉，花家幾百輩子也沒什麼大出息，所以只能偏安一隅世代居於臨安，您說您定下我，圖什麼呢？家世雖尚可，但也不能成為您的助力，品貌雖有，但您自己照鏡子看您自己就是了，我比起您，卻是望塵莫及。才學與閨儀禮數嘛，在我身上完全找不到，您的太子妃，怎麼論，都不該是我這樣的。」

雲遲隱含怒意地說：「花顏，我告訴你！你這一輩子就只能是我的太子妃，臨安花顏只能嫁給我雲遲，皇家的玉蝶上，寫在我身邊的那個女人，也只會是你。」

花顏聽他這斬釘截鐵的話，頃刻間也怒了：「雲遲，你憑什麼？」

「只憑我隨手翻開花名冊，便選中了你，這就是天命！」

花顏氣得腦門疼痛，眼底蹭蹭冒火：「你若是給我一本花名冊，我隨手翻開，選中的肯定不會是你。狗屁天命！」

雲遲閉眼不語，似乎沒聽見，不再接話。

花顏看著雲遲那張顛倒眾生的容貌，幾乎想撲上去像潑婦般地撕碎他，但她仍保有一絲理智地知道，她打不過他，更撕不碎他，便怒極而笑：「太子雲遲，十三歲時，為趙宰輔之女清溪，畫過一幅美人圖。知道的人極少。」

雲遲猛然睜開眼睛。

花顏收了怒意，淺笑盈盈地看著他：「你明明喜歡趙清溪，卻偏偏選我，是自欺欺人？還是……這有情而斬情，是何道理？」

雲遲微抿薄唇，神色幽暗，周身涼寒入骨。

花顏右手摩挲著左手上那只碧玉的手鐲，迎上他幽暗的雙眼，輕笑說：「花家若是對你有用，便隨便用，若是太子殿下需要我花顏援手之處，也請明說。只要你摘了我頭頂上這太子妃的頭銜，我便是為你赴湯蹈火，也在所不辭，必定感激不盡。如何？」

「不如何。」雲遲平靜地道。

「太子殿下何必自苦？」

雲遲忽然伸手，一把拽住花顏，猛地將她拉入懷中。

花顏大驚低呼了一聲，人已撞進他懷裡，她用力地掙了掙，沒掙脫，怒道：「堂堂太子，這是做什麼？強搶民女嗎？」

雲遲低頭凝視她半晌：「花顏，十三歲的年紀，怎真知情事兒？我是為她畫過一幅美人圖沒錯，但你怎知我就喜歡她？你非要激怒我，無非是看不上我太子妃的身分，可是你即便看不上，我也由不得你。哪怕明日御史台彈劾你的奏摺堆滿東宮，也改不了你是我太子妃的身分。」

「雲遲，你告訴我，到底是為什麼？你堂堂太子，缺女人嗎？」

雲遲漚漚涼涼地道：「缺！」

花顏一口氣悉數憋回了胸口，氣悶地在他懷裡咳嗽了起來。

雲遲看著她咳嗽得連臉都漲紅了，也不理會，任她咳著，見她止了咳才道：「這一年，你也該鬧騰夠了。今日你既已明瞭我心意，往後就別再鬧騰了，即便你鬧翻了天，也是無用！」

花顏氣得閉上了眼，重重地將腦袋枕在他胳膊上，陰狠狠地說：「你殺了我得了！」

雲遲一笑：「但凡是我真正看中的人或者東西，都要牢牢抓在手裡才安心。」

花顏憤憤地想著，他這是在告訴她，趙清溪不是他真正看中的人嗎？

誰稀罕他的看中！

等馬車回到了東宮，花顏依舊躺在雲遲的懷裡裝死屍，她不想活了，想死成不成？

雲遲低頭看著懷中的花顏，即便他早已鬆了手，她依舊賴躺在他懷裡，似乎被打擊得如殘荷一朵，了無生氣。他眸光閃動，淺淺溫涼地笑：「我抱你下車？」

花顏心中惱怒不可抑制，沒吭聲。

雲遲盯著她：「我不介意抱你，你若是沒意見，稍後不要翻臉。」

花顏騰地起身，黑著臉瞪著他，一字一句地道：「雲遲，你好得很！」

雲遲笑看著她：「過獎了，太子妃！」

花顏額頭突突地跳了幾跳，惱怒地掀簾跳下馬車，拔腿走了兩步，猛地停住回頭，對也下了馬車的雲遲一笑，如春風般溫柔：「子斬公子的玉佩，著實是上等佳品，我喜歡得很，不打算還了。」

說完，頭也不回的轉身往府內走去。

雲遲整理衣擺的手一頓，容色頃刻間寒涼如水。

福管家剛要上前，猛地聽到花顏這句話一個哆嗦，恨不得自己沒長耳朵。

夜風靜靜，只有花顏和秋月的腳步聲漸走漸遠。

雲遲在原地站了半晌，見那人影消失在垂花門，他才慢慢地拂了拂衣袖，吩附福管家：「送信去御史台，我不希望明日看到彈劾太子妃的隻言片語。」

「是！」福管家頭幾乎快垂到了地上。

雲遲不再多言，緩緩走去了書房。

回到鳳凰西苑，方嬤嬤帶著人端來了本是晚膳卻成夜宵的飯菜，花顏每一樣都津津有味地嘗了好幾口，用畢對著方嬤嬤笑說：「這東宮的廚子真不錯，多謝辛苦了。」

方嬤嬤得到花顏這句話，舒了口氣露著笑意：「侍候主子是應分的，當不得辛苦，太子妃喜歡就好。」

「嗯，喜歡，以後每日備的飯菜不必多，精緻簡單的幾樣就好。」花顏看著滿滿的一桌子菜，「多了也是浪費。」

方嬤嬤點頭：「是，奴婢記下了。」

花顏打了個哈欠，站起身。

方嬤嬤便帶著人撤去剩菜殘羹，又命人抬來湯浴，花顏沐浴之後，一身清爽地上了床。

秋月等伺候的人都離去後，站在花顏床邊，小聲地說：「小姐，我看殿下對您真的不錯，您做了多少椿難為的事兒，殿下都幫您善後了。今日順方賭場之事，看剛剛殿下接您回來的態度，想必也會壓制下去。這東宮上下都十分尊敬您，不敢怠慢絲毫，可見在殿下心裡，是真得十分看重您，對您也是十分的好，您要不改改主意……」

「囉嗦，胡扯。」花顏打斷她的話，伸手拍拍她臉頰，「笨阿月，我從不相信這世上有無緣無故的看中，也不相信這世上有無緣無故的好。別被表象矇騙了。你家小姐我心中所求的婚姻，是兩情相悅，是耳鬢廝磨，是郎情妾意，是心意相通，是風花雪月，是繾綣柔情。雲遲他給不了，也給不起。」

秋月頓時垮了臉，一下子蔫了。

花顏輕輕一歎：「他心裡，是江山，是天下，是民生，是社稷，是朝綱，是孤寡帝王之路。他是站在青雲之端上俯視眾生的那個人，而我則是喜歡在這紅塵萬丈世俗裡打滾的塵埃。我與他分明是雲泥之別，期望什麼？一場笑話！」

秋月心裡忽然一緊，沉默了片刻點點頭，小聲說：「奴婢明白了，小姐快睡吧，今日您累壞了。奴婢是最信小姐的，無論小姐如何做，奴婢都陪著您就是了。」

花顏莞爾一笑，又捏捏她的臉：「乖阿月，除了哥哥，你是最信我的人。你也累了，快去睡吧！」

秋月頷首，幫花顏落下帷幔，關上房門，走了出去。

花顏著實累了，也懶得再想明日之事，很快就睡了過去。

深夜時分，一眾御史台的官員們齊齊地收到了東宮福管家親自送來的太子口諭，接到口諭後，心下忖量，看來這臨安花顏，太子親自選定的太子妃是不容任何人置喙的，既然太子不允，他們可沒這熊心豹子膽，敢上這道彈劾的摺子。於是，眾人紛紛按壓了下來。

第五章　醉紅顏

東宮一片寂靜，無人打擾。

此時的武威侯府卻炸翻了天，侯府的幕僚們紛紛上門，求見公子。

蘇子斬冷著張臉揮手吩咐：「誰也不見！」

他話音剛落，一道人影闖入了他的院中，清朗的聲音帶著些許恣意的笑意：「子斬，終於有人完成了當年我沒做到之事了。你不是早就期盼著這一日嗎？如今怎麼不見高興？」

蘇子斬冷冷地看了眼窗外：「你是來看我笑話的？」

「非也！」屋外的人含笑走了進來，一身藍袍華服，容貌清雋，帶著恣意灑脫，「我是來恭賀你的。」

蘇子斬看著陸之凌含笑的臉：「有什麼可恭賀的，破局的人是太子妃。」

陸之凌揚眉笑看著他：「是太子妃怎麼了？這世上還真有如此賭技冠絕天下的人？可惜我剛剛回京，錯過了今日長見識的機會，大為可惜！」

蘇子斬回身冷冷地坐到了桌前。

陸之凌見蘇子斬神色一直寒沉著，似乎是真的十分介懷，便納悶地問：「怎麼？你真心疼那二百三十五萬兩銀子？即便有人破了局，你也高興不起來？」

蘇子斬抬手倒了杯茶，一飲而盡，冷笑道：「銀子算什麼？」

陸之凌更不解了：「那你這般模樣是為何？」

蘇子斬瞇了瞇眼睛，半晌，吐出兩個字：「東宮！」

陸之凌一怔，隨即恍然，對他笑道：「原來你是因為太子殿下的女人破了你的局才不高興的啊？這有什麼？明日御史台彈劾的奏摺便會堆滿他的玉案。估計有他頭疼的了。」

蘇子斬冷哼一聲，嘲諷地一笑：「你當真覺得御史台敢上這摺子？雲遲不想被彈劾的事情，便誰也不敢在他頭上動刀子。」

陸之凌聞言更是納悶：「你這話聽得我好生糊塗。」

蘇子斬不再理他，對外喊：「來人，將我塵封的醉紅顏拿上一罈來。」

外面有人應是。

陸之凌聞言大驚：「你這是怎麼了？我早就想喝你的醉紅顏，這幾年，你說什麼都不肯拿出來。如今這是哪根筋不對了？」

蘇子斬看著他，眼眸黑漆漆：「喝不喝？不喝就滾，廢什麼話！」

陸之凌咳嗽一聲，立即拍桌而起：「喝！」

醉紅顏是蘇子斬親自釀的酒，五年前，他為一事，自此再不釀酒，所有醉紅顏也被他塵封了起來。他早就想喝了，奈何他一直不讓喝，今日有這機會，他是傻了才會滾走不喝？

醉紅顏被人抱了來，還未開封，便滿室酒香。

陸之凌眼饞地盯著，眼睛裡一片星光，吸著空氣都覺得通體舒服，讚歎道：「真是好酒啊！好酒，想念得緊。」

蘇子斬看著那罈酒，盯了會兒，忽然說：「明日一早，送一罈去東宮當面交給太子妃，就說我請太子妃品酒。」

陸之淩一怔。

有人立即應是：「公子的吩咐小的記下了，明日一早，定會送去。」

蘇子斬點點頭，端起酒杯，一飲而盡。

陸之凌忙不迭地也跟著喝了一杯，唇齒留香，回味無窮，他咂吧著嘴，看著蘇子斬：「你莫不是覺得太子妃賭技冠絕天下，品酒也冠絕天下？」

蘇子斬冷笑一聲，沒答話。

陸之凌心中警鈴大作：「老天！你不會是從今日起記上太子妃的仇了吧？今年的那一樁大事兒要用在她的身上了？」

蘇子斬橫眼：「怎麼？不行？」

陸之凌咳嗽一聲，對他看了又看，扶額道：「雲遲的太子妃你也敢動，他定然饒不了你。」

臨安花顏在順方賭坊大殺四方贏了九大賭神，賭技冠絕天下的消息如風暴一般地席捲了整個南楚京城，且消息飛速地向京外四方擴展延伸。

茶樓酒肆第一時間就編排出了話本子，說書人一大清早就在說昨日順方賭場那場名動天下的奇事兒，大清早茶樓酒肆便高朋滿座，擁擠異常。

早朝上，雖然文武百官皆知昨日之事，但御史台一眾官員眼觀鼻，鼻觀心，沒一人敢上摺子彈劾，觸太子的霉頭，這讓其餘的各部官員心中都隱隱地敲起了警鐘。

下了早朝後，皇帝身邊的王公公前來傳話，說皇上請太子殿下過去一趟。

雲遲理了理袍袖，點點頭，便去了皇帝的寢宮帝正殿。

入得內殿，一股濃濃的藥味撲面而來，皇帝躺在龍床上，背後靠著一個明黃的大靠枕，正閉目養神，一聽得腳步聲，便睜開眼睛，看向雲遲。

殿內光線明亮，雲遲一身青色錦繡袍服，緩步走來，身形修長挺拔，端的是如九天流瀉下的清風白雲，日華月朗。

雲遲來到近前，拱手見禮：「父皇，您喊兒臣來，有事？」

皇帝眸光頓了片刻，漸漸清明，點點頭，對他說：「朕聽聞前日臨安花家的小女兒入京了，昨日去了順方賭坊，大殺四方，賭技冠絕天下，連九大賭神都贏了，可有此事？」

雲遲不意外皇帝已然知曉了此事，點點頭：「是有此事。」

皇帝盯著他問：「今日御史台可彈劾了此事？」

雲遲搖頭：「兒臣昨日給御史台諸位大人送了口信，故無人彈劾。」

皇帝聞言，一拍明黃的被褥，怒道：「你一句話，就讓御史台壓下了此事？壓得下御史台，壓得下朝堂百官微詞，難道也能堵得住天下悠悠眾口？」

雲遲不緊不慢地道：「兒臣不需要堵住天下悠悠眾口，只需要文武百官閉嘴即可。」

皇帝聽聞更是勃然大怒：「你操控文武百官容易，但你可知道，這天下多少人自此會說我皇家竟然要娶這般媳婦兒入門為太子妃？混跡於市井，學旁門左道，不顧禮數閨儀，沒有半分賢良淑德，將來，如何母儀天下做天下女子的典範？」

雲遲閑閑一笑，平和地看著皇帝：「母后是名門閨秀，懂禮儀，守閨訓，賢良淑德，溫婉端方，實乃母儀天下的典範。可是那又如何？一入這皇宮深院，宮牆碧瓦裡，被人稱讚不假，但這個典範還不是早早就落入了塵埃？父皇想讓兒臣再娶個如母后一樣的女子，來步母后和父皇的後塵嗎？」

皇帝聞言臉色鐵青，風暴般的怒意席捲眼底，抬起手指著雲遲，怒道：「你……你竟然妄言朕與你母后……你個不孝子！」

雲遲笑了笑：「父皇，多少年了，您走不出，饒不過自己，放不下心結，如今，還想讓兒臣也如您一樣嗎？恕兒臣做不到！臨安花顏既已被我選中，她便是我的太子妃，斷不容更改，父皇也一樣。」

皇帝手指氣得哆嗦起來，面色顫動：「你……給朕滾！」

雲遲拱手：「兒臣告退，父皇仔細身子。」，轉身出了帝正殿。

皇帝大口喘著粗氣的聲音，隨著雲遲漸走漸遠，而再不可聞。

花顏一覺睡醒，已然天色不早。

武威侯府的人奉了蘇子斬之命，前來東宮給花顏送酒。福管家見到那人抱著一罈醉紅顏，心下驚了又驚，想推脫，但覺得這事兒不是他能作得了主的，掙扎了半響，還是帶著送酒那人來了西苑。

花顏正在用早膳。

福管家帶著人走來，在堂屋門口稟道：「太子妃，武威侯府的子斬公子派人給您送來一壇好酒，囑咐送酒之人定要當面交給您，老奴便領著人過來了。您看……」

花顏一怔，蘇子斬給她送酒？

秋月聞言快步走出裡屋，朝那跟在福管家身後的小廝看了眼，即使隔著遠，也隱約能聞到濃濃的酒香。秋月又走回裡屋，對花顏點頭：「奴婢聞著，是極好的酒，但不知是什麼酒，總之還未開壇，隔得老遠，就聞著極香。」

花顏隔著窗戶向外看了一眼，笑著問：「子斬公子可有什麼話？」

那小廝聽得清楚，在屋外答：「公子未曾說什麼，只說讓小人將酒送來當面交給太子妃。」

花顏揚眉，問：「酒名叫什麼？」

那小廝回道：「醉紅顏！」

醉紅顏？花顏眉目微動，淺淺一笑，對著秋月道：「秋月，去將酒接過來。」話落，又對外道，「替我多謝你家公子，就說這酒我收下了。」

秋月應聲走到外面，接過了小廝懷中的酒，忍不住脫口道：「真是好酒！」

小廝抬眼瞅了秋月一眼，對裡面拱手：「太子妃若無吩咐，小人回府覆命了。」

花顏「嗯」了一聲。

福管家見花顏痛快地收了酒，臉色變了變，想說什麼，終是沒開口，便領著小廝出了鳳凰西苑。送走了送酒的小廝，福管家臉色慘白地對身邊人吩咐：「去，快去稟告殿下，就說剛剛子斬公子命人給太子妃送來了一壇醉紅顏，太子妃……收下了。」

那人連忙應聲，匆匆地跑出了東宮。

昨日出使番邦小國之事未定下來，雲遲出了帝正殿後，便依舊去了宗正寺。

東宮的小廝見到太子隨身侍候的小太監小忠子，連忙將福管家派他送來的消息稟告了一遍。

小忠子聽完臉色也變了，跺了下腳，低咒一聲：「這個子斬公子！」連忙跑進了殿內，附在雲遲耳邊稟告了此事。

雲遲眸光猛地一沉，臉色更涼薄了幾分。

醉紅顏？蘇子斬竟然如此堂而皇之的將塵封多年的醉紅顏送入東宮給花顏，她竟然還收了！

雲遲周身瞬間彌漫著涼氣，宗室皇親眾人見著雲遲乍然變幻的神色，都猜測怕是出了什麼事兒！難道這番邦小國這麼快就暴亂了？若是如此，使者還未定下就出了這樣的事兒，可真是一件棘手之事。

眾人正面色凝重地猜想著，雲遲霍然起身，對眾人道：「今日商議出使之事先擱下。」說完，便快步出了宗正寺。

眾人面面相覷，齊齊點頭。

出了宗正寺後，雲遲吩咐道：「備車，回府。」

小忠子連忙快速地吩咐了下去，儀仗隊在得到命令後，頃刻間收拾齊整，待雲遲上了馬車，很快就護送著他回了東宮。

花顏看著擺在桌上的酒罈，嗅著酒香稱讚：「果然是上品佳釀！」

秋月也點頭：「真真是極好的酒，可……這樣的好酒，為何都沒聽說過它？」

花顏眉目深處湧出一絲玩味，轉頭問方嬤嬤：「東宮可有上好的琉璃酒盞？」

方嬤嬤頷首點頭：「回太子妃，有的。」

「去拿來，品這等佳釀，當該用上好的琉璃盞。」

方嬤嬤垂首應聲，立即前去。不多時，便取來了琉璃盞。

花顏吩咐秋月開了酒罈，倒了滿滿一盞，她看著瑩透的酒水在琉璃盞的輝映下，色如嬌霞，點著頭，讚歎不已：「不愧叫醉紅顏這個名字。」

說完，仰頭一飲而盡，入口唇齒留香，回味無窮，令人迷醉。

秋月嘟起嘴：「小姐，我也要喝。」

花顏輕笑著點了點頭：「你這個小饞貓！你自己倒。」

秋月也立即坐下，拿了只琉璃盞，執起酒罈，也給自己倒了滿滿一盞。

初夏的驕陽照進屋中，主僕二人隔桌對坐，桌子上的早膳還未用幾口，你一盞我一盞，面前的一壇酒卻喝下了大半。

濃濃的酒香擋都擋不住地飄出屋外，飄得方嬤嬤和東宮的一眾僕從們都醺醺欲醉。

雲遲才踏入鳳凰西苑，便被飄蕩的酒香味熏得腳下步伐猛地一頓。

方嬤嬤一聽聞太子殿下來了西苑，連忙帶著人迎了出去，看見周身冷冽的雲遲，嚇得她當即跪在了地上。

福管家追進西苑，見此情形，也「噗通」一聲跪於地：「老奴請罪，殿下責罰！」

是他錯了，他應該把送酒的小廝死活攔在東宮門外，寧可得罪子斬公子，也不該將人帶到太子妃面前。他沒想到太子妃會那麼痛快地收了醉紅顏，而且這麼快就開封了這壇酒。

他派人給殿下送信到殿下回來，前後不過半個時辰。

是醉紅顏啊！這酒是醉紅顏！

雲遲一言未發的在院中足足立了一刻鐘的時間，才恢復了平靜，隨後便對福管家和一眾人等擺了擺手，緩步走進了那飄出濃郁酒香的屋中。隔著層層疊疊的珠簾，他看到了坐在案桌前懶洋洋閒適品酒的花顏和在她對面早已醉倒昏睡過去的婢女秋月。

花顏臉頰微紅，眸光迷離，一下一下地晃動著琉璃盞，在濛濛酒氣中，她似有所覺，抬眼往門口看去，便看到了站在珠簾外的雲遲。她怔了怔，忽然笑了起來，柔柔地道：「今日得了醉紅顏，平生再不想沾別的酒，太子殿下，可有興趣進來喝一杯？再晚可就沒了喔！」

雲遲緊抿著唇，掀開珠簾，緩步走到花顏面前，猛地奪過她手中的琉璃盞，重重地放在了案桌上，隨及一把拉起花顏擁入懷中，看著她嬌紅如霞色的容顏，咬著牙道：「這酒當真如此好喝？那我便來嘗嘗。」

說完，他低頭重重地吻住了花顏的唇。

花顏猛地睜大了眼，用力地掙扎，卻動彈不得。

花顏心中升起滔天的怒意，張口就要咬雲遲，偏偏他躲避得快。

酒意上頭，身子卻一寸寸僵硬，如墜冰窖。

花顏只覺得她被罩在了網裡，就在她快要窒息時，雲遲放開了她：「花顏，我告訴你，我雲遲定下的人，誰也動不得，蘇子斬也不行，你記住了。」

花顏一時說不出話來，身子搖搖欲墜。

雲遲看著花顏如今比喝了醉紅顏還更暈紅了幾分的臉頰和鮮豔欲滴的紅唇，又低沉地笑道：「果然是好酒，品嘗了，平生再不想沾別的酒。」

花顏騰地一股邪火從心底冒起，猛地抬手揮向雲遲的臉。

雲遲輕而易舉地攥住她的手，微涼的嗓音帶著濃濃酒意：「還想繼續？」

花顏的怒意和灰敗徹底從心底蔓延開來，她寒著眼眸看著雲遲，一字一句地說：「雲遲，你讓我做這個太子妃，有一天你別為你固執的決定後悔，小心我讓你拿南楚江山陪葬。」

雲遲瞇起眼睛，盯著她那雙冰封千里的眼眸，沉默了片刻，低低沉沉地笑：「你就這麼不願做我的太子妃？為何？我雲遲哪裡不好，令你如此看不上？寧願收了蘇子斬的玉佩，為他送的醉紅顏動心，而對我不屑一顧。」

「你立在青雲之端，我站在萬丈紅塵，你心裡裝的是江山天下，我心裡裝的是雪月風花。你來問我原因，真是可笑！」

雲遲面容一動，眸光閃耀，盯著花顏的臉龐，一貫溫涼的嗓音帶了絲情緒：「我站在青雲之端如何，你站在萬丈紅塵又如何，即便我心裡裝的是江山天下，你心裡裝的是雪月風花那又如何，這塵世，既然我選中了你，你便只能陪我走這一遭。」

花顏聞言氣血翻湧，眸光一片冰寂，冷笑道：「天下女子何止千千萬萬，雲遲，你何必非要拾起我這一粒塵埃做你的身邊人？只要你揮揮衣袖，聽你任你擺布的女子大有人在。你何必非要把爛泥扶上牆，欺我至此？」

雲遲眸孔緊縮，抬手蓋住了她的眼眸，溫溫淡淡地說：「明珠雖好，亦有蒙塵入土之時。塵埃雖小，亦有撥雲見日之時。」

花顏的身子霎時僵硬如冰雕。

雲遲放開了花顏，對外面喊：「來福。」

福管家立即從門外跑了進來，頭也不敢抬，一眼也不敢多看，只盯著腳尖問：「殿下可有事情吩咐老奴？」

「將這半壇醉紅顏送還給武威侯府的子斬公子，就說我與太子妃共品了此酒，的確是世間頂級佳釀。」頓了頓又道，「再告訴他，佳釀雖好，奈何本宮嘗著這酒還不如我太子妃的唇齒之香。」

花顏身子軟了軟，血氣沖頭，被氣暈了過去。

雲遲眼疾手快地一把托住暈厥過去的花顏，攬在懷中，淺淺地笑了笑：「就這麼一字都不准差的說，去吧！」

福管家應聲，一字字記下，重重地點頭，退了出去。

武威侯府。蘇子斬昨日與陸之凌徹夜飲酒，一夜宿醉，近第二日午時才清醒。

他醒來後，發現陸之凌依舊趴在案桌前沉沉地睡著，他扶著額頭皺了皺眉，慢慢起身，走到窗前，打開了窗。

初夏陽光明媚，夏風吹進屋中，驅散了一室酒香。

他立於窗前片刻，回頭瞅了陸之凌一眼，喊道：「來人！備車，將世子送回敬國公府。」

有人應是，立即走了進來，拖起陸之凌出了房門。

陸之凌昨日見了好酒，與蘇子斬搶著喝，一壇酒幾乎被他喝了大半，是以比蘇子斬醉得要厲害得多，即便如今被人拖上了馬車，依舊沒醒，沉沉地睡著。

剛將陸之凌抬走，武威侯府的管家便帶著小忠子進了院子。

蘇子斬立於窗前，看著小忠子懷裡抱著的那壇酒，想起他昨日的吩咐，冷冷地瞇了瞇眼。

管家在屋外停住腳步，恭敬地對著窗內站著的蘇子斬見禮：「公子，太子殿下遣人來見。」

蘇子斬眼神冷冽，盯著那壇酒，沒說話。

小忠子上前一步，對蘇子斬見禮，同時不卑不亢地將雲遲的吩咐一字不差地說了一遍，說完，恭敬地遞上那壇酒。

那句「佳釀雖好，奈何本宮嘗著這酒還不如我太子妃的唇齒之香」讓蘇子斬剎那間眉目冷得霜雪齊下，院外的暖風似乎都散了個乾淨。

院中侍候的人瞬間大氣也不敢出，管家駭然得更是將自己當成了空氣。

蘇子斬殺意籠罩眼簾，看著小忠子冷冷地開了口：「太子殿下是派你來送死的嗎？」

小忠子謹慎地道：「回子斬公子，奴才是來傳話的。」

蘇子斬忽然冷冷寒寒地一笑：「好得很。」

小忠子垂首，默然而立。

「將酒拿進來。」便回身離開了窗，坐在桌前。

管家連忙接過那壇酒，快步進了屋，放在了蘇子斬面前。

蘇子斬執起酒罈，晃了晃，還剩下半壇，他放下酒罈，眼底的陰鬱冰寒殺意漸漸褪去，驀地揚起嘴角，對外面道：「你回去回話，就說沒想到太子妃賭技冠絕天下，品酒的本事也令人驚奇。太子殿下不懂女人，佳人如同佳釀，他是不會品的。子斬不才，以後願幫殿下代勞。」

小忠子剛踏出武威侯府府門，風一吹，發現背後衣衫已濕透。他暗罵這趟果然不是什麼好差事兒，福管家不想來受這個罪，便抓了他來當替死鬼，真是如在鬼門關走了一遭。

小忠子一路恍恍惚惚地回到東宮，聽聞雲遲還在鳳凰西苑，頭皮發麻地前去回話。

秋月早被方嬤嬤扶回了她的房間，酒盞碗碟早已收拾乾淨，花顏依舊躺在床上昏睡著。雲遲坐於床頭，有一下沒一下地把玩著她早先因在他懷裡掙扎散亂的青絲。

小忠子深一腳淺一腳地踏進院子，立在門外，對雲遲回稟見到蘇子斬的經過。

雲遲聽到最後一句，溫潤的眸光湧上涼寒，容色也賽如冰雪，他轉過身，死死地盯住花顏。

昏睡著的花顏，身上滿是酒香，臉頰如霞色織染，青絲散落在枕畔，沒蓋薄被的身子玲瓏曼妙，姿態嬌人。他深吸了一口氣，轉過臉，對外面沉聲說：「知道了！下去吧！」

小忠子如蒙大赦，連忙退出了院外。

雲遲又坐了片刻，身子忽然向床邊一靠，半躺在了花顏身旁，閉上了眼睛。

蘇子斬，他可真……敢！

甯和宮，太后聽著外出打探消息回來的小太監繪聲繪色地說著昨日順方賭坊的奇事兒，臉色十分之難看。待小太監說完，她的臉色已鐵青一片。

臨安花顏，她昨日才聽聞她前日來了京城，從臨安到京城，驅車不過十日路程，她硬生生地走了一個半月，這也罷了，偏偏她剛進京，不在東宮好生待著，等著她傳話進宮來見，竟敢跑去了順方賭坊，那是女人該去的地方嗎？

她不但去了，竟然還拆了順方賭坊的台，贏了九大賭神，弄得天下皆知。她這是想幹嘛？

身為女子，炫耀賭技，很有臉面嗎？真是不成體統！

太后怒氣連連，怒問：「太子呢？可說了什麼？」

小太監連忙回話：「回太后，昨夜是太子殿下親自去順方賭坊接太子妃的，沒說什麼。」

太后一聽，更是惱怒：「他竟然就這麼任由她？絲毫沒懲處？」

小太監搖頭：「奴才沒聽到東宮傳出太子殿下懲處太子妃的消息。」又小心翼翼地說，「倒是聽說昨夜太子殿下吩咐福管家親自去給御史台的大人們傳話，說不得妄議此事。是以，今兒早朝，御史台無人敢遞摺子說隻言片語。皇上於早朝後派人請殿下去了帝正殿，訓斥了一番，但反被殿下給氣著了，宣了太醫。」

太后聞言，一時氣血不順，手猛地拍了下扶椅：「他這是存心包庇。」

小太監不吭聲了。

一旁的嬤嬤見太后氣得不輕，連忙伸手為她撫背順氣：「太后息怒，仔細身子。」

太后恨鐵不成鋼，怒道：「他就是認準了那個花顏，哀家怎麼就看不出那個女人哪裡好了？哀家真是後悔，當初就該將她那一頁給狠狠地撕去，管那花名冊完不完整，太子也就不會選上她了。」

那嬤嬤連忙寬慰：「太子妃必有其長處！您懿旨賜婚都有一年了，只看過那幅畫像，一直未曾見著真人，看不出太子妃的好，也是常理。這樁婚事兒拖了這麼長時間，殿下依舊沒有絲毫鬆動的意思，顯然是非她莫屬。昨日之事，的確有些出格，但您費些心將太子妃叫進宮來，好好教導些時日，想必太子妃就知事了。」

太后聞言怒氣消了些，長長地歎了口氣：「哎，雲遲這孩子，叫我說他什麼好？想要什麼樣的女人沒有？這個不行，換一個就是了，左右倆人還未大婚，也未過禮，更未拜天地入玉牒。他偏偏說什麼天家擇人，擇到誰就是誰，死活不改了。」

那嬤嬤笑道：「太子殿下自小就是個有主張的人，這也是太后您教導的好。」

太后愛聽這話，雲遲自小在她身邊教養，是她看著長大的，從小小少年，驚才豔豔，到如今監國涉政，百官臣服，一步步，從沒出過岔子。她了笑起來：「就你這張嘴會哄我。」

那嬤嬤也笑起來：「老奴說的是實話。」

太后笑了半晌，吩咐道：「小李子，你去東宮，就說哀家請臨安花顏入宮。」

小李子應是，連忙出了甯和宮。

來到東宮，小李子說明來意，福管家不敢怠慢，連忙帶著他去了鳳凰西苑。

路上，小李子納悶地小聲問：「殿下今日這麼早就回了府中？」

福管家點頭，也小聲回道：「不錯，殿下不到午時便回府了，如今在太子妃落住的鳳凰西苑處。」

小李子看了眼天色：「今日朝中無甚要緊之事嗎？」

福管家搖頭：「不得而知，總之今日殿下回來得早。」

小李子點點頭，不再多問。

二人來到西苑，院落靜悄悄的，福管家放輕了腳步，對守在外面的方嬤嬤問：「殿下呢？」

方嬤嬤低聲說：「在屋內，一直沒出來。」

福管家暗驚，殿下從外面回來便進了這西苑的主屋，如今已然一個半時辰了。他看著緊閉的房門，裡面沒有半絲動靜，一時間竟不敢上前打擾。

小李子覺出不對，低聲問：「福管家，怎麼了？」

福管家躊躇片刻，壓低聲音：「太后可說了讓太子妃什麼時辰入宮？」

小李子想了想，道：「太后不曾說，只讓奴才來請太子妃入宮。」

福管家鬆了一口氣，低聲道：「殿下和太子妃如今似乎不便打擾，公公不如先隨我去花廳歇會兒，喝盞茶，等等再說。」

小李子看了一眼緊閉的房門，聞言知意，點了點頭。

鳳凰西苑自有花廳，方嬤嬤帶著婢女端上茶點，福管家試探地詢問了幾句太后關於昨日太子妃之事的看法，小李子也不隱瞞，直說了。

福管家知道太后一直不樂意這樁婚事兒，勸說了殿下不知道多少回，偏偏殿下認定了不改，太后拿其無法，如今聽聞太子妃昨日在順方賭坊的事兒，自然是心有不滿，估計恨不得取消這樁婚事兒，給殿下換個太子妃。

奈何，太后不知，其實太子妃也不願這樁婚事兒，不願嫁給殿下。

這兩日，他是真正看得明白，這樁婚事兒，執著的，還真只殿下一人而已。

福管家暗暗歎著氣，陪著小李子喝了一盞又一盞茶，直到二人都喝不下了，也沒聽到主屋傳出動靜，他無奈地瞅著小李子，商量地說：「昨日殿下一夜未睡，想必太睏倦了，入眠得久些。眼見日色都西沉了，即便今日傳了太后口諭，這麼晚了，太子妃也無法進宮給太后請安了。若不然公公先回去？待殿下和太子妃醒來，老奴代為稟告一聲？」

小李子看了一眼西沉的太陽，西邊天空已然火紅一片，他想著太子殿下和太子妃還未大婚，如今這白日裡竟然已經同床而眠了嗎？若是如此，還真不好叫醒打擾。

他猶豫片刻，點點頭：「那好，太后怕是等急了，我先回宮回話，頂多明日再來一趟。」

福管家連連點頭，送小李子出府。

回到甯和宮，小李子稟告了東宮之事，他跑了一趟，在東宮待了足有小半日，沒見到人，沒傳上話，無功而返，太后聽完他稟告後，氣得好半響才吐出一句話：「竟然白日同榻而眠……真是……不成體統！」

雲遲倚在花顏身邊，本來沒想睡，但漸漸的，聽著她均勻的呼吸聲，安然至極，他聽著聽著，不知覺地也跟著睡熟了。

一覺醒來，屋內漆黑一片。

他怔愣良久，慢慢地轉過頭，黑漆一片中，身旁有個溫軟的身子泛著酒香，他一伸手碰到了她嬌嫩的臉頰，他怔然片刻後，才想起了什麼，撤回手，緩緩地坐了起來。

屋中十分安靜，她呼吸輕淺均勻，如此安然，令一室都盈滿溫暖氣息。

他在黑暗中起身，走到了桌前，拿起火折子點燃了燈盞，又轉身看向那輕紗帷幔後，熟睡著的曼妙女子。靜靜地站了許久，忽然又揮滅了燈盞，轉身走出了房門。

聽到動靜，方嬤嬤警醒地從不遠處的偏房走出，見到雲遲，連忙見禮：「殿下！」

雲遲隨手關上了房門，「嗯」了一聲，沒說話。

方嬤嬤偷偷打量雲遲，發現他神色較以往似乎都溫潤柔和了些，周身帶著暖意。見他不語，她試探地低聲問：「殿下，您可是餓了？可用晚膳？」

雲遲看了一眼天色，霧氣有些濃，他辨不清，遂問：「幾時了？」

方嬤嬤立即道：「亥時了。」

雲遲一怔，低喃了一聲：「竟然已經亥時了嗎？我竟睡了這麼久。」

方嬤嬤點頭，小聲說：「午後，甯和宮的小李公公來過，說奉了太后的口諭，來請太子妃入宮，但那時您與太子妃都在睡著，福管家便請小李公公喝了小半日茶等候，未敢打擾，後來，日色西沉，小李公公等不起，便回宮了。」

雲遲抬眼，方嬤嬤立即低下了頭。

雲遲想到了什麼，忽然失笑：「這樣也好，經過了今日，皇祖母想必不會再一味反對了。」

方嬤嬤不接話，等著吩咐。

雲遲又站了片刻才向外走去，同時吩咐：「端三四樣飯菜，送去書房吧。」

方嬤嬤垂首：「是！」

雲遲走了幾步，又吩咐：「讓廚房今夜留一人守著，她若是醒來，想必也會用些飯菜。」

方嬤嬤又頜首：「是！」

雲遲不再多言，出了鳳凰西苑。

花顏被氣暈後，酒意也蔓延開來，一覺睡到了天色濛濛亮。

她睜開眼睛，發現自己躺在床上，喉嚨發緊，嗓子乾渴得不行，便跳下了床，走到桌前，拿起水壺，對著壺嘴，便是咕咚咕咚一氣猛灌。

喝了一壺水，方才解了渴。

她放下水壺，神思清明了些，腦中忽然想起氣暈醉倒前的一幕，頓時一陣氣血翻湧，險些站不住。

雲遲……這個混蛋！堂堂太子，竟然做登徒子！

她臉上一陣火燒，心裡又氣又怒，半晌，她頹然地坐在了椅子上，煩躁地抓抓腦袋，這才發現自己的一頭青絲披散著，早先綰起的雲鬢不見，玉簪釵環首飾都齊整地擺放在床頭，似是人為地將它們放在了那裡。

她盯著飾品看了片刻，似要看出火光，片刻後，又雙手捂住臉，身子無力地靠在了椅背上。

辦法用盡，依然鬥不過他。她今生的剋星，難道就是他了？

她猛地搖頭，不！

屋中依舊飄著酒香，她的身上依舊染著濃濃酒氣，這氣味雖然好聞，但一想起這酒帶來的後果，便咬牙切齒，再好的酒味，如今是一刻也不想聞了。

她騰地站起身，快走兩步，出了內室，珠簾晃動聲中，她來到外屋，打開了房門。

方嬤嬤及時出現，看著打開房門的花顏，連忙問：「太子妃，您醒了？您可是餓了？殿下昨夜走時吩咐了，讓廚房留了廚子守夜，就怕您半夜醒來會餓，廚房一夜未熄燈。」

花顏聽著，敏感地抓住她話中重點，臉色變化咬著牙問：「你說……他昨夜走時吩咐？」

方嬤嬤點頭：「殿下昨日來了西苑後，一直到亥時方才睡醒離開。是走前吩咐下的話。」

花顏氣血猛地又湧上心頭，低頭看向自己衣服，衣衫雖然褶皺頗多，但穿著完整，她鬆了一口氣的同時卻仍舊沉怒，看著方嬤嬤：「你的意思是昨日我醉倒昏睡後，他一直沒走？」

方嬤嬤見花顏臉色十分難看，琢磨著是不是自己哪裡說錯了，慢慢地點了點頭。

堂堂太子，竟乘人之危，若是她沒記錯，她氣暈醉倒時，那時還未到午時，他竟然在她房中歇了半日又半夜？

整個東宮估計已人盡皆知了！

她額頭突突直跳，臉色陰沉地又磨了片刻牙，才一字一句地說：「雲遲呢？他在哪裡？」

當著方嬤嬤的面，她連太子殿下也不稱呼了！

方嬤嬤一驚，看了花顏一眼，連忙垂下頭：「太子殿下此時應該是去早朝了。」

花顏抬眼看了眼天色，東方天空已現出魚肚白，她攥了攥拳頭，總不能找去皇宮的金鑾殿與他算帳。她深吸一口氣，再吸一口氣，鬱氣滿腹，沉沉地說：「我要沐浴。」

方嬤嬤連聲說：「奴婢這就吩咐人抬水來。」說完立即快步去了。

花顏站在門口，清晨的涼風吹過，也驅散不走她心裡的火氣和血氣，她鬱鬱地站了許久，見方嬤嬤帶著人抬來了浴桶，她才壓下怒氣，轉身回了房。

沐浴之後，她換了一身乾淨的衣裙，打開窗子，任屋中的酒氣混合著暖氣散了出去，清新的空氣流入屋中，不多時，屋中的酒味便消散了。

方嬤嬤端來早膳，花顏坐在桌前，食不知味地用了些後，放下筷子，問：「秋月還醉著？」

方嬤嬤點頭：「秋月姑娘還在醉著，至今未醒。」

花顏想著憑她那點兒破酒量，昨日喝了三四盞，估計還要睡上一日。

方嬤嬤見花顏沒再說話，猶豫了一下，稟告：「昨日太后身邊的小李公公來傳話，說太后請您進宮，恰逢您醉酒，殿下也宿在了這西苑，他便沒打擾，等了小半日後回宮回話了。今日殿下出宮上朝時，他又來了一次，恰好在宮門口被殿下遇到，殿下說您身體不適，恐怕要歇幾日才能進宮去給太后請安，便又給推了。」

花顏聽著，臉色又難看起來，也就是說，昨日雲遲宿在她房中連太后也知道了？而今早天還沒亮又派了人來，他竟然又以她身體不適給推脫了？不是醉酒不適，而是身體不適，如此讓人誤會的話，他這是要幹什麼？

堂堂太子，這種手段他也使得出來！

花顏冒火地端起茶盞，方嬤嬤剛要說茶已冷新換一盞，話還沒出口，一盞涼茶已被她一口氣灌進了肚子裡。

方嬤嬤後退了一步，覺得她今日是多說多錯，咬緊舌頭，再不敢輕易開口了。

宿醉之後，喝了涼茶，又生了一肚子氣，花顏當真身體不適了起來。

春夏暖風和煦，花顏便躺去了院中的籐椅上曬太陽，沐浴在日色裡，花顏閉著眼睛，滿腦子想的都是怎麼掙脫如今的困局。

她本來覺得昨日之事足夠今日御史台彈劾，讓皇帝、太后厭惡她，宮裡朝綱一致會對她這個太子妃不滿透頂，諸多壓力下，雲遲怎麼也要順從人心，取消這樁婚事兒。

可是她萬萬沒想到，雲遲不要臉至此，輕描淡寫地壓制了御史台無人敢彈劾，京中雖然傳言沸沸揚揚，但偏偏宮中和朝綱無人前來要治罪於她。現在她頭頂上的這頂太子妃帽子扣得嚴實，怎麼也摘不下來。

她算是真正的見識了，他這個太子完完全全把持了朝綱。

她躺了一會兒，覺得頭頂上陽光炙熱，抬手將胳膊放在頭上，寬大的衣袖霎時遮住了半張臉。一時間身上被烤的暖意融融，她暫且想不到什麼好法子，索性不再想，閉上了眼睛。

不知覺地，又疲憊地睡著了。

方嬤嬤見花顏竟然躺在院中睡著了，湊上近前輕喚她兩聲，請她回屋去睡，她卻搖搖頭，方嬤嬤只能回房，拿了一床薄毯蓋在了她身上。

第六章 無功而返

花顏這一睡，便是半日。

午時，雲遲破天荒更早地回了東宮。

他進了府門，便問福管家：「她呢？可睡醒了？」

福管家知道他問的是誰，連忙回話：「回殿下，太子妃天還未亮時就醒了，用過早膳，太陽出來後，她便躺在院中的籐椅上曬太陽，曬著曬著就睡著了，如今……似乎還在睡著。」

雲遲蹙眉，看了一眼天色，抬步去了鳳凰西苑。

來到西苑門口，他便看到了院中籐椅上躺著的花顏，碧色織錦纏花羅裙，纏枝海棠尾曳在裙擺處，在暖日裡嬌豔盛開，她靜靜地躺著，胳膊擋在頭額間，遮住半邊顏色，寬大的衣袖微垂下一截，露出如雪皓腕，腕間一只翠玉手鐲，簡單明媚，陽光下，她如一片碧湖，周身既透著陽光的暖，又透著湖水的涼。

雲遲停住腳步，想起一年前她初見花顏時……

皇祖母派了傳旨的公公前往臨安花府傳旨，她聽聞後，硬說懿旨大約是弄錯了名字，花家的一眾長輩們竟然也認同她的話，覺得懿旨可能真的寫錯了，傳旨的公公被他們弄得心中也存了疑，便帶著懿旨騎快馬折回了京，累暈在了東宮門口。

他聽聞後，覺得這天下間的稀罕事兒莫不如這一樁了，古往今來，怕是第一次有人覺得懿旨會傳錯，偏偏舉族也都認同。於是他妥當安排了朝中諸事後，親自帶了懿旨去了趟臨安。

那一日，花家的族長帶著他去了花顏苑，他在花府鞦韆架旁的躺椅上找到了她，彼時，她用書遮面，就是這副模樣。

時隔一年，他發現當日情景依舊記憶猶新。

那時，她頂著一張吊死鬼的臉，嚇暈了小忠子，後來，洗了臉後，便對他義正言辭地說了一通她不配做太子妃的話，之後，花家的一眾長輩們以不敢欺瞞於他，輪流地或直白或委婉地將她從小到大不守閨儀不懂禮數的事蹟說了個全，罄竹難書，話裡話外，都是讓他收回懿旨。

他在花家住了七日，每一日都能聽到花家眾人對他說她做不好太子妃的各種言語，他不為所動，花家人見他心意堅定，勸說不動，便欣然接受了，而她卻對他惱恨不已。

去年一年，從他留下懿旨離開臨安後，她便接二連三惹出事端，不是想方設法弄壞她自己的名聲，就是背地裡給他使絆子設陷阱挖大坑，讓他改主意。

真是千方百計，花樣層出不窮，讓他應接不暇。

一個半月前，派人給他送了一支乾巴的杏花枝，踏入東宮門口，又給了他一支大凶的籤文，然後在順方賭場大殺四方惹上蘇子斬……

她弄出的事情一次比一次大，真是鐵了心要擺脫他太子妃的頭銜。

他負在身後的手狠狠地攥了一下，收回思緒，踏進了院子。

方嬤嬤帶著人迎上前，無聲地見禮。

雲遲擺擺手，緩步走到籐椅前，低頭看了花顏片刻，忽然伸手，將她連人帶薄毯一起抱起，向屋中走去。

她剛走兩步，花顏便驚醒了，睜開眼睛，見是雲遲，頓時瞪眼，怒道：「你做什麼？放我下來！」話落，想到他昨日的輕薄，又補充了一句，「登徒子！」
雲遲聞言氣笑，停住腳步，揚眉瞅著她，溫涼的嗓音如湖水：「登徒子？」
花顏怒道：「不是嗎？我難道說錯了不成？」
雲遲看著她的眸光，似也想起了昨日，抿了一下唇角，輕輕一笑：「你是我的太子妃，以後，冠我之名，屬我之姓，如今我如此對你，也算不上輕薄孟浪。」
花顏氣極敗壞，抬腳就要踢他。
雲遲輕而易舉地扣住了她的腿腳，抱著她面不改色地進了屋，同時說：「聽說你在外面睡了半日了，仔細著涼，還是屋中睡比較好。」
花顏惱恨：「與你何干？我就是樂意在外面睡。」
雲遲抱著花顏邁進門檻，珠簾晃動打了花顏一臉，她頓覺他是故意的，便伸手抓了珠簾往他身上砸。
一時間，珠簾清脆碰撞聲不絕於耳。
雲遲任她砸了兩下，也不惱怒，跨進了裡屋，將她放在了床上，見她不甘心地還要動手，他扣住她手腕，似笑非笑地看著她：「我聞你昨日的酒香還在，你若是再不規矩，我不介意再品嘗一番。」
花顏怒極，堪堪地住了手。
雲遲見她規矩，似有些失望，慢慢地撤回手直起身，剛要再說什麼，忽然看到衣袖上沾染了的血跡一怔：「你……受傷了？」
花顏也看到了，想也不想地便反擊回去：「你才受傷了！」

「那我從你身上沾染的這血跡是怎麼回事兒？」

花顏剛想說誰知道你從哪裡沾染的賴在我身上，忽然想起了什麼，伸手往身後一摸，探到一片濡濕，她再看雲遲的衣袖，臉色便奇異地羞紅了，又羞又怒地瞪著他。

老天！來葵水了！她竟睡得渾然不知！怪不得今日早起身體不適，她以為是宿醉加涼茶加被氣昏的原因，沒在意，卻憑地惹出了眼前這一場冤孽。

雲遲看著她臉色一瞬間變幻了幾種顏色，從有些白有些紅再到有些青有些紫，眸光奇異地泛著羞怒，他還是第一次在人臉上能看到這麼多神色，尤其是那抹羞澀，極其動人。他忍不住多打量了一會兒，覺得真是新奇，她竟然會害羞。昨日他吻她，似乎都沒看到這樣的顏色。

花顏見他盯著他，更是羞憤又惱怒：「你出去！」

雲遲失笑，抖抖衣袖：「你還沒給我一個解釋。」

花顏憋住一口氣，覺得頭昏腦脹，想昏死過去，但這樣也太沒出息了，更是丟臉。尤其是她不覺得堂堂太子是傻子，他如此聰明，即便現在想不到，被她尷尬地蒙混過去，事後他也會了然拿此事笑話她。

既然如此，她索性一不做二不休，看是他臉皮厚，還是她的臉皮厚。

於是，她定了定神，收了諸多神色，問：「你真要我給你一個解釋？」

雲遲見她的模樣，直覺不妙，但還是道：「說來聽聽！」

花顏將手從身後拿出來，手上一片鮮紅，張開在雲遲面前，有些觸目驚心，她面不改色地說：「我的葵水來了，不知殿下這東宮，可有準備布包棉絮之類的東西？」話落，見雲遲一怔，她笑著說，「我如今不便使喚人，殿下既然與我不是外人，便去幫我找找這些東西拿來好了。」

雲遲有生以來，第一次呆愣當場。

他看看自己衣袖上的血跡，又看看花顏那被染紅的手指，一時間，紅暈慢慢地由耳根爬上清俊的臉龐。

竟然是她的葵水！

他動了動嘴角，在花顏笑吟吟的注視下，竟然說不出話來。

花顏忽然樂不可支地擁著身上的薄毯大笑了起來，笑聲如銀鈴一般悅耳，身子抖動，如花枝亂顫。

雲遲看著她，一時間氣血湧上心口。

花顏笑了半晌，伸手指著他：「堂堂太子，竟然也有這麼一副呆傻模樣，今日我可算是開了眼界了！」話落，不客氣地取笑，「你連女人的葵水也不知嗎？」

「你……」雲遲沒想到自己反倒被她取笑了，看著她，又是羞怒又是氣惱。

花顏揚起脖子：「我怎樣？」

「你到底……是不是女人？」

這等事情，竟然也如此被她拿出來公然當面說，還反過來笑話他。

花顏嗤笑，晃了晃手：「我是不是女人，你如今不是正在驗證嗎？別告訴我男人也有葵水這種東西？」

雲遲心血騰地從心口湧上頭，沒了話。

花顏更是嘲笑地瞧著他，心中暗暗嘖嘖不已，今日這一招雖然讓她有點兒害羞，但如今看著堂堂太子比她還羞惱薄怒的模樣，真是賺了。

半晌，雲遲終於受不住花顏的眼神，羞惱地一拂袖，快步出了房門。

花顏眨眨眼睛，堂堂太子，這是落荒而逃了？她忍不住再次大笑了起來。

笑聲不客氣地從房內傳出，似乎整個西苑都能聽見。

雲遲踏出門口，腳步猛地一頓，抬眼，晌午日色正盛，他被陽光晃了一下眼睛，身子不由得晃了晃。

院中僕從們不明所以，都悄悄地抬頭去看剛剛從房中疾步走出的雲遲，驚異地發現，太子殿下面上的神色前所未見。

雲遲深吸了一口氣，忽然又氣又笑。

臨安花顏，她總是知道怎樣扭轉利弊，她自己做出的事情反而讓別人倉皇無措。天下有哪個女人能在做出這種事情之後還笑得如此暢快？

方嬤嬤瞧著雲遲，心中拿不准剛剛發生了什麼事兒，但見他從屋中疾步出來後便站在門口不動，小心地上前，試探地低聲問：「殿下？」

雲遲勉強壓制住面上神色，伸手要揉眉心，手剛抬起，忽然想起衣袖上的血跡，猛地一僵，將手迅速地背負到了身後，看著方嬤嬤，咳了一聲，吩咐：「你去屋裡，看看她可有什麼需要，照辦就是。」

方嬤嬤立即點頭：「是，殿下。」

雲遲抬步，不再逗留，出了鳳凰西苑。直至走出很遠，似乎還能聽到西苑裡傳出的笑聲，嗡嗡地在他耳邊響。

小忠子跟在雲遲身後，作為殿下隨身侍候的小太監，自小跟隨殿下多年，敏銳地察覺到了雲遲一直負在身後的手，即便殿下掩飾得極好，他還是隱約地看到了他衣袖上露出的一點兒血跡，雖然不明所以，但他聰明地不會追問。

事關太子妃的事兒，他自從一年前在臨安花府被那張吊死鬼的臉嚇暈過去之後，他就十分的長記性。

福管家迎面走來，見到雲遲，愣了一下，恭敬地問：「殿下，您不在西苑用午膳？這是……還要出府？」

雲遲面上已經恢復鎮定，清淡地吩咐：「將午膳送去書房吧，我有些事情要去書房處理。」

「是。」福管家連忙應聲。

雲遲抬步去了書房。

今日他推了許多事情早早回府，本來是打算與她一起用午膳，再與她好好談談，讓她徹底打消取消婚約的心思，沒想到出了這一樁事兒，被她反將一軍，今日只能作罷了。

關上書房的門，無人了，他才看向自己的衣袖，那血跡已乾，但依舊醒目，讓他清俊的臉再次燒了起來。

盯著那血跡看了半晌，他覺得整個人都如火燒。

有些惱怒地伸手扯了衣袍，攢成一團，對外面喊：「小忠子！」

「奴才在！」小忠子連忙推開書房的門，「殿下可有什麼吩咐？」

雲遲將手裡的衣袍遞給他，吩咐：「拿去燒了！」

小忠子一愣，連忙伸手，手中忙不迭地說：「奴才這就去！」

剛要伸手接過，雲遲忽然又將手撤了回去，紅著臉改了注意：「你去找個匣子，將這件衣袍裝了，收起來吧。」

小忠子眨眨眼睛，探究地看著雲遲。

雲遲面上不自然，轉過頭去，低斥：「快去！」

小忠子連忙應是，不敢再探究，連忙快步出了房門。

雲遲將皺成一團的衣袍放在案桌上，終於用手揉了揉額頭。

不多時，小忠子極有效率地找來了一個精緻的匣子，同時還抱了一件嶄新的衣袍遞給雲遲。

雲遲打開匣子，伸手將那皺成一團的衣袍扔進了匣子裡，又將匣子上了鎖，才對小忠子說：「拿去收起來吧！」

「是！」小忠子小心地抱著匣子，仔細地找了妥當之處，收了起來。

雲遲換上嶄新的衣袍，周身的火氣似乎才褪去了。

花顏在雲遲走後，心情大好，一改兩日來被他屢次欺負的悶氣一掃而空，心裡無比舒暢。

方嬤嬤依照雲遲的吩咐，走進裡屋，對花顏詢問太子妃是否有需要差遣之事？她一定照辦。

花顏也不客氣，更不臉紅，對方嬤嬤一本正經地說：「我來葵水了，勞煩嬤嬤找些墊著的物事兒來吧！」

方嬤嬤一怔，恍然明白了剛剛屋裡發生了什麼事兒，暗想太子妃真不是一般的女子，這若是擱在別的女子身上，在殿下面前露出了這等事兒，怕早就羞臊得恨不得找個地縫鑽了，偏偏她反其道讓殿下落荒而逃了。

她在東宮已多年，從來沒見過殿下像今日這般模樣過。

她心裡也隱約有了些好笑，點點頭：「奴婢這就去找，太子妃稍等片刻。」說完，便趕緊出去了。

花顏雖然沒看到方嬤嬤面上的笑，但那一雙眼睛，似乎笑在了心裡，她眨眨眼睛，暗想著這東宮的人似乎也不像她想像的那般古板嘛，否則這位嬤嬤早就在心裡對她此舉厭惡透頂了。

不多時，方嬤嬤找來了精緻的布包，同時端來了一碗薑湯紅糖水，又從衣櫃裡拿出了嶄新的衣裙。

花顏洗了手，摸摸布包，裡面墊了柔軟的棉絮，她心下滿意，拿著布包和衣物俐落地換了。之後，將衣物揉成一團，對方嬤嬤說：「拿去燒了！」

方嬤嬤接過，轉身走了出去。

花顏捧著碗，慢悠悠地將一碗薑湯紅糖水喝下，才覺得通身好受了些。

太后兩次派人前往東宮請花顏，都無功而返，她終於坐不住，想要親自前往東宮查看，但又覺得這樣自降身分，以後就不好拿捏那個未過門的孫媳婦兒了。

於是，她按捺不住急躁，命人請雲遲前往甯和宮一趟。

雲遲自然是猜透了太后的心思，暗自搖頭，覺得太后還是不見花顏為好，若是見了她，指不定會氣出個好歹來。而他既不能讓太后被她氣著，又不能讓花顏被太后問罪，免得兩相見面後讓他為難，所以，他以近來朝事兒太過繁忙為由，回了請人的公公，說等忙過這一陣子，得空了，他便帶著花顏去給太后請安。

太后聞言，給氣了個夠嗆，知道雲遲這是護著花顏不讓她見呢。

她這個孫子，自小就有主張，三歲的時候還能聽她幾句，到了七歲，便不聽她的了。

這麼多年，她既無奈又驕傲，拿他完全沒有辦法。

周嬤嬤見太后焦躁又沒有法子，在一旁低聲出主意：「太后，奴婢聽聞五皇子和十一皇子那一日也在順方賭坊，他們定然是見過太子妃，不如您將他們召來問問？」

太后眼睛一亮，立即說：「快去將他們喊來！」

有人立即去了。

五皇子和十一皇子自然不敢像雲遲一樣，得了信兒便連忙趕到了甯和宮。

太后見了他們，不等二人見禮，連忙招手：「你們坐到哀家身邊來，哀家有話要問你們。」

五皇子和十一皇子對看一眼，點點頭，都乖覺地坐到了太后身邊。

太后看著二人也不繞彎子，開口便問：「那一日聽聞你們也在順方賭坊，見著了臨安花顏？」

五皇子眉目動了動，瞧著太后，心中有了一番計較，點點頭，規矩地說：「回皇祖母，見到了。」

何止見到？全程目睹，還陪著她吃了一頓飯呢！那時候哪裡知道她是太子妃？他們的未來皇嫂？十一皇子想起那一日，他連奴才都沒用，親自下了樓，幫著她買了一頓飯，有生以來，第一次做了皇子不該做的事兒，事後想起來，都不明白當時怎麼想都沒想就答應了。

「她如何模樣？你們跟哀家好好說說，說仔細點兒。」太后道。

五皇子偏頭瞅了十一皇子一眼，笑著說：「當日孫兒也不知她是太子妃，沒過於探究，後來太子皇兄的人去接她，我等才知曉。她如何模樣，孫兒已然模糊了，只記得她的賭技十分之厲害，連蘇子斬都十分佩服，順方賭坊虧了兩百多萬兩銀子，蘇子斬也不曾難為她。」

「哦？」太后蹙眉，「你當日既然在，這才過了兩日，怎麼就不記得她什麼模樣了？」

五皇子笑著說：「孫兒的注意力都在她的賭技上了，真真是神乎其技。」

太后聞言不滿，訓斥道：「你也是個愛玩的，堂堂皇子，怎麼能去那種地方只顧著玩樂？不成體統！」

「皇祖母教訓得是，孫兒以後定然改過。」五皇子連忙請罪。

太后沒問出什麼來，轉向十一皇子：「小十一，你來說說她！」

十一皇子暗想五皇兄睜著眼說瞎話的本事兒又見長了，那一日順方賭坊三樓夜明珠照得燈火通明，而他們陪著她吃了一頓飯又喝了茶，還說了話，她的模樣怎麼會才過兩日就模糊？怕是一輩子都模糊不了。

他撓撓腦袋，對上太后的眼睛，也有些迷糊地為難地說：「皇祖母，那一日人太多了，孫兒只記得九大賭神一個個臉色灰敗，太子妃皇嫂似乎長得……」

太后豎起耳朵，長得如何？可還過得去？可配得上他的好孫兒？

十一皇子吭哧半晌，吐出一句話：「臉很白。」說完，又補充了一句，「當日夜明珠的光芒太強了，孫兒也想不起來了。」

太后氣惱：「你們兩個，怎麼回事兒？我們皇家的子孫，看人視物，不該這麼差勁兒才是啊！夜明珠照得亮堂，不是才能將人照得更清楚嗎？」

十一皇子不吭聲了。

太后瞪著二人，見二人似乎真是想不起來，她又是氣悶又是無法：「真是兩個笨蛋！」

五皇子面皮動了動，十一皇子嘴角抽了抽，想著皇祖母還是第一次罵人笨蛋。

他們雖然不承認自己是笨蛋，但如今也只能認罵了。誰叫太子妃如何，他們是真不能說呢。畢竟太子皇兄連御史台一眾大臣的嘴都封死了，雖未派人給他們傳話，但也間接地告訴他們，收攏嘴巴。

半晌，太后擺擺手：「行了，你們……」她剛想說下去吧，忽然又不甘心就這麼見不得人連她長什麼樣子至今都不知道，又改口說，「你們兩個現在就去東宮，將人給哀家看清楚，回來報我。」

五皇子一愣。

十一皇子卻頓時來了精神，脫口問：「皇祖母，那我今日的功課……」

太后道：「你今日的功課就不必做了。」

十一皇子立即站起身：「孫兒這就去！有好些時日沒去太子皇兄的府邸了。」

五皇子也站起身：「孫兒遵皇祖母口諭。」

太后囑咐：「無論用什麼法子，一定要見到人，看清楚些。」

二人齊齊頷首，遵旨出了甯和宮。

一路二人都沒敢說話，畢竟宮裡人多眼雜，出了宮門，十一皇子像放飛的鳥兒，拉著五皇子，悄悄地說：「五皇兄，你說，咱們這樣前往東宮，四哥會讓咱們見人嗎？」

五皇子向東宮方向看了一眼，模棱兩可地說：「也許吧，去了就知道了。聽聞他今日早早就回東宮了，往日裡，他午時從不回府，午膳都是在議事殿用。」

十一皇子也看向東宮方向，有些感慨：「沒想到四哥給自己選的太子妃是那般模樣，那樣的隨性灑脫不拘泥規矩，與他的行止做派簡直南轅北轍，大相徑庭，他的規矩那麼大，她嫁入東宮，做咱們皇家的媳婦兒，以後能適應得了宮裡的生活嗎？我很懷疑。」

五皇子連忙捂住十一皇子的嘴，四下看了一眼，警告：「十一弟，謹言慎行。這話你怎麼能渾說？仔細四哥收拾你。」

十一皇子吐了吐舌，也覺得這話不該說，誠然地點點頭：「五哥教訓的是，我以後再不敢說了。」

五皇子鬆開手，雖然他也覺得這話沒錯，但是依照太子的脾性，這一年了，無論太后怎麼不同意，皇上也頗有微詞，他都無動於衷來看，這婚事兒要有變數恐怕也沒那麼容易。

二人一路再無話，來到了東宮。

福管家聽聞兩位皇子來了，連忙親自迎去了門口，拱手見禮，笑呵呵地問：「兩位殿下今日怎麼有空來了？」

五皇子笑著說：「那一日見過太子妃，未曾好好見禮，今日特意來拜見。」

十一皇子也點頭。

福管家一愣，想起那一日之事，連忙說：「太子殿下今日正巧在府裡，如今在書房，兩位殿下是否先去見過太子殿下？」

二人齊齊點頭：「自然是先見過四哥。」

福管家頷首，立即帶著二人向書房而去。

雲遲已經得到了消息，想著皇祖母對他的婚事兒太上心，偏偏花顏又想攪合黃。他揉揉眉心，吩咐小忠子：「既然他們是來拜見太子妃的，我今日事忙，讓他們不必來見了，請去會客廳小坐，再讓人去西苑問一聲太子妃，她說見就出來見，不見的話，就直接回了。」

小忠子應是。

福管家得了吩咐，請五皇子和十一皇子去了會客廳，吩咐人上了茶後，自己親自去了西苑。

花顏這兩日睡得太多了，雖然因葵水來了身體不適，但也不想再睡了，用過午膳後，百無聊賴，正琢磨著做點兒什麼打發時間，福管家便來了。

福管家極其巧妙地傳話：「太后早先請了太子殿下去甯和宮，殿下事物繁忙，未曾得空去給太后請安，太后便傳了五皇子和十一皇子前去小坐。如今兩位殿下剛從宮裡出來。」

花顏聽著這話自然明白得很，想著她來京三四日了，太后派人來請兩次，都無功而返，那老太太見不著她，顯然坐不住著急了。

可是她又拉不下臉來東宮，請雲遲他又不去解釋，她便想出了這麼個折中之法，讓五皇子和十一皇子來探聽消息。

基於在順方賭坊她欠了十一皇子親手給買飯菜的一個人情，按理說，她不該將人拒之門外才是，可是才三四日，著實還不夠讓太后真正急起來，既然雲遲有話在先，說她不見便可推了，那便推了得了。

她要等那老太太實在受不了，對她大發脾氣時，她再出手，讓她徹底不滿。

不知道她若是氣得抹脖子上吊死活不同意這樁婚事兒的話，雲遲能不能退一步允了，不論如何，花顏總要試試。

於是，她懶洋洋地對福管家說：「我身體不適，無法見客，你去回了五皇子和十一皇子，改日我定備酒菜，好好謝過他們那日幫襯之情。」

福管家得了話，連連點頭，快步去回話了。

五皇子和十一皇子沒想到來了一趟沒見著人，不止太子不見他們，太子妃也給推拒了。二人對看一眼，也不強求，坐著喝了兩盞茶，起身出了東宮。

出了東宮後，十一皇子拉住五皇子的衣袖：「五哥，我還不想回宮，你帶我去玩吧！」

五皇子瞅著他：「皇祖母還在宮裡等著我們回話呢。」

十一皇子央求：「咱們連人都沒見著，無功而返，如今立馬回去也討不到皇祖母好臉色，不如晚點兒再回去，那時候皇祖母等了大半日，已然等得累了，三兩句話就會把咱們打發了。何必這會兒上趕著湊上前去找罵？」

五皇子失笑，拍他腦袋：「你不怕皇祖母，難道不怕四哥知道我又帶你去玩再挨訓斥？」

十一皇子回頭瞅了一眼，東宮大門已然緊閉，他立即說：「咱們這是在幫四哥，他即便知道也不會因此訓斥的。」

「好吧，你想去哪裡？」五皇子點點頭。

十一皇子歪著頭想了想：「咱們去敬國公府找陸之凌吧！聽說前日裡他與蘇子斬喝了大半夜的酒，那酒是封存了五年的醉紅顏。」

五皇子覺得這個主意不錯，欣然同意：「好！」

於是，二人一拍即合，去了敬國公府。

陸之凌昨日清早被武威侯府的人送回敬國公府，足足又睡了整整一日在傍晚時分才醒來。他醒來後，發現自己睡在了府中的祠堂裡。

祠堂昏暗，他身上還穿著喝酒前的那身衣服，身下鋪著一塊鹿皮絨毛的毯子。

祠堂裡空無一人，除了供奉著祖宗的牌位，只他這麼一個喘氣的。

他坐起身，揉揉額頭，啞然失笑，他這是又被老爺子給關起來了，雖然是狠心地將醉酒的他扔在這裡，但偏偏又怕凍壞他的身子骨，給他鋪了塊鹿皮絨毛毯子。

這個老爺子，對他可真是又恨又愛！

誰讓敬國公府三代一脈單傳至今，只他這一株獨苗呢！

不過祠堂關不住他，他站起身，鬆鬆筋骨，拍拍屁股，一躍就上了房梁。將頂梁的幾塊瓦片隨手扒拉走，人便出了祠堂，坐在了房頂上。

他懶洋洋地吸了兩口新鮮的空氣，將瓦片重新蓋好，思索著在武威侯府與蘇子斬喝酒那大半夜的情形，蘇子斬在提到破了順方賭坊九大賭神賭技的那位太子妃時罕見的表情，便打定了主意，要去見見她。

雖然天色已晚，偷偷摸摸去東宮不太合乎規矩，但他才不管那些，因為東宮還住著一位似乎不知道規矩禮數為何物的太子妃，能剛來京就跑去順方賭坊，可見與他半斤八兩，雲遲就算發現知道他去了，想必也說不出什麼來。

想到做到，好奇心的驅使下，他連衣服也懶得換，避開了敬國公府的護衛，輕而易舉地踏院翻牆出了敬國公府。

五皇子和十一皇子出了東宮後，沿街正巧遇到了一群剛從外地進京的雜耍班子，逗留了一番，才到了敬國公府。

敬國公聽聞二人是來尋陸之淩，鬍子翹了翹，搖頭：「他被我關在祠堂裡，如今大約還醉鬼一樣地昏睡不醒，兩位殿下改日再來吧。」

二人一愣，再看敬國公恨鐵不成鋼的模樣，齊齊心下了然，也不好強求讓人家將人抬出來，只能又告辭出了敬國公府。

二人轉了這半日，除了得知趙宰輔府今年請了十分有意思的雜耍班子為其賀壽外，再沒收穫，眼見天色已晚，只能回了宮。

太后等了大半日，不見五皇子和十一皇子回來，剛要派人去打探消息，那二人卻進了甯和宮。她見到二人，不滿地問：「怎麼去了這麼久？」

五皇子連忙回話：「回皇祖母，我和十一弟去了東宮後，得知太子妃身體不適，抱恙在身，不好見客，便琢磨著不能就這麼回來，於是想到了蘇子斬，順方賭坊是他的地盤，而他又實打實地與太子妃打了好一番的交道，但您也知道，蘇子斬那人性格乖戾，脾氣怪狠，不好說話，我們即便去，也問不出什麼來，所以，想著陸之淩與他還算交好，那一日與他喝了大半夜的酒，想必知道些什麼，便改道去了敬國公府，是以，耽擱到這麼晚。」

太后對於這個解釋還算滿意，也不責怪了，立即問：「陸之淩怎麼說？」

五皇子歎了口氣：「陸之淩醉酒，被人從武威侯府抬回去後，便被敬國公扔進了祠堂，敬國公說如今還在醉著未醒。」

太后皺眉：「這麼說無功而返了？」

十一皇子連忙接話：「回皇祖母，也不算無功而返，我們從東宮去敬國公府的路上，遇到了從外地進京的雜耍班子，從城門進來後，沿街一邊走著一邊演，十分新奇。據說是趙小姐聽聞父皇今年也要去趙宰輔府湊熱鬧，特意命人請進京的，便想著，屆時您是否也去趙宰輔府坐坐？」

太后聞言深深地歎了口氣：「趙清溪多好的女子，溫婉賢淑，端方孝順，偏偏雲遲不選她，隨手一翻，就定了臨安花顏。不說花家幾代無作為，偏安臨安一隅，論門第，就不及世家門楣的趙宰輔府，論個人才學品貌，哀家即便沒見過那花顏，也知道她敢去賭坊，定然是不懂閨儀，不守閨訓，才學品貌這些年也無甚名聲，不止差趙清溪一星半點。」

五皇子和十一皇子對看一眼，齊齊不說話，暗暗卻想著，臨安花家與趙宰輔府比，門第的確是差，花顏與趙清溪比，閨儀閨訓的確是差，但才學品貌嘛，他們覺得不好說。

那樣的女子，賭技冠絕天下，顯然是極其聰穎之人，才華定然不會差。那一日她待人隨性，言笑間不拘泥無禮，行止淺靜怡人，也不張揚張狂，可見不是無品之人。

那一日她穿著碧色綾羅織錦長裙，尾曳拖地，裙擺繡了幾株纏枝風鈴花，身段纖柔，遠看如西湖景緻墨畫，近看若曲江河畔玉蓮盛開。雪膚花貌，清麗絕倫，端的是麗質窈窕，婀娜娉婷。

趙小姐的容貌雖好，冠絕京都，但比之花顏，他們倒覺得怕是要略差上那麼一籌的。

太后沒從五皇子和十一皇子身上得到什麼有用的消息，等了大半日，她也乏了，只能作罷，心情不好地打發了二人。

五皇子和十一皇子出了甯和宮，對看一眼，都長舒了一口氣。

陸之凌很快就到了東宮，憑著上乘的身手躲避過了東宮護衛的巡邏，翻宮牆闖進了鳳凰西苑。

他目測了主院的位置，輕手輕腳地來到了主屋房檐下，主屋的窗子開著，也省了他糾結該不該這樣闖進太子妃閨房的心思，便大大方方地趴在窗外往裡面瞅。

屋中無人。

太子妃不在？還是不住這裡？

他撤回頭，想著是不是抓個人問問？還沒想好，便聽到院門口傳來雲遲溫涼的聲音：「世子來找本宮，怎麼不走正門？」

陸之凌一嚇，身子一僵，暗罵果然東宮不好進，太子妃不好見，他剛來，雲遲便親自來了。他撓撓頭，轉過身，對著雲遲尷尬一笑：「太子殿下知道的，我慣來喜歡跳牆，進了這府邸，方才想起來這是東宮，不該如此放肆，恕罪了。」

雲遲瞅著陸之凌，只見他頭髮凌亂，身上的衣衫皺皺巴巴的，遠遠聞著還有些酒氣，可見剛剛酒醒就跑來了。

他可真是閒不住，那一日剛縱馬回京便去了武威侯府，與蘇子斬喝了大半夜的酒，被敬國公關了一日夜的祠堂，醉醒了便跑來了東宮。

這副樣子，是來見他的太子妃？

他淡淡一笑：「清河鹽道的差事兒世子可辦妥當了？本宮這兩日一直在等著世子的摺子。不曾想沒走省部內閣，世子親自給本宮送來了。」

陸之凌心裡頓時冒出一股涼氣，摺子？他早就給忘了。他看著雲遲的神色，咳嗽了一聲：「那個……摺子……」

「嗯？」雲遲挑眉。

陸之凌心下一橫，一本正經地道：「清河鹽道的差事兒自然辦妥當了，太子殿下放心吧，摺子我已經寫好了，在我爹的書房，明日一早早朝，便會給殿下呈上來。」

「那你如今來東宮為了哪樁？是來提前告知本宮一聲？」雲遲看著他。

陸之凌心裡犯突，對他說我是好奇你的太子妃，過來瞅瞅人？看看她長什麼樣兒？順便討教討教賭技？他不是蘇子斬，可不敢這麼說。若是他真這樣說，估計雲遲今日饒不了他。

畢竟私闖太子妃的居所，不是什麼光彩的事兒，尤其是被太子殿下親自逮著。

於是，他又撓撓頭，笑著說：「是啊，來告知殿下一聲，我回來後便被我家老爺子關在祠堂裡了，如今好不容易出來，怕殿下不放心清河鹽道的差事兒，摺子遞到您手裡，總要周折一番，所以，不如我提前來說說。」

雲遲似乎相信了他的話，頷首：「既然如此，世子便隨本宮去書房吧，我們好好談談清河鹽道的差事兒你是如何辦的。」說完，率先轉身出了鳳凰西苑。

陸之凌面皮抽了抽，看著他的背影消失在門口，方才想起自己已一日夜未曾進食，就這樣跟他去書房？以雲遲溫水煮青蛙的手段，他怕是要陪著他聊至深夜。

那他豈不是會活活餓死？

他掙扎地覺得自己此時還是盡快離開東宮，方為上策！

他正想行動，即有一個人悄無聲息地站在了他面前，冷著聲：「世子請！」

陸之凌抬頭，便看到了包裹在黑霧裡如影子般的一人，瞬間垮下了臉，雲遲的影衛雲影，自小陪著雲遲一起練功長大，功力與雲遲不相上下，他既然出來請他，他是無論如何也走不了了。

他洩氣地點頭，磨著牙：「真是勞煩你了。」

雲影難得地欣賞了片刻陸之凌臉上的懊惱，誠然地說：「卑職有許久沒與世子過招了，甚是想念。」

陸之凌後退了一步，擺手：「公務在身，改日，改日。」

雲影點頭，如出現一般，無聲無息地退了下去。

陸之凌摸摸額頭的汗，快步出了鳳凰西苑，追上了雲遲。

花顏從秋月的房中出來，向院門口瞅了一眼，暗想這陸之凌也是個有意思的。敢傍晚私闖東宮跑來這鳳凰西苑私會她，被雲遲發現逮了個正著，偏偏面不改色胡謅一通，如此膽子大，委實是個人物，南楚四大公子之一，名不虛傳。

不過看他的樣子，今日估計落在雲遲手裡討不著好。

她有些好笑，對方嬤嬤說：「我出去逛逛園子，不必跟著了。」

方嬤嬤這兩日已經摸清了花顏的脾氣，若說太子妃有什麼是與殿下一樣的，便是這說一不二的做派了。她不敢違背，點點頭。

花顏出了鳳凰西苑，隨意地在園中溜達，聞著花香，一路溜達到了鳳凰木所在之處。

遠遠的，便看到那株「東宮一株鳳凰木，勝過臨安萬千花」的鳳凰木。花紅葉綠，滿樹如火，配著這東宮獨一無二富麗堂皇的景色，當真是應了那句評語。天下頂級的富貴之花，牡丹嬌弱，不若這鳳凰木，站於雲端，高於萬物。

葉如飛凰之羽，花若丹鳳之冠。

好一株鳳凰木！

好一樹東宮富貴花！

花顏不得不承認，鳳凰花之美，的確是與雲遲儀容相配。

她在遠處站了片刻，緩步走近，來到樹下，此時，日薄西山，鳳凰樹在暮色中依舊搖曳多姿，花簇如錦，紅如雲霞，美而炫目。

她身子靠在樹幹上，身後樹幹結實寬厚，能完完全全地承接她的重量，在暮色的餘暉中，風絲不聞，花香撲鼻中，清爽怡人，讓人只覺得天地靜靜，無甚煩惱可言。

她閉上了眼睛，想著大樹底下好乘涼，一點兒也沒錯。待在這樹下，心境便清涼一片。

須臾，一抹風絲拂來，似帶了些許酒香，又似有絲絲縷縷的寒梅香，空氣中的溫度低了那麼幾度。

她心下一動，閉著的眼睛並沒有睜開，仿若未覺。

風絲拂過，鳳凰木三丈外飄然地落下了一個人，暮色餘暉裡，他穿著一身緋紅錦繡華服，身形瘦削修長，手中提了一壇酒，玉扳指按在酒罈口，褶褶生光。

他盯著懶洋洋閉目靠在樹幹上的花顏看了片刻，忽然清冷地一笑，風流邪肆：「陸之凌那個笨蛋，無緣欣賞美人美景，可惜了！」

花顏聞聲睜開眼睛，目光第一時間落在他手中的酒罈上，這熟悉的裝滿醉紅顏的酒罈，讓她眉目一緊，隨即，移開，看著蘇子斬雋逸絕倫的臉，嫣然一笑，輕淺地道：「子斬公子，有勞大駕來看我！」

蘇子斬揚了揚眉，上前一步，將手中酒罈遞給她：「還敢不敢喝？」

花顏心中對這酒曾引起的惡事兒雖然苦大仇深，但不妨礙她仍舊喜歡這酒。乾脆地接過酒罈：

「怎麼不敢！子斬公子的酒，萬金難求，嘗了這酒，世間再好的酒都不入眼了。」

蘇子斬手一頓，眸光緊緊地一縮，默了一瞬，忽然綻開一抹笑，如水洗桃花：「今日我陪你喝。」

花顏將酒罈抱在懷裡，想著陸之凌剛來，就被雲遲發現了，蘇子斬估計也不會被發現得太晚。畢竟這裡是東宮，雲遲的地盤。今日要想好好喝酒，在這裡，怕是沒那麼容易喝成。

但她是真的想喝，不能因為雲遲那混蛋，她從今以後就不喝酒了！

既然蘇子斬親自找來，她也不用客氣了！

所以，她認真地對蘇子斬說：「要陪我喝酒，子斬公子恐怕要帶著我換個地方。上次那壇醉紅顏可惜被半途攪和了，不能令我痛快。今日總不能再辜負了這壇酒。」

蘇子斬聞言低笑，上道地說：「城北三十里，半壁山清水寺，鳥鳴山幽，木魚聲聲，適合飲酒。如何？」

「好！」花顏痛快點頭。

蘇子斬上前一步，伸手攬了花顏的腰，足尖輕點凌空而起，踏著鳳凰木的枝頭，如雲煙一般，幾個起落，踩著宮闕屋脊高牆出了東宮。

等雲影發覺時已為時已晚，想要追上去，卻知道憑著蘇子斬的本事，落後一步便差之千里，於是先去了書房請示：「殿下！」

雲遲知道若非出了大事兒，雲影輕易不出來，於是，他暫停了與陸之凌的談話，走出書房，問：「出了何事兒？」

雲影壓低聲音：「蘇子斬剛剛來了，在鳳凰木下，帶走了太子妃。」

雲遲面色一寒，眉目瞬間清涼入骨。

第七章　夜奔三十里

蘇子斬想帶走一個人，普天之下，即便是他雲遲，要想找到也得費一番心力。

真沒想到他借助了陸之凌前腳剛來引開了他的視線防備，後腳便也闖入了東宮。晚察覺一步，便失了攔住的機會。

但即便如此，他今夜也必須找到人。

蘇子斬本就不能以常理來論之，是個什麼都能做得出來的主，偏偏那個女人一點兒也不想做他的太子妃，在她身上就算真做出什麼來，也不稀奇。

所以，她不能讓她跟蘇子斬待太久。

他壓下心底的怒意，問：「他是如何進來的？」

雲影立即道：「帶了一罈醉紅顏。」

雲遲面容一冷，怪不得能帶走她，想起她喝醉了的模樣，心頭火氣微湧，吩咐：「傳命十二雲衛出動，立即依著酒香追蹤，醉紅顏不同於別的酒，所過之處勢必留香。你也去！」

「是！」

雲影垂首，即刻召集十二雲衛，須臾，十三道身影如煙霧一般，飄出了東宮。

雲遲壓下心底的翻湧，回頭瞅了一眼書房，喊道：「來人。」

小忠子躲在不遠處，聞言立即跑出來：「殿下，可有吩咐？」

雲遲看了他一眼，道：「你派人給宮中傳個信兒，告訴七公主，就說陸之凌在我府裡，她若是想抓人，就立馬過來。」說完，又補充了一句，「餓他一夜，關他一夜，不到明日天明，不准放他離開東宮。若是她關不住人，下次我便不給她機會了。」

小忠子想起七公主的纏功，渾身一個激靈，心下為陸之凌默哀，連忙應聲：「主子放心，奴才這就命人前去。」

雲遲頷首，又吩咐：「通知管家，今夜調動所有府衛，守好東宮，除了七公主，一隻鳥雀不准放進來，一隻蒼蠅也不得再飛出去。不得有誤！」

小忠子覺得通體都涼了，連忙點頭：「遵主子命！」

雲遲不再多言，足尖輕點，消失了身影。

小忠子連忙揮手招來兩人，命一人傳信去宮裡，一人去知會福管家，而自己則進了書房，穩住陸之凌。

主子有要事要辦，又不想便宜放走饒過私闖東宮的陸世子，他今日使出渾身解數，也得幫主子留下人好好地折磨一番。

雲遲沒有立即出東宮，而是去了鳳凰西苑。

他落身站在院中，方嬤嬤發現了人，連忙走上前見禮：「太子殿下！您……」

雲遲打斷她的話：「秋月呢？」

方嬤嬤一愣，連忙回話：「回殿下，還在醉著未醒。」

雲遲溫涼地吩咐：「潑醒她。」

方嬤嬤雖然不明白出了什麼事兒，但見雲遲臉色不好，連忙應是，去了秋月房裡。

秋月本就睡了兩日一夜，也該醒了，如今冷水一潑，激靈靈地打了個寒顫，很快就醒來了。

她睜開眼睛，不解地看著方嬤嬤，納悶：「嬤嬤，你幹嘛潑我？」

方嬤嬤立即低聲解釋：「秋月姑娘，對不住了，是太子殿下要見你。」

秋月激靈一下子從床上爬起來，立即下了地，抹了一把臉上的涼水，問：「殿下要見我？可是我家小姐出了什麼事兒？」

方嬤嬤搖頭：「我也不知道，太子妃半個時辰前去逛園子了，不讓人跟著，殿下是剛剛突然來的。你既醒了，殿下就在院中，快出去見禮吧！殿下臉色不好，別讓他久等。」

秋月一聽，雖不明所以，但還是麻溜地出了房門，果然見雲遲負手而立站在院中，她連忙上前見禮：「太子殿下！」

雲遲瞅了秋月一眼，眼神有些涼，問：「據說你自小便跟在太子妃身邊，可有什麼法子能儘快追蹤到太子妃的蹤跡？」

秋月一怔，脫口問：「我家小姐可是出了什麼事兒？」

雲遲淡淡道：「她被人劫走了。」

秋月面色一變，腦中混沌了那麼一下，立馬想誰會來東宮劫走她家小姐？難道是小姐自己要走？但是怎麼會將她扔在了這裡？要走也該帶上她啊！

她心裡打著轉，奈何剛醒來什麼狀況也不明，見雲遲臉色溫涼，只能對他搖頭：「奴婢剛睡醒，奴婢不知小姐失蹤，奴婢沒法子能儘快找到她。」

雲遲瞇起眼睛：「當真？」

秋月點頭：「不敢欺瞞太子殿下。」

雲遲盯著她：「不敢嗎？」話落，周身氣壓驟然一沉，「我看未必。」

秋月膽顫了一下，頓時跪在了地上，不再言語。

雲遲溫涼地說：「臨安花顏，從小到大，喜歡帶著一名婢女常年混跡於市井，多年來，不但不曾吃過虧還十分吃得開。無論是三教九流，還是地痞無賴，都能與之稱兄道弟交情斐然。能跟在她身邊多年，你讓本宮如何相信你沒有能找到她的法子？」

秋月臉一白，心裡頓時拔涼，抬起頭，咬著唇看著雲遲，橫下心問：「請殿下告知，是誰劫走了我家小姐？」

雲遲也不隱瞞：「蘇子斬。」

秋月一驚，想著花顏砸了順方賭坊，轉日蘇子斬便送了壇酒，如今又將人劫走，他不會是要對小姐下殺手吧？想起蘇子斬那人一身冰寒凜冽的氣息，她有些拿不准。

但跑來東宮劫人？他這膽子也未免大得能撐破了天些！

蘇子斬果然名不虛傳。

她揪著心掙扎了片刻，見雲遲還等著她的答覆，心下為難起來，是告訴？還是不告訴？告訴的話，以後一旦找不到小姐，太子殿下就會拿她是問，她就會成了小姐的軟肋，若不告訴，萬一小姐出了事兒可怎麼辦？

雲遲見秋月久久不語，涼聲道：「她如今是本宮的準太子妃，將來便是本宮實打實的太子妃，你可想好了。」

秋月猛地一驚又立刻垂下頭，一字一句地說：「回太子殿下，奴婢沒有法子追蹤我家小姐的蹤跡，請殿下恕罪，儘快派人找我家小姐吧！」

雲遲看著秋月，她頭低得低低的，周身有一股子打死也不會說的倔強和執拗以及忠心，他將排山倒海的壓力砸向秋月。

秋月的臉唇都有些青白了，但依舊穩穩地跪著，一聲不再吭。

片刻，雲遲收了寒氣，轉身出了鳳凰西苑。

秋月身上山海一般的壓力散去，暗暗地長出了一口氣，想著小姐您可千萬不要在蘇子斬身上吃虧，奴婢這一次真真是在龍頭上拔鬍鬚了，敢擋了太子殿下逼問，她覺得以後她頭上的天都是灰濛濛的亮不起來了。

雲遲出了鳳凰西苑，足尖輕點，踏著樓閣殿宇，也出了東宮。

小忠子在書房裡給陸之凌端茶倒水陪著說話，剛說幾句話，陸之凌便聰明地察覺出不對勁來，忽然開口：「太子殿下是不是有什麼要事要辦？既然如此，本世子就改日再來叨擾。」說完，便站起了身。

小忠子想也不想立即否決：「沒有的事兒，殿下稍後便回，世子稍等。」

陸之凌才不信，揮手推開了書房的窗子，轉眼間，衣袂捲起一陣微風，人便出了書房。

小忠子暗叫不好，連忙大喊：「快，攔住陸世子！」

可是陸之凌是誰？四大公子的名號他坐了一席之地，沒有個二把刷子是攔不住他的。尤其是如今雲遲將雲影和十二雲衛都調派了出去，東宮的一眾侍衛雖然也都是高手，但還是攔不住陸之凌，再加之，消息剛送進宮，七公主還沒來，自然更無人攔阻得住他。

幾個起落，陸之凌便踏著屋脊高牆，飄然地出了東宮。

小忠子眼見著人溜走了，對著空氣直跺腳，無奈地對府衛揮手：「罷了罷了，都撤了吧！」說完，招手，「來人，再去告訴七公主一聲，別來了，人走了。」

話落，他連連哀歎，想著陸世子也太狡猾了，他剛進去跟他説幾句話，就被他看出了破綻，怪不得敬國公用盡法子都看不住他整日裡不著調地在外面亂跑。

他不停地拍自己腦門，暗罵自己笨蛋，真是辜負了殿下的一番安排了。

蘇子斬帶著花顏出了東宮後，沒察覺身後有人追來，他便沒立馬出城，而是停在了東宮後街一處荒廢許久無人居住的院落房頂上。

院中雜草叢生，房頂上也長著草。

花顏打量了一圈，挑眉笑問：「不是説去半壁山清水寺嗎？怎麼來了這裡？你不會是讓我與你坐在這破房頂上，對著一院子雜草飲這罈好酒吧？」

「急什麼？不安排一番，今夜如何能陪你好好飲酒？雲遲可不是吃素的，如今沒人追來，不代表稍後沒有。」蘇子斬説著，揮手，「青魂！」

「公子！」一人無聲無息落在了院中。

花顏瞅著這突然出現的人影，驚異其隱藏的功夫，明明是人，就如一個魂影。

蘇子斬吩咐：「傳令十三星魂，每人抱一罈醉紅顏，給我騎最快的馬出城，沿著四面八方，跑出百里。」

「是！」青魂應聲，瞬間離開了。

花顏驚歎：「好俊的功夫！」

蘇子斬笑了一聲，手扣住了花顏手腕，正巧把到了她的脈搏，須臾，凝眉：「你沒有武功？」

花顏笑看著他的手，白皙如玉，是一雙極美的手，只是可惜，手骨太涼太冰了。若是夏季，可以幫人握手解酷熱，若是冬季，貼著怕是就會凍結一層冰吧？

她誠然地點頭：「我一個女子，要什麼武功？能學得一手好賭技，走遍天下，不會窮困潦倒沒銀子花就夠了。」

蘇子斬聞言大笑：「有道理。」

說完，便抱著她足尖輕點，飄離了這處荒廢無人居住的院落，很快便出了北城。在城外，拇指和中指放在唇邊打了個口哨，一匹馬來到近前，他帶著花顏翻身上馬，在官道上縱馬疾馳，前往半壁山清水寺。

花顏坐在蘇子斬身前，疾馳的駿馬帶起疾風，她有些受不住地轉頭對蘇子斬說：「我受不住，恐怕到了地方，我這臉也被風吹裂了。」

蘇子斬想說嬌氣，但看著坐在他身前的女子纖瘦嬌柔沒幾兩肉，便將話憋了回去，隨手脫了自己身上的衣袍，將她從頭到腳裹了個嚴實，騁馳的馬速卻絲毫未停。

衣袍擋住了風刀子，花顏頓時覺得舒服了些，窩在蘇子斬的袍子裡，口鼻間是他清冽寒涼的冷梅香，背後是他堅硬如鐵的胸膛，暗暗想著，明明是從內到外都透著讓人齒骨發寒的人，偏偏這一刻，讓她覺得溫暖。

蘇子斬，真是一個矛盾到了極致的人。

三十里的路，蘇子斬騎快馬，風馳電掣，只用了兩刻鐘。

來到半壁山下，蘇子斬猛地勒住韁繩，駿馬長嘶一聲，前蹄揚起駐足。

的。

花顏今日來了葵水本就身體不適，如今這一番顛簸，她胃裡不好受，身子便軟得跟沒骨頭似的。

蘇子斬抱著花顏下馬，鬆開手，花顏便軟軟地坐到了地上。

蘇子斬隨手在馬屁股上拍了一掌，駿馬轉了個彎，撒歡地向別處馳去。他回頭瞅著花顏，不客氣地嘲笑：「這麼弱不禁風？」

花顏抱著他的衣袍，看著他脫了外袍後露出的一身勁裝，寬肩窄腰瘦削挺拔，再加之雋逸絕倫的面容，因縱馬疾馳微微散亂了的幾縷青絲，好看得不得了。

她看了片刻扁著嘴，有氣無力地說：「我來葵水了，走得匆忙，忘記帶墊著的布包了，你有沒有辦法找到這種女人用的東西？」

蘇子斬聞言身子一僵，頓時沒了反應。

花顏哀歎，她真不是故意的，實在是走得匆忙忘了，此時與他在一起，羞臊什麼的，也顧不得了。反正如今天黑了，她臉皮厚得很，若是不讓他幫著找到那東西，她如今腿軟腳軟外加胃裡難受，是哪裡也走不了了的。

這樣的情況下，還怎麼能好好地喝酒？

倒楣催的！

蘇子斬的面色在夜風裡冷一陣熱一陣紅一陣青一陣白一陣，有生以來，他從來沒遇到過這樣棘手的事兒。

天下的諸事放在他蘇子斬面前，他自詡從來沒有為難過，全憑心性喜好，他素來行事乾脆。哪怕是跟東宮太子搶人，劫他的準太子妃，他都俐落得不拖泥帶水。

可是如今，在這半壁山下方圓三十里，除了山上住著的一群和尚，十里外一個孤寡老頭帶著個傻兒子開設的茶棚，再沒一處有女人居住之地，他去哪裡給她找見鬼的布包？

花顏瞅著蘇子斬，藉著夜色欣賞著他臉色變化，奇異地覺得真是賺了，原來蘇子斬的臉上竟然除了冷冽冰嘯，還能看到這麼多顏色。

這可是蘇子斬啊！

天下人人避之唯恐不及的蘇子斬！

蘇子斬呆愣了片刻，一對上她的視線便惱怒地瞪著她：「你那是什麼表情？」說完，盯著她死死地滿帶殺氣地問，「你是在拿我尋開心？開我玩笑？糊弄我好玩？」

花顏無力地聳肩：「你若是不管我，用不了多久我身下的衣裙就會透濕，我巴不得與你好好喝酒，怎麼會拿這種事情開你玩笑？我又不傻！」

蘇子斬聞言仔細地打量她，見她神色認真不似說假，臉色蒼白虛弱的像沒骨頭般地坐在地上，他面上又難看了起來，憤怒道：「你身為女人，這種事情怎麼也不注意？如今你讓我上哪裡去給你想辦法找那種東西？」

花顏自是知道這方圓三十里沒女人居住，她著實是難為他了。她揉揉眉心也佩服自己地說：「突然見到你提著酒出現，見了美酒，一時昏了頭真給忘了。」

蘇子斬氣急轉身就要走：「你自己待在這裡等著雲遲吧，他總會找來，讓他帶你去找。」說完，當真走了，轉眼就沒了影。

花顏抱著蘇子斬的衣袍，坐在地上，一時間在夜風裡哭笑不得。

蘇子斬，如今也是落荒而逃了？

她鬱悶又好笑了片刻，轉頭瞅見一旁的酒罈，她立刻鬆開衣袍，拿過酒罈抱在懷裡，想著不管怎樣，這酒還是要喝的，否則今夜就白遭了一場縱馬疾馳的罪了。

既然蘇子斬不再管她，雲遲早晚要找來，趁著他還沒找來的空檔，不管布包漏不漏，還是先將酒喝了才是上策。

她剛要擰開酒罈，蘇子斬一陣風似地刮了回來，伸手一把奪過酒罈，氣怒道：「你這女人，如今還有心思坐在這裡喝酒？你就不怕血漫半壁山？」

花顏抬眼看蘇子斬去而復返，聽著他的話，嘴角抽了抽，哼哼道：「我以為你不管我了呢，趁著雲遲沒來，這酒總要喝掉。」

蘇子斬難得地被氣笑，伸手一把拽起了她：「跟我走。」

花顏被他拽得踉蹌了一步：「去哪裡？」

「半壁山後山澗三十里外有一處尼姑庵，尼姑也是女人，應該能找到那東西。」蘇子斬磨著牙道。

花顏瞅了一眼他說的方向：「可是你將馬放走了，我們怎麼去？」

蘇子斬涼颼颼地咬牙說：「走去！」

花顏苦下臉，三十里地得累死她了，忙搖頭：「我走不動。」

蘇子斬惱怒地回頭瞪著她。

花顏無力地對他說：「算了，你將我扔在這裡好了，我還是等雲遲找來吧！他死活讓我做這個太子妃，估計不會明明知道你劫我出來不管我的。」

蘇子斬寒笑：「你的意思是，今日本公子辛苦帶你出來喝酒，連最隱秘的暗衛都派了出去，和著是白折騰了？」

花顏瞅著他：「不白折騰又能怎麼辦？三十里地呢，我真走不動……」

蘇子斬氣血上湧，背轉過身，深吸了一大口氣，彎下身子僵硬地說：「上來，我背你，翻山過去。」

花顏一怔。

蘇子斬怒斥：「快點兒，還磨蹭什麼！」

花顏看著他的後背，以及彎下的身子，凝視了許久，慢慢地將他手中的酒罈重新地拎回懷裡，抱著酒罈，默默地爬上了他的背。

花顏不知道蘇子斬有沒有背過什麼人，但是她是第一次被人背著走路。

拎著大酒罈趴在他的後背上，他不是那個天下人人懼怕，聞風喪膽，稍有不慎就將人打入十八層地獄的陰冷怪癖的子斬公子，只是個會惱會怒會氣會笑，七情六欲集於一身的貴公子。

今日她頂著太子妃的名頭隨他出來喝酒，委實不太像話，但她卻覺得自己做了件極為正確的事情。

不如此，又怎能見識到這樣的蘇子斬？

半壁山山風寂寂，清水寺鐘鼓聲聲，木魚一下一下地敲著，蹣跚而上的腳步聲沙沙穩健而行。

灌木草叢高深，掩藏了兩個人的影子，醉紅顏的酒香一路飄散在風裡。

花顏安靜地趴在蘇子斬的背上，他後背也如他的手一樣，透骨的冷寒，她身上依舊裹著他的外袍，絲毫也感覺不到冷。

一路安靜。

蘇子斬背著花顏上了一個山頭，見他沒有停歇片刻的打算，花顏伸手去探他的額頭。

她剛碰到他額頭，蘇子斬忽然惱怒：「你幹什麼？」

花顏撤回手，平靜地說：「我想看看你出汗沒有？要不要歇一會兒？」

蘇子斬搖頭，僵硬地說：「我不累。」

花顏回頭瞅了一眼，低聲說：「不累也歇歇吧，我們灑半壇酒在這裡，讓這一片半壁山都溢滿酒香躲避追查，否則我怕你剛背我到了地方，還沒喝上酒，後面的人就追蹤到了，那才是白折騰一場。」頓了頓，歎息，「你這醉紅顏實在太香了。」

蘇子斬聞言停下腳步，將花顏放下，回身看著她，眸光有一抹光，一閃而逝。

花顏見他同意，便將封存酒罈的塞子拔開，肉疼地揚手倒出酒水，灑了一地。霎時間，酒香四溢，隨風飄散四處。

花顏掂掂酒罈，看看地上的酒水，心疼不已地擰上塞子：「便宜土地公公了。」

蘇子斬忽然笑了：「半壇酒而已，有什麼捨不得的？你若是想喝，以後隨時可以找我拿。」

花顏頓時不心疼了，揚眉：「當真？」

蘇子斬頷首：「當真。」說完，便背轉過身，彎下腰，「上來，快點兒。」

花顏也不客氣，抱著半壇酒又爬上了蘇子斬的後背。

蘇子斬腳步奇快，不多時，便下了山，之後，沿著無人走過的山林險坡，又攀岩上另一座山頭。

花顏被酒香熏得暈乎乎地想著，那半壇酒當真是將整個半壁山都染上酒香了。住在清水寺的那些老和尚們，今日也聞聞酒香，也能過過酒癮。

三十里的路，蘇子斬背著花顏足足走了一個多時辰。

上山下坡攀走險路，沒喊一聲累，自從倒出了半壇酒稍歇了那麼片刻後，便再也沒停歇。

一座小小的尼姑庵映在眼前時，花顏長長地舒了一口氣，想著還算來得快，再晚一會兒，她覺得自己雖然不會血漫半壁山，但一定會血漫背著她的蘇子斬了。

來到庵堂前，「道靜庵」三個字在月色裡照得清楚。

蘇子斬放下花顏，回身對她說：「你去敲門找你要的東西。」

花顏瞅著他，他的臉有些白周身卻無汗，想必因為他身體極為畏寒，所以無論如何累都不會出汗。

「看我做什麼？難道你要我去幫你要？」蘇子斬沒好氣地瞪著她。

花顏咳嗽一聲，看了眼天色，想了想便說：「不知道這庵裡是否有空房，若是有的話，我們就在這裡歇上一歇，順便把酒喝了，怎樣？」

蘇子斬冷著臉看了一眼小小的尼姑庵，眼眸閃過嫌惡，語氣裡明顯看不上地惱怒：「你讓本公子歇在尼姑庵裡？」

「你背著我走了這麼遠的路，身子骨早就吃不消了吧？就算我要完東西，如今夜深露重，若我們再找一處喝酒，想必你的身體也受不了。有個地方躲避夜深風寒，總比露天吹著山風強！」

蘇子斬冷哼一聲：「要歇你自己進去歇，本公子打死也不進去。」

花顏無語，伸手一把拽住他，口中道：「打死不進去，打不死是不是就隨我進去？」說完，便死硬地拉著他上前叩門。

「你……」蘇子斬瞪眼。

花顏不理他，只死死地扣著他手腕，同時喊：「有人嗎？」

蘇子斬看著花顏扣住他的手，明明手極小，極軟，極柔弱無骨，偏偏扣得緊，他拉了拉沒掙開，只能低斥：「沒有地方的話，你歇柴房嗎？」

花顏不挑剔：「柴房也行，有地方不冷就行。」

蘇子斬氣結，沒了話。

門環叩了幾響，又喊了幾聲後，裡面傳來一個蒼老的女聲：「如此深夜，敢問是哪位貴客來叩我這小小道靜庵的門？」

花顏和氣地說：「煩勞師父了，我與哥哥夜行山路，在這山裡迷了路走不動了想借宿一晚，您看可行？」

蘇子斬在花顏耳邊惱怒低斥：「誰是你哥哥？」

「你比我大，喊你一聲哥哥，你也不虧，受著吧！」

蘇子斬一噎。

裡面傳來撤掉門閂的聲音，一個老尼姑提著一盞油燈打開了門，蒼老的面容帶著未睡醒的模樣，藉著燈光打量站在門外的花顏和蘇子斬。

花顏比蘇子斬靠前一步，手依舊死死地扣著他手腕，見老尼姑開門，對她親和地笑：「師父，對不住，深夜叨擾了，實在是我來了葵水，身子不便，無可用之物，而哥哥身子骨也不甚好，畏寒，山路難行，才來叩門行個方便。」

老尼姑見二人容貌男俊女美，看著真真令人驚豔得移不開眼睛，聽著花顏的話，見女子笑容和氣，但面帶虛弱，男子臉色僵硬中發白，看起來的的確確是有難處。她連忙唸了句：「阿彌陀佛，善哉善哉，出家人以慈悲為懷，這庵中有空房一間，你二人既是兄妹，一間也是無礙，隨我進來吧。」

花顏笑顏如花，拽著蘇子斬邁進門檻：「多謝師父了。」

老尼姑搖頭，待二人進來，重新地關上了庵門上了鎖，帶著二人向裡面走去。

小小的尼姑庵看著不大，但也有三進院落，走到最裡面的一處院落，並排著三間房舍。

老尼姑一指中間的屋子，說：「左邊那間是雜物房，右邊那間是藏書齋，中間那間主屋十多年無人居住了，但每日我都有打掃，兩位看著就是尊貴的人兒，勉為其難歇上一歇吧。」

花顏笑著點頭：「多謝師父了，有地方就極好了，我和哥哥不挑剔。」

老尼姑頷首，打開了門，掌了燈，提著燈盞轉身，對花顏說：「姑娘剛剛說女子葵水用的物事兒，我去找找，你稍等片刻，我找到便給你送來。」

花顏又道了謝。

老尼姑提著燈盞走了。

花顏拽著蘇子斬邁進門檻，屋中甚是潔淨，沒有塵埃，桌椅擺設雖然破舊，但十分整齊。

她鬆開蘇子斬的手，取笑他：「真是位公子哥兒，這地方比難民營好多了，別挑剔了。」

蘇子斬打量了屋中一圈，神色稍緩，聞言問：「你去過難民營？」

花顏點頭：「去過。」

蘇子斬皺眉。

花顏看著他：「五年前，川河谷發大水，數萬人罹難，倖存者由官府集中收留在了一處臨時搭建的救濟營裡，帳篷雖有，但朝中糧食等物資遲遲拖延著不到，本來是救濟營，後來竟然發展成了難民窟。每日裡都有人不斷地死去，哀嚎聲一日又一日，最後連易子而食之事都有了。衣不蔽體，食不果腹，那叫一個慘不忍睹。」
蘇子斬驚異：「你是臨安花家的女兒，川河谷距離臨安數百里，你怎麼會經歷那樣的事兒？」
花顏找了個椅子坐下，歎了口氣：「川河谷位居永唐縣，我二姐嫁去了永唐縣那一年，我恰巧從家裡偷偷跑去找她玩，偏不巧遇到了川河谷發大水，堤壩決堤，也是我倒楣！」
蘇子斬無言片刻，哼道：「果然倒楣！」
老尼姑很快便找來了幾個布包，同時端來了一碗紅糖水，一碗薑糖水。
花顏驚喜於老尼姑的和善，連連道謝：「深夜打擾，本就慚愧，多謝師父了，承蒙您照料得周到，感激不盡。」
老尼姑笑著搖頭：「人老了，覺本就不多，姑娘別客氣，紅糖水補血，薑糖水驅寒，姑娘和公子每人用一碗，好好睡上一覺，明日早起趕路便不會太乏了。」
花顏笑著頷首。
老尼姑走後，花顏拿了布包快步出了房，再不換，她就先血漫自己了。
蘇子斬見花顏轉眼就匆匆沒了影，想起她身上的狀況，一時間竟忍不住發笑。
他是從來沒見過這樣的女子，就連七公主刁蠻厲害，但也不敢如此不遮掩葵水這種事兒，她是真的一點兒也不拘泥拘束自己。
花顏換了布包，找了一盆水淨了手臉，回屋後見蘇子斬坐在桌前不知道想什麼，她走到他對面坐下，挪過紅糖水，又將薑糖水推給他：「喝吧，我們都暖暖。」
蘇子斬瞥了一眼薑糖水，嫌惡地推開，顯然不屑一顧。
花顏瞪著他，又推回去，惡聲惡氣地說：「喝掉，我可不想照顧病人，你若是染了風寒，我可背不動你。」

蘇子斬聲音一寒：「不用你背。」

花顏盯著他，見他面色是真真正正的白，想著他身體的畏寒之症怕是不一般。軟了口氣，笑著問：「你背了我三十里路，如今我無以為報，要不然我喂你喝？算是報答你今晚辛苦背我？」

蘇子斬目光一頓，沒了話。

花顏笑吟吟地問：「真打算讓我喂你啊？」說完，見他不語，她放下手，拿起那碗薑糖水，用湯勺攪拌，舀了一勺，隔著桌子遞到他唇邊，「來，張嘴。」

蘇子斬低頭，看了一眼，忽然劈手奪過，硬邦邦地說：「我自己喝。」

花顏撤回手，埋怨：「早這麼聽話不就得了？」

蘇子斬額頭突突跳了兩下，沒言聲。

花顏不再理他，端著紅糖水，一口一口地喝著。

一碗薑糖水下肚，蘇子斬發白的面色似乎終於染上了點兒煙火氣，他放下碗，忽然開口：「我從沒背過人，今日背著你走了三十里，你剛剛說無以為報，在我看來，喂我喝一碗水怎麼能夠抵消？你覺得呢？」

花顏哀歎，那個難對付的蘇子斬又回來了。抬頭瞥了他一眼，笑問：「那子斬公子打算讓我如何報答呢？」

蘇子斬盯著她：「但凡此等狀況，大多說法都該是以身相許了。」

花顏失笑：「那少數說法呢？」

蘇子斬眸光凌厲：「能讓我蘇子斬背的人，普天之下，目前只你一個。除了以身相許，你與我說說，你還有什麼能拿得出手與我親自背你的價值相抵的？」

花顏聞言當真認真地琢磨了起來：「也是，讓我想想。」

蘇子斬看著她，見她歪著頭，似乎十分認真在想的模樣，明明身嬌體弱，偏偏覺得她骨子裡的剛強不同於任何女子。即便今日發生了這些事兒，也不會讓他忘記面前的這個女子是破了九大賭神賭技，砸了順方賭坊招牌的人。

片刻，花顏笑著說：「那兩百多萬兩的銀子我不要了，怎樣？」

蘇子斬瞇起眼睛，危險地說：「你拿我親自背你的價值跟那些黃白之物相較？」

花顏「唔」了一聲，為難地說：「你也知道，我頭頂上如今扣著準太子妃的帽子，做不到以身相許。那兩百多萬兩銀子雖然抵不過子斬公子親自相背，但勉強也還算真金白銀有價值的。再別的嘛，雖然我這一手賭技冠絕天下，但真正計較起來，也是不入流的，想來想去，除了這些，我真是一無長處啊！」

蘇子斬看著她，她面上的為難神色一覽無餘，偏偏語氣漫不經心，他仔細地盯著她眼睛看了片刻，似乎要看透她眼底。半晌，忽然笑了：「天下多少女子夢寐以求太子妃寶座，你似乎不屑一顧，我想知道為何？」

花顏笑了笑：「太子妃寶座有什麼好？入得東宮，入目盡是巍巍宮牆，方圓尺寸之地，滿是規矩禮數。宮裡哪裡有宮外好，尺寸之地焉能與海闊天空相較？我就是一個俗人俗物，不喜歡當太子妃，有什麼稀奇？」

蘇子斬聞言瞅著她，她這樣的女子，說出這樣的話來，不會令人意外：「那雲遲呢？無論太子的身分，單單這個人，你如何評他？」

「雲遲啊……」花顏想了想，雲淡風輕地說，「身分是一人之下萬人之上，品貌是世人所難及，可是身分好不能當飯吃，長得好看也不能不吃飯，就那麼回事兒唄！」

蘇子斬愕然地抽了抽嘴角，須臾，哈哈大笑：「你這話，真該讓雲遲來聽聽。」

花顏眨眨眼睛：「可惜，如今他估計還在半壁山的酒香裡困著呢，一時半會兒找不到這裡，自然也就聽不到了。」

蘇子斬收了笑：「我會告訴他的。」

花顏瞅著他，忽然開口：「對於京中高門鼎貴的關係，我知道的不多，聽聞你與他也算是兄弟？」

蘇子斬瞳孔縮了縮，聲音驟然沉冷：「我的祖母是當今聖上的姑姑，他的母后是我母親的姐姐，也就是我的姨母。我與他，勉強算是沾親帶故。」

花顏唏噓：「怪不得武威侯府屹立不倒，你蘇子斬可以在南楚京城甚至天下橫著走，不怕得罪雲遲。」

蘇子斬冷嗤：「所以，你找上我這一塊擋箭牌，是想用來毀了與雲遲的婚約？你也算是找對了人，能讓他過得不如意，我樂意之至。」

花顏默了默，伸手扶額。

蘇子斬看著她，見她不再言語，揚眉問：「那半壇酒，你還要不要喝？」

「自然要喝！」花顏站起身，拿起兩個空碗，說，「你等等，我去用清水把這兩個碗洗洗，即使沒有琉璃盞，也能喝出美酒香醇，就用它們盛酒。」

蘇子斬沒有異議。

花顏走出門，很快就將兩只碗涮洗乾淨，然後擺在桌子上，打開酒罈，分別給兩人倒了滿滿的一碗酒，屋中霎時溢滿濃郁的酒香。

花顏端起酒，豪氣干雲地說：「來，乾了！」

蘇子斬忍不住細挑眉梢，難得笑問：「乾了？你確定？」

花顏吸著鼻子點頭：「那一日你送來醉紅顏，我是用頂級的琉璃盞，一口一口地品的。這一次也想用這大碗體驗一回一口乾的滋味，人生百味，哪有什麼非得固守一規之理？是吧！」

「有道理。」蘇子斬頷首，也端起大碗。

花顏與他以碗相碰，揚脖一飲而盡，咕咚咕咚聲不絕於耳。

蘇子斬瞅著她，眸底忽然綻開點點星華，也端起大碗，揚脖一口氣喝下。

醉紅顏，從釀成以來，流傳三年，封存五年，他從來只用琉璃盞，未曾像這般用著大碗一口喝乾。

喝完，花顏放下大碗，用袖子抹了一下唇角酒漬，大呼：「痛快，暢快！」

蘇子斬甚是愉悅地也放下大碗：「我自己釀的酒，從不知原來也可以這樣喝。」

他看著花顏，覺得天下就是有像花顏這般的女子，可以淺笑盈然地小口喝茶，也能豪氣干雲地大碗喝酒。

他終於明白，雲遲為何寧可封住御史台的嘴，氣病皇帝惹惱太后，即便朝野沸騰，他說什麼也不願悔婚。

太子雲遲選妃，一本百人的花名冊，看似他隨手一翻，選的那一人也必定是他最想要的。

花顏不知蘇子斬在想些什麼，但她也不以為意，重新拿起酒罈，又為兩人各自滿上。

蘇子斬開口問：「你是真不想嫁給雲遲做他的太子妃？」

花顏搖頭，乾脆地道：「不想。」

蘇子斬一笑：「那你想嫁給誰？或者說，什麼樣的人能比太子殿下還要得你心？」

花顏端起酒碗，這一次卻是慢慢地喝著，感受唇齒留香，水眸蕩著瀲灩波光地說：「鮮衣怒馬是王侯也好，泛舟碧波是漁夫也罷，只求瀟灑風流，不受拘束，今日安居京城，明日拎起包裹便去雲遊天下。無論是江南煙雨岸，還是塞北黃沙崗，亦或者是夜奔寒雲山摘星攬月，東海摸魚摸蝦。總之，雪月風花，隨心所欲地相伴就好。」

蘇子斬嗤笑一聲：「你有這樣高遠的心志，卻偏偏生就這麼一副弱不禁風的身子。那相伴著你遊走天下的男子，豈不是會很可憐？」

花顏愕然，還有這種說法？

忽然想起他今日背著她走了三十里地，一時間，對著他無語又無言了起來。

這個蘇子斬，是不是太犀利得一針見血了?!

蘇子斬看著她目瞪口呆的無言模樣，忽然笑如春水桃花：「你說的這個人，京城就有一個，也許他能滿足你的心志。」

「嗯？」花顏不可期地看著蘇子斬，「誰？」

蘇子斬端起酒，慢慢地喝了一口：「陸之凌。」

花顏一怔，隨即笑開了花地問：「他如何能滿足我的心志？」

蘇子斬慢悠悠地說：「他是敬國公府世子，雖然出身國公府，生來身分高貴，但他似乎從小就長了顆凡心，受不了敬國公府高門大院的規矩禮數。旁人聞雞起舞上族學學課業，他跑出去打架鬥毆玩賭牌鬥蛐蛐，旁人苦練騎馬射箭力求弓馬嫻熟光耀門楣，他玩累了便睡，即使被關祠堂更是如得償所願的繼續睡。多年來，鮮衣怒馬活得瀟灑。若是一朝離開京城，那更是如放飛的鳥兒，若是有他，豈不如你意，和你相配？」

花顏聽罷，眨眨眼睛，輕笑起來：「這樣說來，我還真要會會陸之凌了？」

蘇子斬眸光一深，點點頭：「可惜昨日他前往東宮被雲遲發現，你錯過了。不過以他的本事，只要雲遲不在，他就不會繼續被困，想必如今早已經出來了。」頓了頓，又道，「而他身子骨也極好，在荒郊野嶺睡個幾日夜，也不怕夜深露重，極耐得住折騰。你這麼弱不禁風，有他的話，互補得很，相得益彰。」

花顏心頭跳了跳，端起酒碗，點點頭，笑著道：「好，得空會會他，甚合我心意。」

蘇子斬端起酒碗，將剩下的半碗酒一飲而盡。

花顏慢慢地喝完一碗酒，又拎起酒罈，笑著說：「還剩兩碗，喝完它？」

蘇子斬擺手，散漫地說：「我不喝了，你既喜歡，剩下的兩碗都給你了。」

花顏也不客氣，又給自己滿上了一碗，慢慢地喝著。

蘇子斬看著她端著大碗的手，不像許多女子都塗著豆蔻，她的手指白皙嬌嫩，指甲圓潤如珠，沒有紅的紫的那些顏色，乾淨漂亮。纖細的手腕戴著一只價值連城的碧玉手鐲，這一路，拎著酒罈，磕磕碰碰，似乎也不在乎它被碰碎。

這座尼姑庵夜裡極為靜寂，小屋中，燈火昏暗，偶爾有燈芯燃燒劈啪輕響。

花顏喝完最後一碗酒覺得有些乏了，向那張乾淨的床上看了一眼，又轉頭看看窗外的天色，子夜已經過了。即使雲遲還沒找來，但想來也快了。

堂堂太子殿下，若是一夜都找不到他們，也太讓人小看了，她不覺得雲遲會那樣無能。所以，時間不多了。

她「唔」地一聲，身子懶懶地往桌子上一趴，「子斬公子，多謝你的酒，今日喝了醉紅顏，終此一生，再不想沾染別的酒了。你別忘了你答應我的，我要是想喝醉紅顏，隨時可以去找你拿。有你這句話，我以後的酒包你管了啊！」

蘇子斬面色一僵。

花顏似是沒看到，對他擺了擺手：「你走吧，時候差不多了，我可不想看到等雲遲來了，你們兩人便打了起來，拆了這座安靜的尼姑庵。人家好心收留我們，咱們可別作孽。」

蘇子斬瞳孔微縮，輕嗤了一聲未語。

花顏又軟軟地道：「三十里背負之情，銘記五內。如今我還不起，無以為報，有朝一日山轉水轉，總能有些東西是你看得上眼而我也能回報的。再會！」

蘇子斬薄唇抿起，盯著她看了好一會兒，忽然揚眉一笑，一改往日清冷，帶著幾分輕狂張揚，嗓音低潤清越：「好，我等著那一日。」說完，他長身而起。

花顏睜開眼睛，眸光有幾分迷離：「外面夜深露重，把你的衣袍穿上再走。」

蘇子斬腳步一頓，看了花顏一眼便撇開視線，快速地伸手拿起搭在椅背上的長袍，俐落地披在了身上，不發一言的轉眼出了房門。

不再負累一個人，蘇子斬輕而易舉的離開了尼姑庵。

花顏聽著外面已沒了動靜，夜重新的寂靜下來，她看著對面那已空無一人的椅子，低喃地說：「畏寒之症如此要命嗎？讓你心中連肖想一下未來都不敢？」

一句話落，她收回視線，將頭枕在胳膊上，趴在桌上昏昏睡去。

半夢半醒間，房門被從外推了開來，涼風吹進，帶著夜裡的露水和寒氣。

清冽的鳳凰花香，普天之下獨一無二，是東宮太子雲遲。

花顏宛若未覺，繼續睡著。

雲遲站在門口，看著趴在桌子上睡著的花顏，桌子上擺了個酒罈兩個大碗，他也是第一次見到用大碗喝醉紅顏。

滿屋酒香，潔淨無塵。

他目光清涼地看了片刻，抬步走進屋，來到了花顏面前：「為了喝蘇子斬的一壇酒，你便如此費盡周折折騰來了這裡，如今酒喝了，人可痛快了？」

花顏慢慢地抬起頭，看著雲遲，他一身天青色錦袍，沾染著夜裡的寒露之氣，眉目似乎也鍍上了一層寒涼，有些許風塵，但不失清貴，他的神色不喜不怒，但也談不上和善。

的確，任誰折騰這大半夜，心情都愉悅不起來。

她瞅了雲遲片刻，歎了口氣：「普天之下，好酒無數，我卻偏偏耐不住醉紅顏的酒香，總要喝到腹中才作罷。雖說費盡周折，但酒既然喝到了，人自然也就暢快了。」話落，幽幽地補充，「可惜，今夜的確是太勞頓了些，以致我十分疲累想睡覺，殿下若是不在意這小地方，便屈尊也歇上一歇，明日一早，再趕路回京如何？」

雲遲坐下身，溫涼地笑：「蘇子斬的酒哪那麼容易喝得？跑出京外六十里，只是小小疲累，你已經算是好的了，見到沒被累垮的你，本宮萬分慶幸。」

花顏細細地探究了他一眼，見他眼底暗沉濃郁，便笑了笑，抬眼認真地說：「騎快馬出京奔馳了三十里，到了半壁山下時才發現我忘了帶葵水用的布包了。他那時已將馬兒打發走了，方圓三十里，沒有女子居住之處，無奈之下，他背著我翻山越嶺北行三十里來到了這裡。累垮的人不是我，是他，我也算為你出了今日他劫走我的氣了，太子殿下便將此事揭過如何？誰叫你府中沒有醉紅顏呢，我喜歡此酒，也只能累及別人了。」

雲遲聞言面色終於露出隱怒：「你竟然讓蘇子斬背著你走了三十里路？」

花顏困乏地說：「他後背冰寒入骨，凍死個人，三十里路對他來說是辛苦，但對我來說也沒半分享受。殿下在意什麼？」

雲遲眸光變幻地盯著她。

花顏打了個哈欠，睏意濃濃地想繼續趴著睡：「我是真的睏了，殿下若是覺得我今日行止太過出格過分，那正好應允了我這一年來的所求，取消婚約。若是覺得尚可忍受，那便先讓我睡一會兒，待我睡醒了，你若想算帳，我再奉陪。」

花顏說完，當真睡了過去，這一次，再無顧及，睡意沉沉。

雲遲的一腔怒火，因她這一席話以及坦然的態度而漸漸熄滅。

他很清楚，他給自己選了一個什麼樣的女子做他的太子妃。

臨安花顏，從小到大任性妄為，過得隨心所欲，從無任何事讓她不如意過，除了懿旨賜婚。所以，她不願嫁他，不願入住東宮，想方設法，掙脫這個困住她的天網。

他揉揉眉心，他派出了十二雲衛，而蘇子斬派出了十三星魂。折騰了大半夜才找到了這裡，即然蘇子斬人已經離開了，他也只能作罷。

「殿下！」雲影追蹤而來，悄無聲息地站在了窗外。

雲遲「嗯」了一聲，溫涼淺淡地問：「他回京了？」

雲影低聲說：「子斬公子未曾回京，由青魂陪著，折道去了二十里外的湯泉山。」

雲遲鳳眸沉了沉，說：「他這一夜奔波，寒氣入骨，應是受不住了，湯泉驅寒，湯泉山是個好去處。」

雲影不語。

雲遲擺手：「罷了，讓他去吧，將人撤回來，給京中傳個消息，就說明日早朝免了。」

「是。」雲影退了下去。

雲遲看了花顏一眼，見她已睡得香甜，他身子向後一仰，靠在了椅背上，閉上了眼睛。

花顏雖然趴在桌子上睡了半夜，但一覺好夢，睜開眼睛時，天色已經大亮了。

雲遲坐在她對面，藉著晨起的光線正在翻看著書卷，見她醒來，淡淡地說：「去收拾一番，我們啟程回京。」

花顏伸了個懶腰，點點頭，拿了布包走出房門。不多時便收拾妥當，站在門口對著雲遲，喊：「走了。」

雲遲起身，出了房門。

花顏向外走了兩步，忽然想起了什麼，問他：「你身上可帶著銀子？銀票也行。」

雲遲挑眉：「做什麼？」

花顏看著遠處掃地的老尼姑，低聲說：「借宿一夜，總要添點兒香火錢。」

雲遲伸手入懷，將一錠金子遞給了花顏。

花顏伸手接過，笑吟吟地瞧著他：「真沒想到，我以為太子殿下站於雲端，出門必不會帶這些金銀俗物。」

雲遲淡淡道：「在你心裡，我便是不食人間煙火嗎？」

「差不多。」說完，她快走幾步，來到那老尼姑面前，笑著將金子遞給她，「師父，多謝您昨夜好心收留，我與哥哥今日啟程了，打擾之處，小小心意，不成敬意，還請笑納。」

老尼姑嚇了一跳，連忙後退了一步，扔了掃把雙手合十：「阿彌陀佛，姑娘客氣了，為人行方便，本是佛門之本，這麼貴重的金子，貧尼不敢收。」

花顏強行地將金子塞進她手裡，笑著道：「金子雖貴，但不抵師父收留之恩，您不要推脫了，算我與哥哥為這道靜庵供奉的佛祖添個香油錢，聊表心意。」

「這……」那老尼姑推脫不過，看向隨後走來的雲遲，這一看，頓時愣住了，「這位公子與昨日似乎……」

花顏瞅著他，輕笑：「怎麼了？」

老尼姑揉揉眼睛，又仔細地打量了雲遲兩眼，連忙搖頭：「姑娘恕罪，公子恕罪，貧尼老了眼睛不好使，興許公子昨日是趕路疲乏以致容色蒼白，今日看公子歇了一夜，真是尊貴得讓貧尼不敢直視，阿彌陀佛。」

花顏暗笑，昨日的蘇子斬與今日的雲遲本就不是一人，也難為她的眼花了。

雲遲瞟了花顏一眼，對於她口中的哥哥不置可否，上前對老尼姑也道了謝，在老尼姑誠惶誠恐下，出了道靜庵。

第八章　流言主角

山門外，有一輛馬車已等在了那裡。

花顏先一步跳上馬車，尋了個舒服的位置躺下，連連感歎：「還是躺著舒服。」

雲遲隨後上了馬車，看了花顏一眼，扯過了錦被蓋在了花顏身上，似有讓她再好好睡一覺的打算。他端坐下，對外吩咐：「走吧。」

車夫應是，趕著馬車離開了道靜庵。

花顏舒服地扭了扭身子，擁著被子閉上了眼睛。

雲遲拿著手中的書卷，繼續地看著。

車軲轆壓著山路地面，軲轆轆作響，兩旁林木濃密，偶爾可以聽到鳥鳴之聲。

花顏躺著睡了一會兒，忽然坐起身，掀開簾子，看向車外，半壁山的山巒風林秀目，鬱鬱蔥蔥，山路行難，一條彎彎曲曲的小道，九曲十八彎。

她想著昨夜，蘇子斬背著他翻山越嶺，於是，望向山峰高處，便見奇峰怪石，灌木深深，多是荊棘。攥著簾幕的指尖不由得一緊，似乎還能感受到他帶著她縱馬疾馳風馳電掣的冷意，還能感受到他後背入骨的冰寒以及衣袍冷梅香的溫暖。

蘇子斬……

「在想什麼？」雲遲的聲音忽然傳出。

花顏平靜地回頭，笑著說：「在想這半壁山九曲山路太崎嶇了，昨日難為蘇子斬了。」

雲遲眉目溫涼：「背著你行走三十里路算什麼？五年前，他隻身一人剿平黑水寨，負了重傷，行走百里，最後體力不支滾下落鳳坡，最終仍舊撿回了性命。」

「嗯？」花顏放下簾子，好奇地問：「這事兒我似有聽過，那時他為何一人隻身去剿平黑水寨？雖然那些年黑水寨無惡不作，但也不該是他自行前去才對，應該讓朝廷發兵剿匪才是。」

雲遲淡淡道：「他母親亡故，心中痛苦萬分，鬱結之下，便隻身去了黑水寨。」

花顏想起來，武威侯夫人似乎是五年前亡故的，她亡故沒多久，武威侯便娶了續弦，而那續弦，她昔日曾經聽人八卦過，似乎是蘇子斬的青梅竹馬。

蘇子斬性情本來極好，從那之後，性情大變，乖戾孤僻。

八年前，蘇子斬的醉紅顏普一問世，驚豔了天下，但他每年只釀十壇，只送給兩人，一個是他母親，一個便是那位青梅竹馬，別人想求，只能從這兩人手中流出。三年後，他母親亡故，他一連釀了百壇，封存了起來，此後五年，天下再不聞醉紅顏。

她唏噓片刻，感慨：「鐵打的身子也禁不住折騰，蘇子斬這是想早早就去九泉下陪他那亡故的母親嗎？」

雲遲探究地看了她一眼：「這五年來，他活得甚好，天下無人敢得罪，身子也禁折騰得很，而且也還算惜命，昨日他從道靜庵離去後並未回京，而是折道去了湯泉山。」

花顏眨眨眼睛，失笑：「的確愛惜自己，據說湯泉山的溫泉接地熱之氣，驅寒極好，兼有美容養顏之效，什麼時候我也想去泡泡。」

雲遲點點頭：「湯泉山距離道靜庵二十里，距離京城不足百里，你若是想去，簡單得很。」

花顏道：「據說湯泉山是行宮之地，平民百姓，輕易不得踏足。」

雲遲瞟了她一眼：「你是太子妃，不是平民百姓。」

花顏瞧著他，認真地說：「我就奇怪了，你為何不肯同意悔婚？你應該清楚，像我這樣的女子是不適合做太子妃的。既不端方賢淑，也不溫婉賢良。不足以立於東宮，更不足以將來陪你母儀天下。你卻死抓著我不放手，是何緣故？」

雲遲也看著她，同樣認真地說：「我母后端方賢淑，溫婉賢良，足以母儀天下，可是她不長命，可見你說的這種東西，沒甚大用，不要也罷。」

花顏想起他母后早在雲遲五歲時便早薨了，真是不巧揭了他的傷疤，她皺眉：「天下間，沒有這種東西的人怕是不止我一個，你不能因此而強行捆我一輩子。」話落，惱道，「雲遲，你身為太子，愛惜子民，我也是你的子民。你何必非要跟我過不去，為難我一輩子？」

雲遲放下書卷，一字一句認真地對著她說：「可是當日選妃，百名花名冊，我只選中了你，如今為難別人也來不及了。若真是為難你一輩子，我也只能說抱歉，下輩子換你為難我。」

花顏覺得，她跟雲遲，就相當於對牛彈琴，說什麼都沒用，一竅不通。她懶得再理他，不想再跟他說話，索性又重新躺下，用被子將臉也蒙了起來。

雲遲見她蒙上臉，顯然不樂意再看他，便重新拿起書卷，繼續翻看起來。

過了一會兒，花顏忽然覺得哪裡不對，一把掀開被子，對他後知後覺地問：「什麼叫為難別人來不及了？」

雲遲頭也不抬地說：「我在你的身上，費了一年心力，如今半途而廢怎麼行？」

花顏暗罵，又重新蒙上了被子。

從道靜庵出來，行走了三十里，來到了清水寺。

馬車停下，車夫在外面恭謹地道：「殿下，到清水寺了。」

雲遲「嗯」了一聲，放下書卷，對花顏說：「清水寺的齋飯不錯，從昨晚到今早，你未曾食用東西吧？想必已飢腸轆轆，我們在清水寺用過齋飯再回京。」

花顏的確是餓了，推開被子，坐起身，點點頭。

清水寺的住持親自等在山門前，見雲遲和花顏下了馬車，連忙拱手給二人見禮，道了句：「阿彌陀佛，德遠師叔算出今日有貴客上門，特命貧僧出來相迎，沒想到原來是太子殿下和太子妃駕臨，老衲有失遠迎，望殿下恕罪。」

雲遲溫和一笑：「德遠大師不愧是佛門得道高僧，本宮途經清水寺，也是臨時起意前來用齋飯再回京，卻被大師算出了，真是神機妙算。」

住持連忙道：「德遠師叔已經備好齋飯，正在淨心齋等候，太子殿下請，太子妃請。」

雲遲笑著頷首，看了花顏一眼，隨著住持進了清水寺。

花顏數日前來過清水寺，還在這裡住了三天，第一天去了藏經閣，第二天與德遠下了一日棋，第三天抽走了一支姻緣籤，對於清水寺她並不陌生，甚至寺中的一草一木她都早已觀賞個遍。

繞過幾處禪院，來到了德遠大師居住的淨心齋，還未走近，便聞到一陣飯菜香味從屋中飄了出來。花顏吸了吸鼻子，覺得能把素菜做出色香味俱全來，清水寺的廚子可以當得上天下第一廚了。只是可惜，這麼好的廚藝，偏偏只在清水寺，和尚不還俗，外面的人想吃一頓，只能來這裡燒香拜佛添香油錢。

住持親自挑開門簾，請雲遲和花顏入內。

一腳踏進屋，花顏除了飯菜香味和德遠身上的煙火味似乎還聞到了一絲淺淺的洗沉香的味道，她挑了挑眉，屋中顯然不止德遠，還有一人。

雲遲腳步一頓，看了眼屋內，溫涼的嗓音淡笑道：「當真是巧，原來書離也在大師這裡。」

安陽王府公子安書離，這個一年多前曾因私情之事與花顏拴在一起，而鬧得風風火火的男人原來也在，花顏也覺得真是太巧了。

德遠蒼老洪亮的聲音哈哈大笑了起來：「安公子前日便來了，今晨本要啟程離開，是老衲說有貴客上山，他便又多等了些時候。」

安書離溫潤如竹韻的聲音接過話，帶著一絲春風拂暖的笑意，端的是世家子弟的清和有禮，彬彬風采：「書離以為今日來人必是我相識故舊之人，故有一等，沒想到原來是太子殿下，真是有幸了。」

雲遲向後一伸手，準確地握住了花顏的手，拉著她緩步進屋，同時淡笑：「若非本宮途經此地，臨時起意帶著太子妃前來嘗嘗清水寺的齋飯，豈不是險些錯過了書離？要知道，就連本宮想見你一面也難如登天，今日的確有幸。」

花顏本來落後一步，如今被雲遲一拉，便跟著他一同進了屋，一眼便看到了穿著僧袍骨形消瘦老眼炯炯有神的德遠，以及長身而起，穿一身月白錦袍，容貌端雅秀華，眉目如巧匠工筆描繪鬼斧神工一般精緻的年輕男子。

跟他鬧了許久傳言的男子，她其實也是第一次見！

德遠也起身向雲遲見禮，雲遲還了一禮，又同時受了安書離的禮。

花顏不拘泥這些禮數，便站在雲遲身邊，笑吟吟地打量著安書離。

這位書離公子。她早就想見見了。

之前，她利用他，想讓太后將她的名字從花名冊中除去，選擇拉他下水，也是看中了他待人溫潤的性情，也不會當真與她計較，所以，她很是利用得無所顧忌。但是沒想到，御畫師將花名冊統一裝訂成冊，太后即便聽說了私情之事，也沒忍心剔除她破壞花名冊，反而讓雲遲隨手一翻選了她，太后雖有不滿，卻也無可奈何，讓她白費心思利用了人家一場。

如今得見，她瞧著他，心裡也是半分歉意也無，只因選妃風波過後，花家的族長就親自登門送了一株百年老參，他含笑收了。

她利用了他的名聲，最終花家也致了歉，銀貨兩訖，事情也就揭了過去。

安書離給雲遲見完禮，便對上了花顏笑顏盈盈無所顧忌上下打量他的眸光，他一怔，想起去年之事，也忍不住露出了些許笑意，對她拱手：「太子妃容色傾城，書離今日有幸得見，有禮了！」

一句話，在太子雲遲面前為那一場流傳得沸沸揚揚的熱鬧情事兒正了名。

花顏輕笑，莫名地吐出一句話：「書離公子好狠的心腸呢，去歲你我初相見，一個牆頭，一個馬上，紅杏枝頭春意鬧得心神兩醉，柳梢頭，黃昏後，賞月品茗，把手談心，好是雪月風花了一場，如今看來公子貴人多忘事，將我忘得一乾二淨了。」

此話一出，安書離愕然。

花顏眼波流轉，給了他一個幽怨至極的眼神，長歎一聲：「即便後來陰差陽錯，我被太子選中為妃，但依舊對昔日念念不忘，每每對月傷懷，總想著我這太子妃還沒入皇室玉牒，與公子還是有些機會的。不承想公子這般出色的人兒，偏偏拘泥於禮數，屈從皇權富貴，狠心絕情的連爭一爭都不為，真真是讓傷透了我的心。」

安書離愕然已經轉為驚愕。

德遠瞅瞅花顏，又瞅瞅安書離，一時間暗暗道了聲「阿彌陀佛」。

雲遲從踏進屋，見到了安書離，便知道今日這頓齋飯定是吃的不得安寧，可是他怎麼也沒想到花顏在見到了安書離，能生生地說出這麼一番話來。他看著安書離驚愕的臉，忍不住伸手重重地拍了拍花顏的腦袋，溫涼的聲音透著無奈：「顏兒，你又調皮了！書離的玩笑你可開不得，仔細安陽王妃找上東宮唯你是問。」

花顏頭上一痛，抬眼，便看到了雲遲眼裡的警告，她想起關於安陽王妃的傳言來，她那股厲害的潑辣勁兒，據說連當今聖上和太后都要禮讓三分，她身子一抖，死豬不怕開水燙地說，「太子殿下，我說的是事實，即便安陽王妃在這裡，我也敢說，就算她不找上東宮，待有朝一日遇見，我也是要跟她提上一提的，她不唯我是問，我還要唯她是問呢。」

雲遲被氣笑了：「哦？你要唯王妃是問什麼？」

花顏攤攤手，看了安書離一眼：「這不是明擺著嗎？殿下不聾也不瞎，我與書離公子的事兒，可不是一句玩笑就能說得過去的，我還要問問安陽王妃是怎麼教出始亂終棄的兒子。」

雲遲面色一怒，猛地攥住她的手腕，低斥：「你可什麼都敢說！」

花顏手腕一痛，不給面子地痛呼：「殿下，您攥疼我了，您可是太子殿下，不能因為自己不想聽，便閉目塞聽，聽不得真話。」

雲遲血海翻騰地盯著她，又是怒又是氣得無可奈何。

安書離從驚愕中回神，便看到了二人之間波濤翻湧的厲害關係，他抬手掩唇輕咳了一聲，定了定神，心裡歎息，也露出無奈的神色。

一年前，天下一夜之間爆出他與臨安花家最小的女兒有私情的傳言時，他第一時間便命人去調查，查來查去，卻發現這流言是從花家內宅傳出來的。
那時，恰逢安陽王府一位旁支子弟在臨安，曾拜訪過花家，他想著也許是因為他的緣故，導致傳言失真將髒水潑在了他身上。反正清者自清，濁者自濁，他便沒再去理會。
後來，太子選妃，選中了臨安花家最小的女兒，天下譁然。
之後，臨安花家的族長親自登門，送了他一株百年老參，雖然名貴，但他安陽王府從不缺這些，但想了想他還是收下，也算是收了花家的致歉禮，揭過了這樁事兒。
後來他才知道，太子在處理朝政的同時，還要忙於應付花家小姐找出的各種麻煩。
今日更是當著雲遲的面，弄出了這麼一齣戲，他忽然發現，接或者不接，這都是一個專門針對他安書離的燙手山芋。
南楚四大公子安書離，溫潤如玉，是四大公子中最秉性純善好說話好脾氣的一個人。
天下人人提到四大公子，都對這位書離公子豎起大拇指。
花顏就想試試，他是不是真的像傳言說的那麼好，一年前，他能夠不理會，任傳言自生自滅，如今，他當著雲遲的面遇到這樣的事兒，是否還真能一笑置之。
顯然，她低估了安書離的本事。
只見他溫潤柔和地一笑，聲音依舊悅耳動聽：「太子妃所言，讓書離慚愧，能被太子妃開一場玩笑，是書離之福。」說完，對雲遲拱手，「殿下和太子妃請上座，這裡的齋飯雖是素食，但飯菜擱久便涼了會失了味道。」
德遠連忙打圓場：「阿彌陀佛，正是正是。」
雲遲怒意散去，看著花顏，又伸手彈了彈她的額頭：「便是你故意說這番話來氣我，我也捨不得讓你餓著。」說完，拉著花顏坐去了桌前。

花顏心裡暗罵，安書離不是人，太不上道，雲遲更不是人，不給讓道。還是蘇子斬好。她不再說廢話，跟著雲遲坐了下來。

小沙彌給四人上了茶，雲遲看了一眼清茶，笑著對小沙彌說：「可有薑糖水？」

小沙彌一怔，連忙說：「有的。」

雲遲笑道：「煩勞小師父端一碗薑糖水來給太子妃，她身體不適，不宜飲茶。」

小沙彌連忙應了一聲，立即離去。

德遠看了二人一眼，笑道：「數日前，太子妃前來畢寺小住，臨走抽了一支籤，老衲不曾得見，甚是好奇，待你離開後，老衲檢驗籤筒，不曾發現少任何一支，可是住持師侄卻說他們親眼所見，敢問太子妃，是何籤文？竟能憑空多出，甚是古怪。」

花顏拿筷子的手一頓，扭頭看了眼雲遲，笑著說：「是一支姻緣籤，我當日前往東宮送與太子殿下了，大師若是想要知道，便請殿下解惑好了。」

德遠「哦？」的一聲，立即看向雲遲，顯然是極其好奇。

雲遲微微一笑伸手入懷，將一支籤文拿了出來，遞給德遠：「是這支，我正巧想找大師幫忙解解，便一直隨身帶著。」

花顏暗哼了一聲。

德遠連忙接過那支籤文，一看之下，頓時愣了。

「月老門前未結姻，鳳凰樹下無前緣。桃花隨水逐紅塵，牡丹亭前不惜春。」

這籤求姻緣，實乃「大凶」之籤。

安書離坐在德遠身旁，微微偏頭也看到了籤文，神色微訝。

德遠也是驚訝不已，拿著這支籤文，前後左右地翻看了片刻，奇道：「這籤文的確是我寺中的籤文，籤身是用裹垣玉樹脂做成，普天之下，只有清水寺才有。可是……這怎麼會？這支籤文，老衲從未見過啊！」

花顏看著他，納悶地說：「我抽籤時住持就在身旁，的的確確是從大師你專屬的籤筒裡抽取的，你說從未見過，這是什麼道理？」

德遠點點頭，又搖搖頭，拿著籤文歎了口氣：「這籤……實在是太奇怪了。」

花顏笑問：「這籤文是我抽的，莫不是天意說我與殿下的姻緣締結不成？強求無果？」

雲遲涼涼地看了她一眼，沒說話。

德遠咳嗽一聲：「這……老衲也說不好。」

花顏暗嗤：「籤文就擺在這裡，大師給解解吧，你是得道高僧，看看我與太子該怎麼破這劫數。」

德遠心下一突，看著雲遲和花顏並排坐在一起，一個淺笑盈然，一個神色溫涼，他一時手心有點兒冒冷汗，斟酌半晌，道：「這籤文，老衲也解不了。」

「解不了？」花顏不打算放過他，似笑非笑地說，「大師連我們今日會上山都算出來了，小小的籤文竟然說解不了？這是故意不想解，搪塞我和殿下嗎？」

德遠連忙說：「貧僧不敢。」

「這籤文大師既然說從未見過，來歷甚是奇怪，不若這樣，稍後大師重新拿來籤筒，我與太子妃各抽一籤。」雲遲話落，補充，「抽籤之前，大師要好好檢驗一番籤筒，別再出紕漏了。」說完，又看了花顏一眼，「免得太子妃總覺得與本太子沒有良緣，日夜難安。」

德遠覺得今日掐算便知犯太歲，如今果然如是。他將那支籤文還給雲遲，呵呵一笑：「好說，稍後老衲便依照殿下所說，好好檢驗一番籤筒，請殿下和太子妃各抽一支籤。」

雲遲伸手接過那支籤文，轉頭對花顏說：「我雖不相信什麼籤文卜算之事，但也不願我的太子妃日夜為此憂思，稍後你當虔心抽取，我與你，這輩子，總是要拴在一起的，所以，你還是祈盼我們一同抽到上上籤才是。」

花顏瞥了他一眼，心下冷哼：「天命不可違，真再抽到凶籤，事關殿下運數，奉勸殿下還是收手為好，別太固執了才是。」

這時，小沙彌端來薑糖水，雲遲接過，放在了花顏面前的案桌上，不接她的話，溫聲說：「喝吧！」

花顏覺得這一年來，她每次對雲遲都如大力打棉花，便懶得再理他，端起碗，慢慢地吃喝了起來。

用過齋飯後，德遠命人拿來籤筒，十分仔細親自檢查，足足花了了一炷香的時間才點點頭：「籤筒無誤，裡面的籤文也無誤，太子殿下和太子妃淨手後就可以抽籤了。」

雲遲頷首，與花顏一起，起身淨手。

住持也淨了手，親自拿著籤筒，擺放在了香案上，誦了一遍經後立於一旁：「太子殿下請！太子妃請！」

雲遲看了花顏一眼，目光溫涼深邃：「我知你偷梁換柱的技藝高絕，今日在我面前，你還是乖覺些，不要輕舉妄動，否則，我不介意請花族長進京請教一番你是如何練成冠絕天下的賭技。」

這是威脅？

花顏看著雲遲，失笑：「殿下武功高絕，我哪裡敢在您面前玩花樣，何況這籤文也事關我的姻緣，在這佛門之地，不敬佛祖可是大罪。」

雲遲點頭：「嗯，你心中所想最好如你所說。」

花顏不置可否。

雲遲一手握住花顏的手掌，另一隻手握住花顏另一手手腕，共同的拿起那籤筒輕晃，不給她一絲一毫出千的機會。

花顏心中又冷哼了數聲。

不多時，籤筒裡跳出兩支籤，雲遲先一步拿在手中，之後，鬆開了花顏的手。

德遠大師立即說：「殿下快看看，是什麼樣的籤文。」

雲遲攤開手看去，這一看，他一貫平淡淺然的面色霎時染上青黑色。

花顏探頭一瞅「撲哧」一下子樂了，連連感慨：「看來我與殿下真不是良緣良配。這籤文原也是天意，大約是上天警示殿下，您是真龍，我卻不是真鳳。」

德遠此時也看到了雲遲手中的籤文，頓時驚駭不已。

雲遲盯著兩支一模一樣的籤文看了片刻，伸手入懷拿出早先那支，三支籤放在一起一模一樣，分毫不差。他又盯著看了片刻，轉眸死死地看著花顏。

花顏心中樂開了花，對上雲遲的目光，不怕死地嘲笑：「太子殿下，如今您親自驗證，親眼目睹，我沒機會搞鬼，如此便是天意，你可信了？」

雲遲、安書離、德遠大師都是武功高絕之輩，要想在他們眼皮子底下動手腳，那是絕不可能的事。更何況雲遲將花顏兩隻手都掌控住了，自詡憑他的能耐，花顏絕無機會動手腳。可是，面前這三支籤文，實打實的騙不了人的眼睛。

他看著花顏笑顏如花的臉，只覺得血氣騰騰往上冒，多年打磨的克制力在此刻蕩然無存。

雲遲轉頭看向德遠大師，聲音深沉如海：「大師，這是怎麼回事兒？一支籤筒裡，怎麼會出現兩支一模一樣的籤？」

德遠看著雲遲，那冰雪般的壓力排山倒海的朝他撲來，連他這個得道高僧也承受不住。他驚駭地說：「這……貧僧也不知……怎麼會這樣……」

住持在一旁也驚駭地說：「按理不該如此，一支籤筒裡不會有兩支一模一樣的籤。更何況，上次太子妃將籤拿走後，我與師叔仔仔細細地逐一檢查過，確定沒有這樣的籤文……」

花顏在一旁笑著說：「憑空蹦出來，豈不就是天意嗎？還用說什麼！」

一直未言語的安書離看了花顏一眼，似乎也是疑惑難解。

「憑空蹦出來？」雲遲咬著牙關，看著花顏，他從不相信有什麼東西是憑空蹦出來的。

「難道不是嗎？」話落，她雙手一攤，「殿下不會還是懷疑我吧？你剛剛可是緊緊地攥住我的手。」

她白皙柔弱的手骨有兩處被緊攥所致的紅痕，極其醒目。

雲遲眉心狠狠地跳了數下，又重新盯向德遠。

德遠心中叫苦，也是一副百思不得其解的模樣，連連合十：「阿彌陀佛，如此怪事，老衲生平僅見，這也是奇了。」

花顏不放過這個機會，笑著說：「大師，解解籤文吧！這樣的籤文，是不是真說明我與殿下不是良緣，天意不可違背？」

德遠心下突突，一時說不出話來。

花顏頓時收起了笑容，薄怒低喝：「德遠大師，你可是得道高僧，不是沽名釣譽之輩，眼裡只看得到太子殿下身分尊貴嗎？我屢次問你，你搪塞不說，這是不拿我說的話當回事兒？小心我拆了你這清水寺。」

德遠面色一變，冷汗直冒，連忙說：「太子妃恕罪，這籤文……」

花顏盯著他，心想他敢把黑的說成白的，她就像揉白麵做饅頭一樣把他給蒸了。當然，不說也不行。她就是要讓這清水寺第一得道高僧見證，親口說出她與太子雲遲不是天作之合的話來。

今兒這事雲遲就是想掩飾，她能都讓他掩飾不住，除非他把這裡的所有人都給殺了。

今日之事，不等他們走出淨心齋，便能夠傳出去，不兩日，便會天下皆知。

太子殿下的姻緣，也事關國之大事兒，她就不信他一人能隻手遮天。

這一個陷阱，是她早在踏入東宮門時，便挖下的。

德遠只要見了她，便會忍不住問這姻緣籤，雲遲想要讓她死了退婚的心思，便會鉗制著她不搞鬼，親自驗證。他自詡聰明絕頂，武功高絕，無人能在他眼皮子底下搞鬼，那麼，這便是她捅破天網的機會。

只不過她也沒料到，這個機會來的這麼快。

請君入甕，她做得滴水不漏。

而且見證人還多了個安書離，甚好！

德遠在花顏的怒視下，僧袍都濕透了，他不看雲遲，也可以感受到太子陰沉至極的臉色，如六月飛霜。想著太子自小到大，多年來，喜怒不形於色，泰山崩於前面不改色……

他只覺頭昏腦脹，一閉眼，乾脆地昏死了過去。

「師叔！」住持大驚失色，連忙一把扶住因昏厥險險倒地的德遠，「快，來人，請大夫！」

有達摩院一位長老率先驚醒，在外面急急應了一聲，立即跟著大喝：「快，快去請大夫，師叔出事兒了。」這一聲喊，外面頓時炸開了鍋，人人色變，好幾個人向外奔去。

花顏心下罵了德遠祖宗十八代，這個老禿驢，他以為他暈死過去不說這事兒就能幫雲遲揭過去了嗎？做夢！

他暈了更好，說明這事兒大條了！

一陣忙亂後，住持將德遠大師抱到了檀床上，猛掐人中。

安書離來到床前看了一眼，對住持溫潤平和地說：「大師昨夜與我下了大半夜的棋，怕是未曾睡好，今日頭腦昏重，才導致暈厥，想必無甚大礙。」

住持臉色發白地點點頭，勉強定下神：「師叔一直體魄硬朗，但願無礙。」

不多時，一位年逾花甲的老大夫被找來，提著藥箱，顫顫巍巍地進了淨心齋，他進來後，看到雲遲，渾濁的老眼先是愣了愣：「這位是……」

面色終於恢復如常的雲遲，沉聲道：「不必管我是誰，快先看看大師！」

「是，是。」老大夫連連應聲，連忙上前給德遠把脈。

片刻後，他撤回手，道：「大師是急火攻心，暫時昏睡而已，老夫開一劑藥，服下後，大師用不了半日就會醒來。」

住持鬆了一口氣：「多謝，快開藥方吧！」

大夫點頭，走到桌前開藥方。

雲遲見德遠無事，一把拽了花顏的手，用力地拉著她出了淨心齋。

安書離看著二人的背影，一個如山海般深沉，一個如日光般明媚。他暗歎，臨安花顏果然不願嫁入東宮。他難得有幸親眼見識了這齣戲。

兩支一模一樣的大凶籤憑空出現在籤筒裡，又被太子親手抖出，他思索再三還是不得其解。

難道臨安花顏偷梁換柱的技藝如此神不知鬼不覺了嗎？是如何在他們眼皮子底下不動手便做到的呢？

又想到幾日前，她挑戰九大賭神時，蘇子斬也在，親眼目睹。

他看向床上依舊昏迷的德遠大師，不由暗暗好笑，他也是第一次見到有人將德遠大師逼得不得不昏迷避禍，想想也是難得。

雲遲拽著花顏出了清水寺，一言不發地將她甩上了馬車，然後自己也俐落地上了馬車，落下了簾幕。

花顏被不客氣地摔在了車裡，對雲遲瞪眼：「殿下如今覺得我這個女人不可娶了，便也不再裝模作樣地憐香惜玉了？」花顏揉了揉手腕，笑著說，「這樣甚好，這一年來承蒙你照顧，我實在頭皮發麻得緊，從今以後，你我橋歸橋，路歸路，山遠水長後會無期。」

雲遲死死地盯著她，眸光似乎要將她凍結，薄唇輕啟，吐出兩個字：「做夢！」

花顏聞言驚訝地看著他，笑吟吟地揚眉：「怎麼？殿下還不放手？這一次，恐怕由不得你了。」話落，她嘖嘖兩聲，「哎，我抽的大凶姻緣籤殿下不信，非要自己親自抽，到頭來結果還不是一樣？你說，何必折騰呢？」

雲遲終於忍無可忍，一把拽過將她抱在懷裡，涼薄的唇覆在了她的唇上，不理會花顏的掙扎，死死地碾壓了起來。

花顏這一次是真真正正地體會到了雲遲山雨襲來的怒意，她用盡全力掙扎，不消片刻便氣悶暈厥了過去。

雲遲這次是氣得狠了，即便花顏暈了過去，也依舊沒放開她。

從懿旨賜婚至今，她絞盡腦汁用盡謀策定要他解除婚約，如此堅決，哪怕撞得頭破血流也不回頭。到如今，他陪著她兜轉了一年，她仍舊沒有絲毫退意，反而逼迫得他已經難於應付了。

她好大的本事！

今日這齣戲，雖說是他臨時起意來清水寺，但顯然早就落入了她的陷阱裡。

她這一環接著一環的謀劃，連他都要為他鼓掌叫好，他絲毫不懷疑，若是將整個朝堂交給她玩，她怕是比他玩的還要高明。

偏偏她死活不想嫁給他做他的太子妃！

她似乎就是來打擊他的自信心的。

雲遲自詡從小到大，沒有任何事情能難得倒他，可近來越發地覺得，她就是他的剋星。

幾日前順方賭坊之事他能輕描淡寫地壓下，外面沸沸揚揚的傳言他也能不予理會，可是兩次抽中大凶的姻緣籤被她這樣鬧出來，站在了佛道的至高點，以天意來評判這樁婚事兒，他要怎麼化解？

不化解，便依了她的算計，如了她的意，退了這樁婚事兒？

她做夢！

他氣血一波一波地湧上心口，毫不留情地發洩著這一年多來積存的鬱悶和火氣，恨不得將懷裡的這個女人燒成灰。

「殿下！」雲影的聲音從外面傳來。

雲遲驚醒，猛地止住動作，神智漸漸恢復，看著懷中被他揉搓成一團的人，那張豔若桃李的容顏全無血色，唯兩片薄薄的唇瓣紅腫不堪，血似的紅，他翻湧的心血「唰」地褪去。

「殿下？」雲影沒聽到動靜，低聲喊了一聲。

雲遲閉了閉眼睛，任腦海平靜了片刻，才緩緩開口：「說！」

雲影聞聲驚了一下，連忙收斂心神，壓低聲音謹慎地開口：「屬下請示，清水寺姻緣籤之事，是否全面封鎖消息？」

雲遲嗓音沉暗：「鎖不住。」

雲影又是一驚。

雲遲平靜地道：「今日清水寺，除了一幫僧眾，還有安陽王府的暗衛，加上，昨日蘇子斬將太子妃帶出京，雖然隱秘，可我隨後也出了東宮離開京城，多少會走露了風聲。父皇、皇祖母、趙宰輔，以及京中各大高門鼎貴，必會派人追蹤探究，豈能鎖得住這個消息？」

雲影聞言試探地問：「那……殿下？」

雲遲沉默片刻，睜開眼睛看向懷裡的人：「暫且不必理會，讓我想想。」

雲影垂首應是，又渺無聲息地退了下去。

雲遲看著暈過去的花顏，抬起手，指腹放在她的唇瓣輕輕揉捻，似要將她唇瓣的紅腫消去，心中也驚駭自己的自控力和克制力何時竟然如此低薄？若非雲影出現，他真不敢想像。

毀了她也不讓他離開他懷中的心思竟然都有了！

這種感覺，這二十年來他從未有過。

他眉目暗淡地看了花顏許久，慢慢地撤回按揉她唇瓣的手，緩緩地閉上了眼，靜靜思索著。

馬車駛在回京的官道上，三十里地，很快便到了，馬車駛入皇城，駛向東宮。

東宮門口，一位宮裝麗人帶著一名小太監和一名小宮女翹首以盼，女子二八年華，梳著南楚京城最流行的髮髻，容貌姣好，肌膚雪白，身段窈窕，眉眼間帶著一抹貴氣和傲氣，讓她整個人看來分外明豔。

她不停地問一旁的福管家：「四哥怎麼還沒回來？」

福管家連連寬慰：「七公主還是回宮吧，殿下回來後，老奴定派人給您往宮裡送消息，您就別等了，殿下沒傳回隻言片語，還不知什麼時候會回來。」

七公主搖頭，堅持道：「不行，我就要等四哥，昨夜不是我來晚了，是你和小忠子笨，讓陸之凌跑了，四哥可不能不管我的事兒。」

福管家心下哀歎，勸道：「聽聞陸世子昨夜從東宮出去後，就回敬國公府了，公主與其在這裡等太子殿下，不如去敬國公府找他。」

七公主哼了一聲：「我去敬國公府也不管用，他見我便躲，我自己拿不住他，只有四哥幫我才能制服他，我必須要等著四哥回來，讓他答應我不能不管我。」

福管家沒了話，見她一心要等，只能依她，也不再費口舌了。

馬車緩緩駛來，七公主眼睛一亮，「嗖」地便竄到了車前，驚喜地喊：「四哥，是你回來了嗎？」

雲遲聽出外面是七公主的聲音，「嗯」了一聲，問：「你怎麼出宮來了？」

七公主聞言一跺腳，伸手來挑車簾，同時說：「四哥真是貴人多忘事，昨日你讓人給我傳話，說讓我困住陸之凌，可是話剛傳到我耳朵裡，我還沒出宮門，又傳信對我說不用來了，人已經跑了，是你府中的人沒攔住，你不能不管我。」

雲遲先一步拉住車簾，不讓她掀開，慣有的溫涼嗓音：「就為這事兒？」

「是啊，我可怕你不管我。」七公主嬌嗔。

雲遲淡聲道：「此事不算，以後有機會，我再知會你。」

七公主聞言大喜：「當真？」

雲遲頷首：「當真！」

七公主高興地笑開了花，隨後發現車廂簾幕被雲遲遮擋得密不透風，奇怪地問：「四哥，你怎麼了？為何不讓我見你說話？」

雲遲聲音一沉：「不方便。」

七公主聽出他話音裡的不容置疑和凌厲，立即撤回手，既然得到了她想要的答案，她自然也不會不識趣。連忙說：「害我擔心了一夜，早知道四哥這麼爽快，我就不擔心了。這一夜等你歸來，睏死我了。」

雲遲「嗯」了一聲：「我只答應有機會知會你，但不會專程幫你創造機會。回宮去吧！」

七公主點頭，覺得即便如此，她也滿足了，四哥不輕易對陸之凌動手，一旦動手，那便是大機會，她只需要一次就夠了。於是，乖覺地應聲，讓開了路。

雲遲的馬車不停，直接地駛進了東宮。

七公主看著馬車駛進去，總覺得哪裡不對勁，回頭看向福管家，福管家已經追了進去，她又看向身後跟著的小太監和小宮女，悄聲問：「你們有沒有覺得今日四哥不太對勁？」

小太監和小宮女齊齊地搖搖頭，他們陪著公主等了一夜，只覺得睏死了。

七公主想了片刻，一拍腦門：「我知道哪裡不對勁了，四哥的車裡有別人，且還是個女子，我剛剛聞到車內傳出了女子的脂粉香味了。」話落，眼睛晶亮地說，「怪不得不敢讓我看，原來四哥不是不近女色呀。」

雲遲的馬車直接駛到垂花門前，再無馬車通行之路時，車夫停下了車。

花顏依舊昏睡未醒，雲遲抱著她緩緩地下了車。

他剛下車，七公主「嗖」地出現在了他的身前，突然問：「四哥，你抱著的女子是何人？」

雲遲在七公主身影晃動時，便用衣袖第一時間蓋住了花顏的臉，抬眼溫涼地瞅著七公主，淡聲道：「本宮的太子妃。」

七公主即便用了自認為最快的速度，將眼睛擦得最亮，卻仍舊沒看到花顏的臉，失望的同時聽到雲遲的話，立即驚得瞪大了眼睛，張大了嘴巴。

傳說中的太子妃？

她呆立了片刻，脫口問：「四哥，她怎麼了？」

「身體不適，昏睡未醒。」

七公主想起關於臨安花顏這一陣子鬧得沸沸揚揚的傳言，一時間好奇得雙眼冒星星，「四哥，你蓋著她的臉做什麼？為何不讓我見一見？妹妹拜見太子妃，也是禮數啊！」

雲遲聞言板起臉：「你還知曉禮數？」

七公主揉揉鼻子，央求：「我對她實在好奇，你便讓我看一眼嘛，你不知道，這一年來，所有人都對她十分好奇，連父皇和皇祖母都不例外。賜婚都一年多了，來京後也不見進宮，著實讓人想瞧瞧她的模樣。」

雲遲不為所動：「你若是想見她，改日再來吧，今日不行。」說完，抱著花顏轉身走進垂花門，扔下一句話，「再囉嗦，陸之凌的事兒別找我。」

七公主一哆嗦，不敢再糾纏了。

第九章 暗中較勁

來到鳳凰西苑，方嬤嬤和秋月等人迎上前，秋月看到被雲遲抱在懷裡的人，面色一白，霎時軟了聲：「太子殿下，小姐她怎麼了？」

雲遲瞥了秋月一眼，不理會，抱著花顏徑直進了屋。

秋月腿腳軟了軟，頓時快步追了進去。

雲遲將花顏放在床上，回身對同樣跟進來的方嬤嬤說：「請太醫。」

方嬤嬤連忙應是，轉身快步出門吩咐人去了。

秋月幾步走到床前，見雲遲擋在床邊，她白著臉小聲說：「奴婢會把脈，殿下可否讓奴婢給我家小姐把把脈？」

雲遲冷冷地看著她。

秋月頓時抵抗不住，跪在了地上。

須臾，雲遲讓開了床前，走到了不遠處的桌前坐下，對外吩咐：「不必請太醫了。」

方嬤嬤剛邁出門口，連忙應是。

秋月提著一口氣，上前給花顏把脈，手指按在了花顏脈搏上後，大鬆了一口氣。撤回手，打量花顏，看到她紅腫的朱唇，心下一驚僵在了原地。

小姐她……這是被人輕薄了？

誰？陸之凌？還是太子殿下？

秋月很想轉過身去看雲遲，但奈何太子殿下氣場太強大，她昨日已經在龍頭上拔鬚了，今日打死也不敢再惹他了。

「如何？」雲遲的聲音忽然響起。

秋月驚顫了下，連忙說：「小姐來了……葵水，氣血兩虛，外加急火攻心，悶氣太久才導致昏迷，無甚大礙，用不了多久便可醒來。」

雲遲點點頭：「可要開一劑藥？」

秋月搖頭：「不用，稍後讓廚房燉一碗雞湯補補就好，再多喝些紅糖水、薑糖水、紅棗水都行。小姐最不喜歡吃苦藥了。」

雲遲聞言凝眉，吩咐：「你既會醫術，便給她開一劑補藥，讓廚房煎了給她喝。」

秋月一怔，察覺雲遲氣壓不似之前那般沉暗了，便慢慢地轉過頭看他。

雲遲容色尋常，眉目淡淡，見她看來，沉聲問：「可聽到了？」

秋月縮了下脖子，不敢違背地點頭：「奴婢聽到了，謹遵殿下之命。」

雲遲吩咐：「現在便開藥方吧！」

秋月站起身，緩步走到桌前，鋪開宣紙，定了定神，很快便開了一張藥方。

雲遲接過藥方看了一眼，說了句：「字不錯。」便將藥方遞給了方嬤嬤，「去抓藥，立馬煎了送來。」

方嬤嬤應是，連忙去了。

雲遲沒有打算離開，有婢女連忙送上了熱茶。

秋月實在怕極了雲遲身上那股讓人透不過氣的氣勢，咬了咬牙，見花顏還未醒，便沒出息地走了出去。

半個時辰後，方嬤嬤端著一碗濃濃的湯藥進了屋。

雲遲對方嬤嬤伸手：「給我，你下去吧！」

方嬤嬤將湯藥遞給雲遲，悄無聲息地退了下去，同時關上了房門。

雲遲端著湯藥，來到床前，伸手扶起床上的花顏，將她抱在懷裡，見她緊閉著唇，他便喝了一口湯藥，然後渡了進去。

花顏其實早就醒了，等著雲遲滾，可是他偏偏不滾，似乎故意跟她耗上了似的。她心下恨得要死，堂堂太子殿下，偏偏與她過不去，她真是懷疑，她上輩子刨了他家祖墳了？或者欠了他銀子沒還？還是坑蒙拐騙搶了他媳婦兒？這一輩子偏偏讓她以身來還。

苦藥入口，她從嘴裡苦到心肺。

心裡罵了雲遲祖宗一百代，終於在他要喂第二口時，受不住地睜開了眼，惱怒地揮手推開他的同時，去打那碗讓她嫌惡透頂的湯藥。

雲遲緊緊地扣住她的腰，同時將藥碗輕巧地挪開不讓她碰到，對上她怒容滿面的臉，他微微地笑：「終於捨得醒了？」

花顏怒目而視：「你到底想怎樣？」

雲遲哼笑：「在你還是我的太子妃的時候，我得好好地抓緊時間侍候好我的太子妃，免得有朝一日你計謀得逞，山遠水長，我再見不到你的人。」

花顏氣結：「你個瘋子！」

雲遲又喝了一口湯藥，俯身下去。

花顏抵抗不住，苦藥被強硬地灌入口流入心肺，她覺得整個人都被泡在了藥碗裡一般，渾身苦得要死。她又氣又恨，在他喂完一口離開時，咳嗽了起來。

雲遲不理她，又喝了一口，低頭俯身。

花顏終於體會到了雲遲折磨人的厲害手段和惹怒他的下場，他似乎抓住了她的弱點和痛腳，狠狠地踩踏：「你……不是人……」

雲遲頷首：「我的確不是人，從小我便知道，我要想坐穩太子的位置，就要拋卻七情六欲，將自己變得無欲則剛。」話落，他自嘲道，「我連七情六欲都捨棄了，還能算作是人嗎？」

花顏氣恨：「你既然知道自己不是人，為什麼還要拉我與你成為一樣的人？」

雲遲看著她，又含了一口藥。

花顏惱恨無用，掙扎無果，只能被他圈在懷裡，一口一口地喂下他渡進口中的藥。

她覺得她要被苦死了，從小到大，就沒受過這種罪。

一碗藥就這樣一口一口地喝完，雲遲將空碗放下，看著花顏皺成一團恨不得把苦藥從胃裡全都嘔了出來，忽然愉悅地低低地笑了起來。

花顏有氣無力地趴在他懷裡，恨不得掐死他，堂堂太子，無恥至極。

雲遲笑罷，如玉的手指替她擦了擦唇角的藥漬，然後俯身，又咬了一下她的唇瓣，低低悅耳地道：「花顏，你便認命吧！無論你如何籌謀策劃，我都決計不會放手。這一輩子，你必須嫁我，這個天下，誰都能與我山遠水長，唯獨你永遠不能。」

花顏沒想到，她一個坑接著一個坑地挖，如今連天網都快捅破了，雲遲竟然強硬至此，說什麼也不放手。

她心底灰濛濛一片，苦味翻江倒海地往上湧，覺得上輩子怕是真真欠了他的。

她恨恨地看著他：「既然太子殿下想繼續玩，那麼我就奉陪到底，如今你見我弱不禁風好欺負，便可勁兒的欺負，我勸你祈禱自己別有手無縛雞之力的時候，否則落在我手上，我定讓你再也笑不出來。」

雲遲聞言「哦？」了一聲，笑問：「就算我以後有手無縛雞之力時，你打算如何欺負我？」

話落，手指按了按她唇瓣，眸光似笑非笑，「也如我對你這般欺負回來嗎？」

花顏臉如火燒，一把打掉他的手，眼睛冒火咬牙道：「你別太得意。」

雲遲煞有介事地點點頭：「好，我等著。」

花顏氣恨地閉上了眼睛，懶得再看他，渾身苦死了，又暗罵秋月，若不是她說她不喜歡喝藥，雲遲怎會如此折磨她？笨蛋秋月！

福管家匆匆走來，在門外小聲開口：「殿下！」

雲遲「嗯」了一聲，「說吧！」

福管家連忙小心翼翼地道：「太后請您速速進宮，還……還說了，您若是再躲著不去，她就死給您看。」

來了！花顏聞言，頓時心情大好。

雲遲低頭看了花顏一眼，見她已經睜開了眼睛，眉眼彎彎，笑意掩都掩不住，哪裡還有剛剛苦大仇深的模樣？他敲敲她的額頭，氣笑：「你也別太得意了。」說完，將她身子放好，站起身，對外面道，「去回話，就說我換了衣服就進宮去給皇祖母請安。」

「是。」福管家連忙去了。

雲遲不再逗留，緩步出了房門。
他剛離開，秋月便快跑著進了屋來到床前，看著花顏：「小姐，您怎麼樣？可還好？」
「好個屁！」花顏忍不住爆粗口，坐起身，伸手敲她腦袋，「笨阿月，你真是笨死了，我快被你害死了。」
秋月臉一白，捂住腦袋，委屈地說：「昨晚太子殿下逼問我如何能儘快追蹤到您的蹤跡，奴婢想著一旦開口說有辦法，以後太子殿下只要找不到小姐，就會拿奴婢是問，奴婢就會成為小姐的軟肋了。所以忍著害怕，死活沒說，殿下就怒氣沖沖地走了。難道是奴婢錯了？應該告訴太子殿下？小姐就不會吃虧了？」話落，她跺腳，「蘇子斬也太可惡了，怎麼能輕薄小姐呢？您如今總歸是頂著太子妃的頭銜呢，他也太……」
「住嘴！住嘴！」花顏打斷她，白了她一眼，「不關蘇子斬的事兒。」
秋月一愣，看著花顏的唇：「不是蘇子斬？難道是太子殿下輕薄了小姐？」
花顏臉色一黑，一隻手捂住額頭，氣怒地罵：「雲遲就是個徹頭徹尾的混蛋。」
秋月愕然，真是太子殿下輕薄了小姐？
花顏伸手又敲秋月的頭，口頭警告：「以後我的事兒，任何事兒，都不准對雲遲說一個字。今日便是你說了我不愛喝湯藥，他便逼著我喝了一大碗，苦死我了。」
秋月一呆，也想起這碼事兒，她後知後覺地問：「既然小姐你不喜歡，太子殿下卻要你喝？這是為何？」
「他這是報復！」花顏恨恨地道。
秋月立即驚奇地說：「小姐，您做了什麼惹怒了殿下？」

花顏也不隱瞞，三言兩語的將昨日跟隨蘇子斬出京喝酒，今日與雲遲一起去了清水寺之事說了。

秋月自小跟著花顏，聽了個明白：「蘇子斬竟然背小姐走了三十里山路，與傳言那冷血狠辣的人設一點兒也不同。您給太子殿下設下的圈套他竟然還真的上鉤了，老天，這事兒可大了，怪不得殿下那副山崩地裂的神色，看著都駭人。」

花顏聽著秋月的絮絮叨叨，想起雲遲若想要保住她太子妃的頭銜，勢必要辛苦費一番力氣地應付多方人馬，她心情便又好了起來，對秋月擺擺手：「行了，天塌下來有高個子頂著，你該幹嘛便幹嘛去，我睏死了，要好好睡上一覺。」

秋月看著花顏臉色慘白慘白，點點頭，走了出去。

花顏抱著被子，很快地便進入了夢鄉。

太子和太子妃聯手在清水寺抽了兩支一模一樣大凶的姻緣籤之事，如星火燎原勢不可擋地從三十里地外傳到了京城，半日之間，京城街頭巷尾，茶樓酒肆，市井巷弄，人盡皆知。

百姓們驚奇地談論著，朝堂也炸開了鍋，宮裡更是電閃雷鳴。

雲遲踏出東宮，馬車駛過榮華街，便聽到街上人潮鬧哄哄地談論這件奇事兒。

南楚開放言路，所以百姓們都十分大膽，只要不是欺君罔上的言論，說說也無妨，當權者不會治其罪。

馬車來到宮門，行經了朝陽門、崇德門，馬車方才停下。

雲遲下了馬車，前往甯和宮。

太后今日一早聽聞從清水寺傳回的消息時，大驚失色，這件事兒不同於花顏前往順方賭坊的不成體統，而是真真切切地關乎她孫子的一生安順和南楚運數。所以，她再也坐不住，發了狠話，讓雲遲速速進宮來見她。

她早就想好了，只要雲遲一來，她就逼迫他一定要取消了這門婚事兒，另選太子妃。他若是不同意，她豁出去這條命，也不能再由著他胡來。

雲遲面容如往常一般溫涼清淡地踏進了甯和宮的殿門，進了內殿，含笑給太后請安：「皇祖母安好！」

太后看著他的模樣，怒道：「還好？哀家快被你氣死了，怎麼能好得起來？」

雲遲緩步走到太后身邊坐下，溫聲笑道：「孫兒何時敢氣皇祖母？」

「你還來問我？我倒要問問你，你今日是不是在清水寺與那臨安花顏一同抽取了兩支一模一樣的大凶姻緣籤？」

雲遲頷首承認：「是有這麼回事兒。」

太后見他承認，憤恨地道：「哀家早就與你說了，這臨安花顏要不得，她不能做你的太子妃，你偏偏非覺得她可以。如今怎樣？她還沒入門，就出了那麼多事情，你的姻緣，事關你的終生，也事關我南楚江山的運數。你說如今該怎麼辦？」

雲遲容色平和，笑道：「皇祖母只知其一，不知其二。」

「嗯？」太后皺眉，「你還有什麼要說的？難道姻緣籤是假的不成？據說德遠大師見出了此籤都驚駭得暈厥了過去，這豈能等閒視之？」

雲遲微笑道：「皇祖母知道，花顏善賭技，也就善偷梁換柱之技，姻緣籤之事，不過是她與孫兒開的玩笑而已。德遠大師會暈厥過去，是因昨夜他與安書離下了一夜棋，未曾睡好而已。」

太后豎起眉，沉下臉：「你的意思是說，這是你們之間的玩笑？拿姻緣之事來開玩笑？姻緣籤是假的？她用偷梁換柱之技變出來的？」

雲遲點頭：「可以這樣說。」

太后頓時勃然大怒，拍桌：「胡鬧！姻緣之事，豈能玩笑，你乃堂堂太子，她乃準太子妃，佛祖門前，若是真做出這等褻瀆佛祖之事，更是其心可……」

「皇祖母！」雲遲打斷她的話，收了笑意，一字一句地道，「我天家之人，從不信佛，若真信佛，便也不會有始祖皇帝踏著白骨建立的累世功勳和江山基業了。別人在佛祖門前開不得玩笑，但我天家之人卻開得的。」

太后聞言一噎，瞪著雲遲，沒了話。

雲遲看著太后，面容溫和，不容置疑地道：「皇祖母，孫兒這一輩子，只認準臨安花顏為我的太子妃，其餘人一概不要。您若是實在不喜歡她，我便讓她這一輩子都不出現在您的面前就是了，您不必以死相逼。孫兒自母后死後，多年來，以孝心奉您，從不求什麼，但唯此一事，您得聽我的。」

太后聞言面色一白，張了張嘴，看著他，一時間半個字也吐不出來了。

她一直知道雲遲的執拗，他是她看著長大的，素來認準之事從不更改，但只要她開口，他都能委婉地換個方式去達成，從不曾強硬地當面駁了她的意。至今唯獨選太子妃這件事兒，他就像是吃了秤砣鐵了心一般，非臨安花顏不娶。

她試過多少次，好說歹說，軟磨硬泡，都不能使他回轉心意一丁點兒。

這一年來，她病也病過了，氣也氣過了，惱也惱過了，偏偏拿他沒有任何辦法。

如今她連以死相逼都使出來了，偏偏他三言兩語就將路給封死了，讓她連這個法子也行不通。她一時間氣不順地咳嗽了起來。

雲遲看著她咳嗽，上前一步，輕輕幫她拍順脊背，想著花顏氣急時，也愛咳嗽。

過了片刻，太后止住咳嗽，這一年來，她灰心喪氣的時候太多了，如今倒也沒心可灰了。她深吸了一口氣，無力地擺手：「罷了，哀家不管了，你愛如何便如何吧！」

雲遲露出笑意：「還是皇祖母疼我。」

太后怒瞪了他一眼，板下臉：「只有一句話，哀家告訴你，那臨安花顏太不像話了。你別再藏著掖著了，趕明兒就將她給哀家送進宮來。哀家倒要看看，你鐵了心要娶的媳婦兒，是怎麼個模樣？她不成體統沒有規矩，連這等玩笑也開得，哀家管不了你，但總能磋磨得了她。哀家身為太后，又是你的祖母，想嫁入皇室，嫁給我孫兒的女子，就要遵從皇室的規矩。她沒有規矩，哀家便將她磋磨出個規矩和模樣來，否則將來焉能母儀天下？」

雲遲這一次倒不再駁太后的面子，笑著頷首應下：「既然皇祖母要見她，是她的福氣，明日我便派人將她送來。」

至於太后留不留得住她，磋磨不磋磨得了她，他也就不管了。

太后見雲遲爽快地答應，心下總算舒服了些，對他道：「過了哀家這關，還有皇上那關，過了皇上那關，還有朝臣那關，即便朝堂你能隻手遮天，但還有京城和天下百姓。這件事兒既是你說玩笑惹出來的，便好好地解釋清楚，妥當處理了，哀家再不想聽到有人說你們犯姻緣煞，以致憂心我南楚社稷運數。」

雲初點頭：「皇祖母放心，我自會處理。」

太后見他氣定神閒，心下歎氣，擺擺手：「行了，你事忙，哀家也不留你了。記住你答應的事兒，明日將人給哀家送來。」

雲遲應允，起身告辭，出了甯和宮。

太后在雲遲走後，便開始琢磨著明日要用什麼法子先給花顏一個下馬威，然後再好好地磋磨磋磨她的脾性，讓她再不敢生事的乖乖地做好皇家的媳婦兒，對得住她頭頂上太子妃的頭銜。

雲遲出了甯和宮後，便去了帝正殿。

帝正殿依舊是濃濃的藥味，皇帝依舊半躺在床上，臉色鐵青，十分難看。見雲遲來了，他更是將手中的藥碗朝著他砸去。

雲遲輕輕抬手，穩穩地將藥碗接住，沒灑一滴湯藥，重新地落回了几案上。他淡聲道：「父皇怒什麼？您覺得花顏不堪任兒臣的太子妃，可人家更是看不上兒臣不願嫁給兒臣，才整出這一樁又一樁的事兒，是巴不得我皇室悔婚不娶呢。」

皇帝本是一腔怒火，聞言一怔，橫眉怒道：「你胡說什麼？」

雲遲來到近前，坐下身，慢慢地道：「兒臣沒有胡說，您應該知道，自從去歲皇祖母懿旨賜婚，這一年來，她便大小事兒不斷地給兒臣找麻煩，兒臣除了應付朝政之事，一半的精力都用來應付她惹出的那些麻煩了。如今她進京，先去順方賭坊惹上蘇子斬，接著又利用清水寺德遠大師弄出大凶的姻緣籤拉兒臣落入她早就挖好的大陷阱。一樁樁，一件件，無非是為了悔婚。如果真如了她的意，她怕是立馬跳起來滾出東宮，連一片衣角都不留給兒臣。」

皇帝露出驚色，他身為帝王，知曉這一年太子忙得分身乏術，其中有一半時間便是落在了臨安。但也沒想到，竟是這般？

雲遲嘲諷地一笑：「父皇覺得我天家至高無上，尊貴無比，兒臣的太子妃應該如母后一般，出身鐘鳴鼎食的世家府宅，知書達理，端方溫婉，賢良淑德，禮數周全，是天下任何人都挑不出錯來的那一個。可是您未曾想過，在您眼中的天家太子，在有人眼中，連塵埃都及不上，恨不得避如蛇蠍，永世不與沾邊。」

「混帳！」皇帝怒喝。

雲遲看著皇帝：「父皇是在罵兒臣？」

皇帝額頭青筋直跳，臉色更是難看：「臨安花顏，她向天借了膽子嗎？敢看不上我天家太子？」

雲遲聞言頓時笑了，誠然地道：「她還真看不上，父皇可想見見她？您見了就會知道，天家太子在她的眼裡，不如蘇子斬的一壇醉紅顏得她的心，更不如他那寒入骨病懨懨的身子背著她夜行三十里山路更能讓她心動。」

皇帝聞言一愣：「蘇子斬？」

雲遲點頭：「父皇昨夜將神龍隱衛都派出去了，對於昨夜之事，想必知曉得八九不離十，如今是兒臣在強求她罷了。若是您強行一紙聖旨拋出去，兒臣不能不忠不孝置父皇聖旨於不顧，所以，只能罷手，放她歸去。那麼，她便是那第一個看不上我天家滔天富貴和身分，用謀算計策掙脫出去的人，海闊從魚躍，天高任鳥飛。沒了身分束縛，她以後想與誰締結連理，便與誰締結，我再沒有理由捆住他，而她首選之人便是蘇子斬。」

皇帝沉下臉，面色陰沉如水：「你說的話可當真？」

雲遲無奈一笑：「兒臣在父皇面前，何時說過虛言？」

皇帝看著他，面上的怒意不減反增：「她一個小小的臨安花顏，憑什麼看不上朕的太子殿下？」

雲遲莞爾：「父皇覺得兒臣好，她卻不覺得。對於她來說，明月雖好，但立於雲端。她自詡塵埃，不想高攀。」

皇帝震怒：「普天之下莫非王土，率土之濱莫非王臣。這天下都是朕的，將來也是你的。你擇她為妃，是她的福氣。她竟然如此不願，是想讓臨安花家被誅九族陪葬嗎？」

雲遲淡聲道：「即便父皇想要誅滅臨安花家，哪怕下了聖旨，怕是也做不到。」

皇帝瞪著他，「為何？」

「花家累世居於臨安，天下皆知其偏安一隅，子孫數代皆沒甚出息，不思進取。不但不及趙家、蘇家、安家、陸家富貴鼎盛，門閥得勢，更不如孫家、梅家、柳家、王家、崔家等子弟出彩，聖眷不衰，天下前五十名都排不上號。但在兒臣看來，要想撬動，誅其九族，怕是自毀南山，自掘墳墓，也做不來。」

「什麼意思？」皇帝本來仰躺著的身子騰地坐起，緊緊地看著雲遲。

雲遲平靜地說：「花家居於臨安，位居於江南天斷山山脈，進是關山險道，退是一馬平川，坐是八方要道，站是九曲河山。」話落，他輕輕一笑，「小小臨安，是南楚第二個盛京，金粉玉蘭之鄉，富貴錦繡之地。天下花根皆落於此，世代子孫還求什麼榮華富貴身分殊榮？守著臨安一地就夠了！何須要我天家看得上？」

雲遲一席話，驚得皇帝半晌沒言語。

他想起了一件事兒，數百年前，始祖爺爭霸天下，兵馬打到臨安，花家不同於別的城池人心惶惶驚慌失措跟天塌下來一般的東躲西藏或者哆哆嗦嗦投降，而是帶著舉族子弟相迎，坦然含笑地大開臨安花都的大門，放始祖爺入城，不費一兵一卒地過了關山峽道。

後來，始祖爺問鼎天下，記著這個功勞和恩情，特招花家入京，許以子孫封候拜將，卻被以花家子孫沒有大才，不敢耽擱陛下興國安邦的重任給推脫了。始祖爺初建王朝，百廢待興，三請無果，便也作罷了。

在那一場亂世中，無論是扶持始祖爺鼎力相助的世家，還是反抗始祖爺阻撓其帝王路的世家，或多或少都受了牽累。天下各大家族都被亂世鐵騎牽扯的風暴所傷，被亂世所禍，唯臨安花家，累世居於臨安，子孫避不出世，沒受一絲一毫傷亡。

幾百年，在始祖爺扶持有功之臣後，趙家、蘇家、安家、陸家日漸富貴鼎盛，門閥得勢，孫家、梅家、柳家、王家、崔家等子弟出彩，聖眷不衰，錢家、江家、林家、李家一敗不起。而花家，還是那個花家。

始祖爺新建王朝後，天下各大世家除舊迎新，無論是整頓，還是重組，亦或者新興起，幾百年演變下來，漸漸地盤根錯節，形成了一張天家的網。但臨安花家，始終樹靜風靜，孑然立於網外，獨善其身，成為這個世間安靜的存在。

幾百年蒼海桑田，世事多變，花家屹立臨安，似乎幾百年的光陰也沒撼動這個家族分毫。與世人從不危害，與世間從不為禍，既立於塵世，又不染塵埃。

皇帝臉色變幻，久久不能平靜。

雲遲靜靜地坐著，等著皇帝消化他的言語，他本不欲將花家曝曬在日光下，但如今被花顏逼得他不得如此行事，無奈下，也只能拉整個花家下水了。

無論如何，他不能讓他的父皇，因氣惱而下聖旨廢了一年前太后的懿旨賜婚。

對於花顏，他早已放不了手了。

許久，皇帝平靜下來，終於開了口：「據說花家數代以來，子弟娶妻不求富貴門第，女兒嫁人，不求高門大院。兒孫娶的都是平平常常的尋常人家女兒，女兒嫁的也是平平常常的尋常人家男兒？」

雲遲頷首：「是這樣的。」

皇帝皺眉：「既然如此，當初太后為何派了御畫師前往臨安花家畫花名冊？按理說，太后看不上花家才是。」

雲遲道：「皇祖母除了讓我選一名太子妃，還想讓我將側妃一併選了。」

皇帝恍然，這就是了，臨安花家的女兒在太后的心裡夠不上太子妃的頭銜，但側妃的頭銜還是可以的。她疼愛雲遲，不消多說，恨不能囊括天下女子任她的好孫兒選，自然也就包含了臨安花家。只不過她沒料到，她的好孫兒隨手一翻，便定了臨安花顏為太子妃。

皇帝臉色稍緩：「在這天地間，臨安花家是個異數，的確有立世之道。但花家既無害，你又何必非要臨安花顏為太子妃？她既不願，念在花家於始祖爺有通關之恩，放了她去就是了。」

「父皇，來不及了。」

皇帝皺眉：「什麼來不及？」

雲遲看著他道：「母后是您的心結，花顏恐怕已經成為了兒臣的心結。這一輩子，除了她，再也解不開了。我……非她不可。」

皇帝聞言又怒了起來：「你拿朕和你母后做比？你不是最不屑我們嗎？」

雲遲溫聲道：「兒臣是父皇和母后的兒子，這是更改不了的事實。」

皇帝本來要發怒的面色一緩，看著雲遲，想起皇后，心下又是一痛，沉聲道：「你即然心意已決，非要臨安花顏做你的太子妃，朕便不再反對，但有一點，你身下的椅子，是你母后用命換來的，你必須給朕坐穩了。若是讓江山基業出變故，朕定然饒不了她，也饒不了你。」

雲遲頷首：「父皇放心，兒臣曉得。兒臣這把椅子，不止繫著母后的命，還繫著父皇和母后折斷的情，以及南楚江山數百年的基業，兒臣萬死不敢。」

皇帝點點頭：「你明白就好。」話落，想起一事，詢問，「趙宰輔生辰就在近日了，送給他的賀禮，你可準備妥當了？」

雲遲搖頭：「還未準備。」

皇帝哼了一聲：「趙宰輔獨女趙清溪，哪裡不好？與你也算是青梅竹馬，你棄她不娶，非選花顏。趙宰輔雖然不説，但心下定然不快。他算是你半個老師，今年他的壽辰，你不可怠慢，否則寒了臣心，尤其是他門生遍地。你如今還未將他的壽禮準備妥當，怎麼回事兒？」

雲遲揉揉眉心：「本打算等太子妃入東宮後，由她執掌府中中饋安排趙宰輔賀禮的，奈何她棄兒臣如敝履，不願理會東宮之事，所以，此事就擱置了。」

皇帝聞言怒道：「廢物，一個女子也搞不定。」

雲遲也不臉紅，頷首：「兒臣的確是廢物，的確搞不定，所以，明日她進宮，父皇便幫幫兒臣吧！看看怎麼才能讓她將皇宮當成花家，將宮牆當成市井，不再抗拒排斥，安順生活。」

皇帝又震怒：「虧你説得出這等話來，真是一派胡言！」

雲遲站起身：「父皇一夜未睡吧？快歇著吧！兒臣今日免了早朝，奏摺怕是堆成山了，兒臣去處理奏摺，順便想想怎樣將外面的傳言消弭下去。」

皇帝似乎也不想再看他，擺擺手：「滾吧！」

雲遲腳步輕鬆地出了帝正殿，對於他來說，只要皇帝不下聖旨取消婚約，那麼，外面即便天塌了他都不怕。

也的確如雲遲所料，僅僅半日一夜一個早朝，奏摺便堆滿了議事殿。

雲遲隨手翻了翻，發現大多奏摺還是關於西南番邦小國動盪之事，得儘快選出一人出使西南番邦，否則西南動亂起來，難免危急南楚朝綱。

但是選誰去呢？前兩日與宗正寺商議人選，始終未定下來。

這個人，是朝廷的使者，身分不可低了，職位不可輕了，能力不可小了，否則震不住西南各小國，調停不好便是禍端。

他凝眉思索片刻，忽問一旁的掌侍司劉大人：「趙宰輔舉薦何人？」

劉大人想了想，搖頭：「趙宰輔說此事要殿下全權做主，五年前，便是殿下用法子讓西南安寧了下來，如今殿下較之五年前更有魄力，理當難不倒您。他說他年邁了，對這等數千里之外的事兒，心有餘而力不足，插不上手，就不與置喙了。」

雲遲聞言笑了一聲，趙宰輔誠如父皇所說，對於他未選趙清溪之事生了芥蒂。

他合上奏摺，想了片刻，吩咐小忠子：「去打探打探，蘇子斬可從湯泉山回來了？」

小忠子連忙應是，立即去了。

劉大人聞言猶豫了片刻，小聲開口：「殿下，您打算派子斬公子去？他恐怕不合適。」

「嗯？」雲遲看著他。

劉大人連忙道：「子斬公子行事太過無所顧忌，性情乖戾，手段狠辣，若是他出使西南，西南的動盪的確是能擺平，但怕是要見白骨血河。那麼殿下多年經營西南使之安順的一番心血便白費了，使不得。」

雲遲點點頭：「你說的有道理。」話落，他揉揉眉心，長歎一聲，「可是我還真就想把蘇子斬打發了去，不想讓他留在京城了。」

劉大人鮮少聽到太子殿下用如此語氣說話，不由一怔，揣著他話中真假。

不多時，小忠子回來稟告：「殿下，子斬公子還在湯泉山，據說寒症犯了，剛剛侯府的人從太醫院請了鄭太醫快馬加鞭趕去湯泉山了，看起來挺嚴重的。」

雲遲皺眉：「他的寒症輕易不犯，昨夜雖然夜色寒涼，他體虛疲乏，應該不至於太過嚴重才是。可是又出了什麼事兒？」

小忠子貼近雲遲耳邊，小聲說：「據說天明時分，武威侯繼夫人派人去了湯泉山，那人不知說了什麼，子斬公子震怒之下一劍將那人殺了，之後，便犯了寒症。」

雲遲面色一沉：「柳芙香費盡心機嫁與了武威侯，到頭來卻又想反悔，自作孽不可活。」

小忠子退後一步，不再吭聲。

雲遲冷然片刻，吩咐：「你回府，讓福管家將那株五百年的老山參派人送去湯泉山給鄭太醫，讓他給蘇子斬入藥服下。再給他傳句話，問問他的師叔妙手鬼醫的下落可有眉目了？」

小忠子應是，連忙去了。

雲遲抬眼看了劉大人一眼，見他眼觀鼻鼻觀心，又開了口：「今日我見了安陽王府公子安書離，你說若是讓他去西南番邦走一趟如何？」

劉大人一驚，抬眼看雲遲，脫口道：「若是書離公子前去，定然極為妥當，他本就是個脾性極好的人，且也有這個能力處理好西南番邦之事，比從皇室和宗室裡選出一位皇子宗親前去要好得多。但是書離公子不入朝，不為官，連安陽王府的爵位都不世襲，這……能使得動他嗎？」

雲遲一笑：「以前使不動，今日之後嘛，也許能使得動。」

劉大人不解地看著雲遲。

雲遲淡淡道：「本宮的太子妃，與他似乎有些交情。」

劉大人心神一醒，忽然想起去歲安陽王府公子與臨安花府小姐有私情之事來，當時流傳得甚廣，兩府都未出來澄清一二，隨著太子妃花落臨安花顏後，傳言也就消弭了。他看著雲遲，一時間腦子裡打轉，想著私情之事，難道是真的？

雲遲拿起一張帖子，遞給劉大人：「你拿著這張帖子，去安陽王府一趟，就說本宮明日此時在這裡等著他，請他來一趟。」

劉大人連忙接過帖子，瞅了眼這空白的帖子，他連忙應是：「下官這就去。」

雲遲點點頭。

劉大人雖然不明白太子殿下的心思，但知道殿下行事素來走一步看三步，他既然讓他拿著這個空白的帖子去安陽王府，那麼，這事兒就一定在他的預料之中。

安書離在雲遲帶著花顏離開清水寺後，見德遠大師醒了過來，便行禮告辭也出了清水寺。

德遠大師在他臨走時，連連歎息：「都怪老衲今日卜算這一卦，攔住了公子。如今不僅累了清水寺，累了太子殿下，也累了公子你。怕是經此一事，公子以後難隨心度日了。」

安書離一笑：「既立於世間，本就沒有真正的隨心所欲，大師嚴重了。」

德遠又長歎：「太子妃實在是太厲害，拉人下水，毫不含糊。」

安書離笑笑，不置可否。

安書離回到府中，沐浴更衣後，便有管家前來稟告：「公子，掌侍司的劉大人來了，說是帶了太子殿下的帖子，請見您。」

安書離暗想來得可真快，若不出大凶姻緣籤這樁事兒，雲遲想必還要將西南番邦之事拖上幾天，但如今出了這等事兒，他得騰出手處理，當務之急必會先處理了西南番邦之事。而他今日恰巧撞上，看了一齣好戲，他自然不會讓他白看，所以，如今這便是來討利了。

他無奈地笑笑，不應承的話，雲遲就會拉他入局，反正多了一個蘇子斬了，也不在乎再多一個他給他的太子妃玩火。

能不應承嗎？

他搖搖頭，遠赴西南番邦雖然是一趟苦差事兒，但是他有許久沒出京了，出去走走也未嘗不可。免得應付母妃隔三差五舉辦的賞詩會、品茶會、鬥花會，煩不勝煩。

「將劉大人請進會客廳，我這便去。」

管家應是，連忙去了。

小忠子回到東宮，福管家得了太子殿下的吩咐，連忙吩咐人將那株五百年的老山參取出來，命人快馬加鞭送去了湯泉山。

送走了那株五百年老山參後，福管家連連歎息。

秋月正巧見了，便詢問福管家：「你為何一直歎息？出了什麼事兒嗎？」

福管家見是秋月，他想了想覺得也沒有什麼不可說的，便連忙和氣地道：「哎，還不是為了子斬公子的寒症？好好的一個人，這麼多年，一直為寒症所苦，殿下也甚是為其憂心。」

秋月一愣，有些訝異：「他昨日可是和太子殿下對著幹來著？太子殿下怎麼還憂心他的病？他們的關係……是好還是壞呀？」

福管家聞言更是歎了口氣：「五年前，武威侯夫人臨終請殿下日後關照子斬公子，但是子斬公子卻不買帳，不要殿下的關照。這關係嘛……一直以來，不好不壞。」

福管家見沒人，打開了話匣子：「據說昨夜子斬公子犯了寒症，殿下命人將月前為其搜尋來的那株五百年老山參送去了湯泉山，但是怕子斬公子知道是他送的不用，只能暗中給太醫院的鄭太醫讓其私下為他服了，不讓他知道。」

秋月恍然，原來是這樣啊！

福管家又道：「五百年老山參雖然珍貴，但是對子斬公子的寒症也只能緩解，不能根治，若沒有救治之法，身子骨日漸就會被拖垮。」

秋月皺眉，好奇地問：「子斬公子的寒症是怎麼得的啊？」

福管家道：「從娘胎裡帶的，皇后娘娘與武威侯夫人乃一母同胞，年少時，武威侯夫人為了救皇后娘娘，中了南疆的寒蟲咒，後來雖然解了，但落下了寒症。子斬公子出生後，這寒症竟然過渡到了他的身體上，多年來，便一直為其所苦。」

秋月總算瞭解了，想起蘇子斬一身冰寒的模樣，也跟著歎息了兩聲。

福管家又道：「鄭太醫說要想救子斬公子，普天之下，怕是只有他師叔妙手鬼醫天不絕尚且能試試。可是那人十年前就失去了蹤跡，音信全無，即便他師從神醫谷，也聯絡不上人，而子斬公子這寒症近年來發作得也越發勤了，這可真是愁煞人啊！」

秋月仔細地聽著，又跟著歎息了兩聲：「妙手鬼醫天不絕，確實成了個傳說。」

第十章 放長線釣大魚

花顏才不管因她惹出京城好一番熱水沸騰的盛景，只管舒服地睡了一大覺，直到傍晚時分，方才睡醒。

她醒來後，便見秋月蹲坐在床邊，掰著手指頭把玩，似十分百無聊賴。

她擁著被子坐起身，懶洋洋地說：「給我倒杯水。」

秋月驚醒，連忙起身，走到桌前，給花顏倒了一杯清水，端到她面前，同時道：「小姐，您總算睡醒了，可真能睡。」

花顏喝了一杯水，對她說：「你剛剛在想什麼呢？看你一副等著我醒來有話說的樣子。」

秋月摸摸臉，她真有那麼明顯嗎？她撓撓頭，回頭看了一眼，門關著外面沒人，她小聲問：「小姐，您說子斬公子背著您走了三十里山路，他那人是不是其實挺好的？」

花顏瞧著她，點頭：「還不錯。」

秋月咬唇：「聽福管家今日說，子斬公子在湯泉山犯了寒症，太子殿下派人送去了一株五百年老山參……」她將從福管家那裡聽來的話悉數說給了花顏聽。

花顏聽罷，擁著被子蹙眉：「原來蘇子斬身上的寒症是因為南疆寒蟲咒解了後從母體引渡而來，如今他有十九了吧，也就是說這個病症跟了他十九年了。」

秋月點點頭：「福管家是這樣說。」

花顏感歎：「怪不得他身體那麼冰寒，像是從骨子裡透出的，原來是從娘胎裡帶來的。」

秋月看著花顏：「小姐，天不絕不出世，子斬公子的身子骨就會被拖垮……」

花顏聞言伸手敲秋月額頭，笑道：「你這個天不絕的徒弟，有機會要不要試試？」

秋月頓時搖頭，垮下臉：「小姐，我的醫術只學了師父的六成，不成的。」

花顏哀歎：「當年若不是我硬生生將你從他手裡要過來，你的醫術如今不止六成。」

秋月立即說：「我不後悔跟著小姐，跟著小姐比整日裡被關在桃花谷，對著那些醫書擺弄草藥有意思多了。」

花顏失笑，看著她：「如今跟著我被關在東宮，難道也有意思？」

秋月無言了片刻，也笑起來：「是也挺有意思的，只要太子殿下不再逼問我小姐的事兒，我便覺得頭頂沒那麼灰暗。」

花顏撇嘴：「出息！」

秋月吐吐舌，她的確沒出息，能在太子殿下面前有出息的人，她覺得沒幾個。

花顏推開被子下床，對秋月說：「走，咱們去街上轉轉，看看外面到底有多熱鬧。」

秋月一驚，連忙說：「小姐，您剛睡醒就要出去？如今天都快黑了。」

花顏伸了個懶腰，不以為然：「天黑了怕什麼？京城是天子腳下，太子治理朝野，整個京城方圓百里治安都好得很。」

秋月沒了話。

花顏更衣梳洗，很快便收拾妥當，腳步輕鬆地邁出了房門。

方嬤嬤聞聲來到她近前，恭謹地笑問：「太子妃您醒了？午時您便沒用午膳，如今可是餓了？奴婢這便吩咐人給您備晚膳。」

花顏笑道：「不必準備晚膳了，我不在府裡用，出去街上吃。」
方嬤嬤一怔，看了一眼天色，道：「如今天快黑了，您要出去，這……」
「躺了一天悶得慌，出去轉轉，你若是不放心，點幾名隨從跟著我就是了。」
方嬤嬤聞言知道花顏打定了主意，便也不再勸說，一口氣點了四個婢女，六個東宮的護衛。
花顏也不願駁了方嬤嬤好意，帶著秋月和那十個人浩浩湯湯地出了門。
她前腳剛走，雲遲的馬車便回了東宮，他進了府邸後，有些疲憊地揉揉眉心，對福管家問：
「太子妃呢？在做什麼？」
福管家連忙回話：「太子妃半個時辰前睡醒後，便帶著人去街上逛了。」
雲遲聞言失笑：「她可真是一刻也閒不住。」
福管家也覺得讓太子妃住在這深深的宮牆裡真是難為她了，這幾日，他也摸清了花顏的脾性，只要別觸及她不喜的事情，那是極好說話的，她行事十分隨心所欲，不是刻意難為人的人。
雲遲又問：「有人跟著嗎？」
福管家立即說：「方嬤嬤點了十個人跟著，太子妃沒意見，都帶上了。」
雲遲頷首，向書房走去，吩咐：「將晚膳送去書房吧！」
福管家應聲，猶豫了一下，還是跟在雲遲身後一步低聲道：「今日，太子妃的婢女秋月姑娘與老奴說話，老奴對她說了些子斬公子寒症之事。」
雲遲腳步一頓，回轉頭：「哦？她聽了如何說的？」
福管家想了想，學著秋月語氣，歎息地道：「妙手鬼醫天不絕，確實成了個傳說。」
雲遲品味這句話，凝眉思索片刻，點頭：「我知道了。」

福管家見雲遲沒怪罪，微微鬆了一口氣，又趁機問：「殿下，趙宰輔生辰就在近日了，可是賀禮還沒準備，您看？」

雲遲看了他一眼，想了想說：「晚上太子妃回來，我與她商議再定。」

福管家應是：「老奴再沒別的事兒了。」

雲遲緩步去了書房。

夜晚的南楚京城，燈火如畫，初夏的街道上，人來人往，車水馬龍，熱鬧非凡。雖然不是什麼節日，但人人衣著光鮮，茶樓酒肆，青樓賭坊，沿街商鋪都有客流進出，與白天沒什麼兩樣，甚至更熱鬧些。

花顏在街道上無甚目的地走著，聽著兩旁有人說著清水寺之事，說了一天了，也不見疲累，掰開了揉碎了還是那件事兒發生的經過，沒聽見一句關於皇帝震怒下旨取消婚事兒的話，也沒聽到一句太后氣得抹脖子死活不同意悔了這樁婚事兒的言辭。

她心下忿忿地想著雲遲好手段，不知他今日是怎麼擺平了皇上和太后的。

走得累了，她便臨近選了一家酒樓，不挑剔地走了進去。

小夥計見來了客人，顯然看衣著僕從隨扈還是上等貴客，不敢怠慢，連忙笑呵呵地迎了出來：「姑娘請，您是上二樓雅間？三樓雅間？如今已經過了晚膳時，人已經不多了，上面騰出了閒置的房間。」

花顏掃了一眼大堂，隨意地說：「就大堂吧。」

小夥計一愣，連忙頷首：「那您選一處請坐，小的這便為您點菜。」

花顏點頭，走到一處角落的一張方桌上坐下，對身後跟著的人說：「你們也都坐吧！」

眾人齊齊搖頭，連聲道：「不敢。」

花顏失笑，看了秋月一眼。

秋月笑著道：「咱們主子最不喜那些禮數，若是你們不依，下次主子便不帶著你們出來了。」

眾人聞言對看一眼，都不敢違背，連忙聽命地找了兩張就近的桌子坐下了。

秋月見此，陪在花顏身邊也坐了下來。

小夥計拿來菜單，花顏翻看著剛要點菜，有一個人一陣風似地刮進了這家酒樓，轉眼便坐在了花顏對面的椅子上，風流灑脫地笑著說：「昨日入東宮未曾得見太子妃，不成想今日便來了機會，在下陸之凌，這家酒樓拿手好菜我最是熟悉，太子妃若是不嫌棄，你請我吃飯，我幫你點菜如何？」

陸之凌一身藍袍華服，容貌清雋，眉眼含笑，帶著一股天生的恣意灑脫。

花顏看著他，想起昨夜蘇子斬對她說的關於陸之凌的話來，眉目也對著他染上了濃濃的笑意，淺笑嫣然地點頭：「能讓陸世子幫忙點菜，請陸世子吃一頓飯，我的榮幸。」

她一張容顏，清麗無雙，嬌豔如花，對著人笑時，更讓人覺得日月星辰都不及她的容色。

陸之凌乍然看到，晃了一下眼睛，立即拿起菜單遮住臉，口中道：「太子妃容色照人，天下傳言臨安花都養花千萬，不及花府小姐一笑傾城，果然不假啊！」

花顏失笑：「還有傳言東宮一株鳳凰木，勝過臨安萬千花的說法呢。」

陸之凌聞言讚歎地點頭：「太子殿下姿容傾世，世所難及，與太子妃是天造地設的良緣。」

花顏揚眉瞅著她，似笑非笑地問：「陸世子當真如此想？」

陸之凌連連頷首：「自然，自然。」

花顏看不到他的臉，只看到他那修長如玉的雙手，眸光流轉笑著說：「陸世子有一雙漂亮的手。」

陸之凌一怔，低頭看了看自己的手，一時不知該如何接這話，菜單脫手落在了桌面上。

秋月暗笑，陸世子擋住臉，她家小姐便誇他的手，這下沒法擋臉了吧？

花顏見陸之凌露出臉，輕笑一聲，問：「陸世子，菜可點好了？」

陸之凌咳嗽了一聲，掩飾尷尬，轉頭對候在不遠處的小夥計招手，「翠湖鱸魚、清蒸香肘、紅燒醬排、冷味時蔬、峰山耳針、烏雞湯……」

他一口氣報了十幾個菜名，有葷有素，有冷有熱，有菜有湯。

花顏覺得，陸之凌看起來不止會玩，還定然是個會吃會喝的人，她在他點完菜後，對小夥計伸手一指，笑著補充：「這樣的菜，給那兩桌也上一模一樣的。」

陸之凌順著花顏的手指，才發現不遠處的兩桌人，東宮的僕從護衛。他轉過頭，想著在東宮的人面前來蹭太子妃的吃喝，雲遲估計又會給他記上一筆。

他又咳嗽了一聲，轉過頭，對花顏說：「太子妃賭技冠絕天下，可惜那日我未曾在京中，錯過了太子妃贏九大賭神那一幕。」說完，他從袖中拿出一副骨牌，「在下心裡甚是仰慕太子妃賭技，飯菜做好還要些功夫，不知道太子妃可賞臉與我玩兩局？讓我也見識見識。」

花顏看著他亮晶晶的雙眸，躍躍欲試的模樣，想著她若是答應了，滿足了他的好奇心，以後估計要想找他就難了。她果斷地搖頭：「肚子餓，沒力氣玩。」

陸之凌愕然，沒料到花顏如此痛快地拒絕了他，他不想錯過機會，立即說：「那等你吃飽了再玩？」

花顏沒反對地點了點頭。

陸之凌收起骨牌，開始期盼著菜快點兒上來。

八方齋的廚子也給力，不多時，小夥計便帶著人一碟一碟地將飯菜擺上了桌。

花顏一日沒吃飯，如今著實餓了，招呼了陸之凌一聲，便拿起筷子悶頭吃了起來。

她吃飯不像是大家閨秀那般，一小口一小口文文雅雅地慢慢吃，吃幾口就說吃飽了放下筷子，她雖不至於狼吞虎嚥，風捲殘雲，但卻吃得自然，渾然忘我，似乎忘了對面還有個陸之凌，這位剛剛初見的安國公府世子。

陸之凌本就是個討厭禮數的人，如今見花顏吃得渾然，愣了半晌，想著一會兒要有力氣與她玩骨牌賭技，也趕緊不客氣地吃了起來。

秋月看著陸之凌，想著小姐要放長線釣大魚，他估計還不知道小姐早已經算計上他了。

果然，花顏吃飽後，對陸之凌問：「這家酒樓，什麼茶最好喝？」

陸之凌也放下筷子，吃得暢快，心滿意足地說：「碧零香。」

花顏看了秋月一眼。

秋月立即揚聲喊：「小夥計，來一壺碧零香。」

小夥計應了一聲，很快就沏了一壺碧零香端了上來。

秋月給花顏和陸之凌斟了一盞，又給自己倒了一盞。

花顏慢慢地喝著茶，如慵懶的貓兒，甚是悠閒散漫。

陸之凌看著她，心下暗歎，這樣與人相處處處都讓人透著舒服的女子，怎麼偏偏是東宮雲遲的太子妃呢？宮闕巍巍，她住得慣嗎？但……她入京後既然敢堂而皇之地踏入順方賭坊，張揚賭技，如今天色已黑又敢出來酒樓用膳不歸，那東宮雖然宮牆深深，似乎也沒能困住她。

她這樣的女子，不知以後成了皇家的媳婦兒後，是否還能像今日這樣隨意悠閒？

他喝完一盞茶，笑問花顏：「酒足飯飽，甚是有力氣，太子妃，可以開始玩骨牌了嗎？」說完，他又將骨牌摸了出來。

花顏放下茶盞，打了個哈欠，睏倦地說：「我每逢吃飽，就會困倦不堪，今日恐怕沒辦法陪世子玩骨牌了，改日如何？」

陸之凌愕然，餓著沒力氣？飽了睏倦？那她什麼時候能玩？

花顏欣賞著陸之凌的表情，笑著說：「我如今就住在京城，陸世子想要找我玩骨牌，何必急於一時？來日方長。」

陸之凌有些懊惱，垮著臉問：「那你什麼時候還能再出東宮？我要怎麼找你？」

花顏想著真上鉤啊，對他莞爾一笑：「我是個閒不住的人，只要一有閒心，便想跑出來轉。七日裡估計有四五日是閒不住的。陸世子放心，機會有的是。」

陸之凌聽她這樣一說，頓時又有了些精神，點點頭：「也好，那我等你。」

花顏頷首，起身，對秋月說：「結帳，我們回宮了。」

秋月從懷裡拿出幾張大額銀票，遞給那小夥計，豪爽地說：「不用找了，你家的飯菜吃的我家小姐高興，餘下的做賞了。」

小夥計駭然，又驚又喜，連連道謝。

陸之凌瞧了一眼，三桌飯菜一壺茶，也就五六百兩銀子，秋月隨手一給就是千兩。暗暗想著太子妃從蘇子斬那裡半日贏走了兩百多萬兩銀子，如今這是可著勁兒的花嗎？

花顏對陸之凌說了句「陸世子再會後」，便頭也不回地走出了八方齋，秋月和東宮一眾僕從跟隨，很快就消失在了夜色中。

陸之凌出了八方齋，對著夜色望天，這天色明明還早嘛，她這麼早便睏了回去睡覺，也太辜負夜色了，這樣的夜色，應該最適合賭博玩骨牌嘛。

他悵然地立了半晌，輕喊：「離風。」

「世子。」一人悄無聲息地出現在了他身後。

陸之凌問：「蘇子斬那邊可有消息，他如何了？」

離風立即回話：「子斬公子得知太子殿下派人送去了五百年老山參，死活不用，鄭太醫無法，如今他泡在湯泉池裡，已經將兩座湯泉池都凍結成了冰池。」

陸之凌唏噓，驚道：「真是要命，他這一次寒症發作竟然這般兇險？」說完，對離風吩咐，「你速速回府，取了我半年前找來的那株九炎珍草送去湯泉山給蘇子斬，他不用雲遲的東西，總不會不收我的東西。總不能真讓他將那十八個湯泉池都變成冰池，暴殄天物。」

花顏出了八方齋後，又沿街轉了一圈，日色漸深後，才慢悠悠地回了東宮。

回到鳳凰西苑，見屋中掌著燈，一道修長的身影坐在窗前，似乎已經等候她多時。

她皺了皺眉，暗哼一聲，挑開珠簾，走了進去。

雲遲手中拿了一卷書卷坐在桌前，聞聲抬頭向她看去：「捨得回來了？」

花顏瞥了他一眼：「殿下這個太子做得也未免太清閒了些，沒事兒便跑來我這裡喝茶，我這裡的茶是有比別的地方好喝嗎？」

雲遲頷首：「我以前的確不知道這西苑的茶好喝，自從你住了進來，確實好喝了些。」

花顏翻白眼，來到桌前，拿了一只空杯盞遞給他，不客氣地指使：「倒一杯來，我也品品這茶哪裡好喝了。」

雲遲含笑點頭，玉手執起茶壺，給花顏斟了一杯茶，遞給了她。

花顏伸手接過，品了兩口，唇齒清香，她放下茶盞說：「今晚我在八方齋喝的茶似也是這般，沒多少區別。」

雲遲慢聲道：「陸之凌給你點的碧零香，確實也算得上好茶，與這龍湖茗的確不相上下。」

花顏哼了一聲。

雲遲笑問花顏：「今日你見了陸之凌，與他用了一頓晚膳，覺得他如何？」

花顏琢磨著雲遲的心胸到底有多大，能裝得下天下萬物，是否也能不在意她這個準太子妃隨時想拉人下水對付他。她淺笑盈盈地說：「陸世子十分風趣有意思，為人隨性灑脫，不拘小節，不苛責禮數，甚合我心意。」

雲遲凝視她笑臉片刻，意味不明地揚眉：「是嗎？」

「是。」花顏誠然地點頭，「蘇子斬昨夜對我說，我若是想要清風明月，山河燦爛，走馬揚鞭，漁舟唱晚，那麼，這個天下，陸之凌便是一個好選擇。今日見了陸世子，我深以為然。」

雲遲眯了一下眼睛：「蘇子斬當真這樣說？」

花顏淺笑：「我騙你做什麼？」

雲遲沉下眉目：「你覺得陸之凌會是我的對手？」

花顏笑顏如花，聳聳肩：「我不管他是不是殿下的對手，只要合我心意就夠了。」話落，她看著雲遲，「我很好奇，殿下是如何擺平了太后和皇上的？沒一道聖旨砸下來毀了這婚約。」

雲遲神色溫涼地道：「讓你失望了，以後，無論是皇祖母，還是父皇，都不會再反對這樁婚事兒。你弄出大凶的姻緣籤，也算是讓宮裡的兩位因此不再絮叨我，一勞永逸了。」

花顏頓時笑不出來了，惱道：「你們天家人都是腦子堵塞不通的嗎？我不能勝任太子妃，更不能勝任未來母儀天下的典範。傻子都能看得出來，你們是怎麼回事兒？」

她不認為坐擁皇權至尊之位的天家人傻，所以，他們憑什麼非掐著她不放？

雲遲見她惱了，笑容愉悅：「皇祖母說明日讓我將你送去給她。」

花顏斷然拒絕：「不去。」

雲遲笑容深深：「皇祖母不再反對這樁婚事兒，從今日之後，她對你怕是要改個策略了。即便你不去，她也許還真能拉的下身段來這東宮看你。總之，我告訴你了，你心裡有數就好。」

花顏惱怒地瞪著他。

雲遲又笑著道：「還有三日，便是趙宰輔生辰了，我今日替你接了趙宰輔府的帖子，待那日，與你一起前往趙宰輔府為其賀壽，你來京也有幾日了，這京中的人想必都想見見你，恰逢趙宰輔生辰，京中各大府邸都會去湊這熱鬧，你也正好將人都認認。」

花顏冷笑：「我若偏不去呢，你待如何？」

雲遲看著她揚眉：「你確定不想去？那我推了也罷。但是你素來不是喜歡往熱鬧地兒鑽嗎？趙宰輔生辰，也算是一大盛景了，這次不去，便要再等十年後的七十大壽了。那時是否有如今這般熱鬧鼎盛，還真不好說。」

花顏心頭一跳，瞧著雲遲，見他神色一片溫潤清涼，她撇撇嘴，拉長音：「是啊！再十年，您這位太子殿下早就榮登大寶成為九五至尊了。趙宰輔七十古來稀，早應該退了，所謂不在朝堂，人走茶涼，定然不會如現在這麼熱鬧了。」

雲遲一笑：「你說得也沒錯，那你要去跟著熱鬧一下？」

花顏想著有熱鬧不湊是傻子，她也許能找到機會再給雲遲挖個坑活埋了他，便點點頭：「去，殿下到時候帶著我可別覺得我行止粗俗沒有禮數丟了您的臉。」

雲遲不以為然地道：「去就好，不怕丟臉。」話落，他從袖中拿出一個單子，遞給花顏，「你來看看，我們一起前去，給趙宰輔送什麼賀禮好？」

花顏將單子推回去：「你問我做什麼？堂堂太子殿下，這等事情都作不了主嗎？」

雲遲笑著道：「還真作不得主，我的太子妃已經入了東宮，這與京中各大府邸來往的第一份禮，理當你來安排。」

花顏瞪著她，磨牙：「我還不是你的太子妃。」

「準太子妃也是八九不離十了。你一日頂著這個頭銜，一日便要受這些，不受不行。」

花顏便不信這個邪，什麼叫不受不行？

雲遲對外面喊：「來人，晚上的湯藥熬好了嗎？端來！」

花顏面色一變，騰地站起身，脫口怒道：「別聽他的，不要端來。」

方嬤嬤本來欲應聲，聞言是應也不是，不應也不是。雖然她是東宮的人，卻被派去伺候太子妃，這兩個主子，她不聽哪個的都要命。

雲遲似笑非笑地看著花顏：「要我親自去端嗎？」

哼！好漢不吃眼前虧，花顏掃了一眼那禮物單說：「照我看，這些東西雖好都是不能換錢的廢物，收了也是擺設。不如送實實在在的銀子。趙宰輔六十大壽，就送六十萬兩銀子，他和你的半個師徒情分如今也就值這個價，誰叫你不娶他的女兒呢，還妄想他以後會好好輔佐你嗎？」

這一席話，說得可真是……毫不客氣啊！

雲遲聽著這話便笑了起來，笑聲清潤愉悅，彷彿舒心至極。

花顏看著他笑的樣子，心下暗罵，什麼東宮一株鳳凰木，勝過臨安萬千花。這哪裡是只勝過臨安？是勝過世間萬千花了。如此傾城絕色，怎麼偏偏投身了帝王家！可恨！

雲遲笑罷頷首，愉悅地道：「好，就按照你說的辦。」話落，對外面喊，「小忠子。」

「殿下，奴才在。」小忠子連忙應聲。

「去知會福管家，暗中調度六十萬兩銀子備著，不得走漏消息。」

小忠子一怔，立即應聲。

花顏心中有氣：「還有什麼事兒嗎？一併吐出來。」

雲遲盯著她看了一會兒，緩緩開口：「今夜我就歇在這裡了。」

花顏幾乎跳起來：「你滾！」

還是不是人？就算她太子妃的頭銜還沒扒拉下去，但他也不能太過分了。狗急了還跳牆呢？他就不怕她半夜拿把刀抹了他那好看的脖子？

雲遲見花顏一張臉陰沉如水，死死地盯著他，那意思……他若是此言當真，她指不定會做出什麼來的樣子，啞然一笑長身而起：「罷了，我本來想著歇在這裡方便明日一早喊你起來一同進宮，既然你不想，那我明日便不管你了。」
說完，他理了理衣袍，緩步走了出去。
花顏一邊暗罵一邊想著用你管，滾了最好，算你識相。
見他離開，她走到門口，「砰」地關上了門。

太后琢磨了一日又一夜，琢磨出了無數個磋磨花顏的法子，第二日早早地便起了身，等著雲遲將花顏送到她的甯和宮。
周嬤嬤見太后頂著黑眼圈容光煥發的模樣，暗想多少年不曾見過這樣的太后了。
用過早膳，等了一個時辰，沒等到花顏的影子，太后皺眉：「怎麼還沒來？」
周嬤嬤連忙說：「太后，您稍安勿躁，太子殿下如今正在早朝呢。」
太后惱道：「他也真是，難道還怕哀家吃了那花顏不成？派個人送來不就得了？用得著等他下了早朝親自送來？還沒過門就如此寵著了，這怎麼得了？」
周嬤嬤笑著勸說：「殿下多年來專攻術業又忙於朝事，於女色之事向來不上心，如今能對太子妃上心，也是好事兒。」
太后聞言點頭：「這倒也是。」
又等了大半個時辰，依舊沒有人影，太后坐不住了：「天色都不早了，按理說早朝早該下了。你派人去打探打探，怎麼回事兒？是不是他又搪塞推脫著不讓哀家見人？」

周嬤嬤點點頭，立即派了個小太監出去打探消息。

又等了半個時辰，打探消息的小太監回來稟告：「稟太后，太子殿下一個時辰前便下了早朝，去了議事殿。他入宮時，根本未曾帶太子妃。奴才特意去了議事殿，問過了殿下身邊的小忠子，小忠子說……」

「說什麼？」太后壓著怒意問。

小太監看了太后一眼，立即繼續道：「說……太子殿下昨日和太子妃鬧了彆扭，太子妃將太子殿下趕出了鳳凰西苑，將門關得震天響，如今還在生著殿下的氣呢，殿下沒法子將她帶來。」

太后一拍桌，徹底怒了：「豈有此理！這叫什麼事兒！」

小太監住了嘴，暗想著這太子妃可真厲害，竟然敢跟太子殿下嘔氣摔門。

太后騰地站起身，對周嬤嬤說：「吩咐下去，擺駕，哀家去東宮會會她，看她到底有多囂張？」

周嬤嬤連忙說：「太后，如今快晌午了。」

太后怒道：「那就去東宮用膳，我孫兒的府邸難道還管不了哀家一頓飯？」

周嬤嬤知道攔不住太后，連忙遵命地吩咐了下去。

七公主昨日沒見著人，心裡跟貓爪撓一般，心癢難耐。今日得到太后要去東宮的消息，匆匆地來到了太后身邊，說皇祖母年紀大了，出宮身邊怎麼能沒人陪著？她定要陪著去。

太后看著她興奮的臉，板著臉允了，警告她既然跟著便規矩些，不准胡鬧。

七公主連連應了。

兩盞茶後，鳳輦起駕離開了皇宮。

雲遲正在議事殿等安書離，昨日周大人回來說安書離甚是好說話，見到他送的帖子，一口便答應了下來，説今日必到，他便知道，安書離是聰明人，權衡利弊，他定然會接這趟差事。

有安書離前去西南番邦與各小國周旋，憑他的本事，西南動亂很快便會安寧下來。

他今日便與他敲定行程，再對他去到西南之後的行事商議安排一番。

小忠子得到太后出宮的消息，附在雲遲耳邊小聲稟告：「殿下，太后沒等到太子妃入宮，怒氣沖天地出宮去東宮見太子妃了。」

雲遲早已經料到，太后已經等不及沒耐心了，今日不見花顏，她勢必要去東宮找場子。他能算得出太后今日不見花顏必會前往東宮，卻算不準花顏今日會如何在東宮見太后。她是什麼事情都做得出來的！

雲遲揉了揉眉心，想了片刻：「雲影！」

「殿下！」雲影應聲而出。

「你現在立即回東宮，密切注意太子妃的一切行動，隨時回報於我。」

「是。」雲影垂首，領命去了。

小忠子心下哀歎，殿下也太辛苦了，自從定下了太子妃，殿下這一年多來，費了無數心思，一日都未曾清閒過。

花顏昨日趕走了雲遲，拿起他放在案桌上的書卷看了一個時辰，心平氣和後上了床，直睡到了日上三竿才醒。

懶洋洋地梳洗妥當，用過早膳，她瞅了一眼天色，約莫差不多了，叫來方嬤嬤問：「這東宮可有觀景台？」

方嬤嬤頷首回說：「回太子妃，有的。」

花顏笑著起身：「帶我去。」

方嬤嬤頷首，帶著一眾人等，拿了糕點瓜果、薄毯等物，陪著花顏，去了東宮的觀景台。

出了鳳凰西苑，繞過幾座亭台，穿過長廊水榭，來到了碧湖畔的一座高閣闕台下。

這座觀景台，高閣達百尺，數十丈之高，靜靜聳立在碧湖旁，兩旁垂柳、花樹不一，碧水波紋倒映下，花顏覺得除了那棵鳳凰樹，這便是東宮的第二景緻了。

她對方嬤嬤說：「你們都候在這裡吧，我自己上去，秋月也不必跟著了。」

方嬤嬤一怔：「太子妃，雖然是初夏了，但高閣太高，上面風大，您還是帶上奴婢們吧。」

花顏笑著搖頭，「有人跟著未免太喧囂，我要好好的站在上面賞賞這東宮的景緻。你們去亭子裡歇著等我就好。」說完，不容置疑地邁步登上了高閣的石階。

秋月雖然不知道小姐要做什麼，但她家小姐做事從來就不是沒有目的的，她請方嬤嬤去亭子裡坐，方嬤嬤搖頭不去，她想著小姐一時半會兒可下不來，自己便找了個日光能照進去的亭子歇著了。

方嬤嬤則帶著一眾僕從，等在下面。

花顏一步一步拾階而上，足足走了九十九階石階，才登上了高閣觀景台。

站在高閣頂上，她額頭已有了細微的薄汗，她用袖子抹了一把，苦笑，如今是越來越弱不禁風了。怪不得蘇子斬說，若是依照她的志向，將來陪著她遊走天下的男子也太可憐了。

她歇了片刻，扶著欄杆舉目四望，感慨這處觀景台修造得真好，不僅可以看到整個東宮的情形，還能看到大半個京城。

而那大半個京城的占地是京中各大勳貴世家府邸聚居之地，也是南楚高門望族盤踞的最繁華之地。榮華街上車水馬龍，人聲鼎沸，來來往往，一覽無餘。

她似乎看到了陸之凌的身影在街上遊晃。

一隊皇家標誌的馬車和護衛儀仗隊遠遠駛來，一個宮裝麗人下了馬車急急奔向陸之凌，陸之凌見了「咻」地一下子就跑沒了影，那身法快得她都以為自己眼睛花了。

那宮裝麗人氣得站在街上跺腳，然後四下張望了片刻，不甘心地上了車。

花顏不由得露出笑意，看來那位就是昨日攔在雲遲馬車前的七公主了，遠遠看來，倒是個有個性的美人。原來皇室裡也有這般的女子，沒被規矩拘束了性子。

據說這位七公主是太后身邊的一位宮女所生，她出生時，母親難產而死，皇后念其可憐，便將之教養在了名下。算起來她是雲遲名義上的嫡親妹妹，比旁的皇子公主要與雲遲親近了幾分。

她雖出生就沒見過母親，但能夠被皇后教養在名下，這身分也高於一眾人，是個有福氣的。皇后薨了之後，她與雲遲一起都被太后養在了身邊，如今她的性子，想必有一半是雲遲給慣出來的。

她一邊閒適地欣賞風景，一邊想著皇室諸多關係，還未想全，外面傳來一聲尖聲高喝：「太后駕到！」

方嬤嬤聽聞太后駕到，驚了又驚，著急地望向高閣上。

花顏倚欄下望，聲音飄散在風裡，落到地面打了數個折扣：「方嬤嬤，你帶著人快去迎接太后吧！我一時下不來，就不去了，秋月陪著我就好。」

方嬤嬤聞言，想著太后來了，不去接駕不行，便又急急地看向秋月。

秋月在遠處的亭子裡，垂柳擋住她大半個身子，她探出頭，瞅了高閣上，終於明白今日小姐鬧的這齣戲，原來是為了太后。她遠遠地對著方嬤嬤點點頭，聲音也飄散在風裡：「嬤嬤，您快帶著人去吧，小姐由我看著。」

方嬤嬤無法，只能擱下手裡的東西，趕緊地帶著人去迎接太后了。

花顏望向東宮大門口，太后鳳輦停在那裡，並未立即下車輦，顯然是等著她去接駕好好地給她一個教訓呢。她彎起嘴角，眉眼含笑，想著這位老太太真是打錯主意了。她既不願意嫁給雲遲，不願意做天家的媳婦兒，怎麼還會這麼規矩地上前任她收拾？她又不傻！

福管家帶著東宮一眾人等匆匆趕來，齊刷刷地跪在了大門口。

周嬤嬤挑開車簾，向外面看了一眼，黑壓壓的人群中，福管家和方嬤嬤跪在前面，跟在二人身後的都是婢女僕從打扮，沒見到哪個女子像是太子妃。

她看了太后一眼，走近福管家，低聲問：「太子妃呢？怎麼不見她？」

福管家也想到了太后是為太子妃而來，捏著冷汗看向一旁的方嬤嬤。

方嬤嬤連忙說：「太子妃早先去了高閣的觀景台，如今人還在上面，一時下不來。」

太后一聽頓時大怒：「哀家在宮裡等了她半日，她竟然還有心情在東宮觀景？著實可恨！」說完，太后對周嬤嬤怒道，「扶我下來。」

周嬤嬤上前，扶著太后下了鳳輦。

七公主也覺得她這位太子妃嫂嫂實在不同於別人，絕非尋常女子，連皇祖母的駕都敢不來接，讓太子皇兄護著抱著連她也不讓見，心下更是好奇不已。

「去觀景台！」太后對福管家道，「帶路。」

福管家連忙從地上爬起來，在前頭帶路，暗暗想著，太后這般氣勢洶洶，可如何是好？又想到太子妃連殿下都不怕，今日交涉起來，還不知誰吃虧呢。

眾人浩浩蕩蕩地進了府邸，一路穿過垂花門，踏過廊橋水榭，走了足足三四盞茶的功夫，才來到了碧湖畔。

高閣上，一抹碧綠衣衫的花顏倚在欄杆上，清風拂來，她衣袂與青絲一起紛飛而舞。遠遠看來，那一抹纖細的身影柔弱無骨，似乎隨時就會被風吹掉下高閣。

太后遠遠地停住腳步，她因為氣怒，連軟轎也沒用，一路走得急，停下來不停地喘息。多久沒走這麼遠的路了，她都不記得了。

周嬤嬤連忙掏出帕子給太后擦汗。

七公主打量著高閣上的花顏，因為距離得太高太遠，她看不清花顏的眉眼輪廓，但她倚欄而立的纖細身影她卻覺得甚是好看，似要乘風歸去。

太后歇息了片刻，壓著怒氣，繼續向高閣走去。

秋月見到了太后那氣勢洶洶的身影，又望向高閣上的花顏，憑著她陪在花顏身邊多年的經驗，想著今日太后估計會被小姐嚇個半死。

她琢磨了一下，以免被人看到，連忙起身，藏去了假山石頭後。

她是婢女，不是小姐，還是先躲躲吧！

太后來到高閣下，仰頭看向高閣上，怒道：「臨安花顏，哀家來了，你還不下來跪拜？」

她雖然一把年紀了，但因為保養得好，養尊處優，所以喊話依舊中氣十足。

花顏放下衣袖，露出她那張臉，往下望著太后。

七公主驚豔地低呼了一聲：「好美！」

周嬷嬷和一眾宮人僕從們也都露出驚豔的神色，想著原來太子妃竟生得這麼美，雖然她立於高處，但他們從下往上看來，晴朗日色也不能吸走她容色的華光。這樣的一張容顏，真是比趙宰輔府的趙清溪小姐還要勝一籌。

雪膚花貌，姿容絕色，真真是與太子殿下再匹配不過了。

太后也愣住了，她也沒想到那花名冊上以書遮面，臉都不露的花顏竟然長得這般容色，她這一生見識的美人無數，不說年輕時的自己，後來的皇后、武威侯夫人、安陽王妃等，哪個不是天仙似的容貌？可是除了皇后，她還是第一次覺得這臨安花顏令她驚豔。

她愣了片刻，見花顏靜靜地看著她，沒有下來的動作，頓時又怒道：「你想讓哀家上去請你嗎？嗯？臨安花顏！」

太后一生站在高處，年少時陪著先皇登基，又撫養皇上繼承皇位指掌天下，後來又將太子教養在身邊。若是展現她的鳳儀和氣勢，那是在朝堂上都會震上三震的。如今氣勢全開，已讓從宮裡帶來的人和東宮的一眾僕從們心底都涼了半截。

花顏不知是站得太高，還是離得太遠，似乎絲毫沒感受到太后的氣勢，她定定地望了太后片刻，緩緩開口：「太后，您說，若是我從這高閣上跳下來，死後還是雲遲的太子妃嗎？」

她的聲音雖然被風飄散了一半，打了折，還是清晰地傳到了太后耳裡。

太后一怔。

花顏歎了口氣：「我與太子殿下，實在不是良緣良配，不願累及殿下千秋功績和南楚運數。奈何昨日與殿下議談，殿下太過執著不改其志，我便想著，不如就在這高閣上，來個身死骸骨滅，全了殿下和其千秋功績盛名，免得有朝一日，殿下有個不順，便有人怨我賴到我身上，這可是我實在不能承受其重的事情，也是我臨安花家不能承受其重的事情。」

太后聽著，不明白什麼意思，怒喝：「你什麼意思？在胡言亂語什麼？」

花顏又幽幽地歎了口氣：「太后不明白嗎？那我便說得再清楚些。我天生是個俗人，自知配不上高立於雲端的太子殿下。甘願自請廢除婚約，不入東宮，不嫁皇家，不背這江山社稷千秋功業之重，願離開東宮，永世不踏足京城。奈何殿下不允，我無法，在此懇請太后，勸勸太子殿下吧！」

太后聞言總算聽明白了，她看著花顏，想著她還算是有自知之明，知道自己配不上她的好孫兒，氣頓時消了些，想著她已經勸過雲遲八百遍了，有什麼用？他是一條道要走到黑了。她板著臉壓著怒意道：「有什麼話你下來說，太子殿下既然選了你，便是你的福氣，你懇請哀家也沒用。」

雲遲是無論如何也不會退了這樁他自己選中的婚事兒的，她昨日算是看透了。

「原來太后也做不得太子殿下的主嗎？那花顏只能以死明志了。」話落，她看著離地幾十丈高的地面說，「我與殿下，如今還未曾大婚，就不算是皇家的人，我若是死了，也不會入皇室玉牒的吧？這樣極好，我死也不願背著殿下壓在我身上的千秋社稷之重呢。」

說完，她忽然鬆手，身子懶懶地向外一倒，人頓時從高閣的欄杆上掉了下來。

太后驚得睜大了眼睛。

七公主驚呼出聲。

一眾宮人們，有的已駭然尖叫了起來。

福管家嚇得腿一軟，忙喝：「快，快來人啊！救……救太子妃！」

東宮的府衛們也驚了，齊齊從暗處竄出，奈何他們為避太后天顏，沒敢離太近，距離得太遠，如今即便動作再快，也快不過花顏從高閣上掉下來的速度。

太后的臉都嚇白了，想起昨日雲遲死活都不同意退婚的模樣，顯然是在意至極，她若是掉下來摔死了，那麼他一定會覺得是她這個皇祖母逼迫的，定會惱她怨她恨她。

她人老年邁，到底受不住這一幕，眼前一黑，霎時暈了過去。

所有人的目光都落在從高閣墜落的那一抹身影上，連周嬤嬤都驚駭得沒注意身邊的太后暈了過去，倒在了地上。

福管家更是慘白著臉，幾乎嚇尿了褲子，他做夢也沒想過太子妃竟然會想不開，從這高閣觀景台上跳了下來。

方嬤嬤早已經如太后一般，暈死了過去，太子妃獨自上高閣，是她失職沒攔住更沒跟著。太子妃若死了，她也不必活了。

東宮前所未有的雞飛狗跳。

千鈞一髮之際，一道如雲煙一般鬼魅的身影從暗處現身，眨眼間，堪堪地接住了花顏落地的動作。

花顏閉著的眼睛霎時睜開，入目是一個身著黑衣戴著黑面罩的男人，唯看得見他那一雙眼睛，又驚又駭，接住她的手還有些許的顫抖。

花顏眨了眨眼，對他一笑：「看來太子殿下連死都不讓我死，他堂堂太子，站在高處慣了，是不是也習慣地養成了這霸道性子？任何人都違逆不得？」

雲影一愣。

花顏對他一笑：「你武功身手真好，叫什麼名字？」

雲影驚醒，連忙鬆開花顏，單膝跪地，壓下心駭，鎮定回話：「回太子妃，屬下雲影。」

「哦，雲影啊！」花顏站起身，笑看著他，「多謝你幫我撿回一條命，我記住你了。」

雲影聞言頓時打了個寒顫，想說不必，終究沒吐出口，身影一閃，退了下去。

眾人這才似乎撥雲見日，齊齊地鬆了一口氣，看著站在地面上完好無損的花顏，依舊覺得不真實得如大夢一場。

周嬤嬤這才驚覺太后暈死了過去，連忙急喊：「太后！快……快請太醫。」

七公主也驚醒，剛想奔跑上前去看花顏，聽到周嬤嬤的喊聲，連忙回身，面色一變，也跟著急呼：「皇祖母，快，快請太醫。」

有人連忙拔開腿往外跑。

花顏想著這老太太真不禁嚇，她還以為她一生本事了得，坐鎮後宮，無論是先皇的三千後宮，還是皇帝的三千後宮，她都給震得服服帖帖，剛剛來東宮那氣勢也極符合身分，對她怒喝那氣場，不至於這麼沒用才是。沒想到，真是高估她了。

想必她是多年沒被人嚇過了，才這麼不經事兒。

她喊了一聲：「秋月！」

秋月連忙從假山後跑了出來，臉色也有些白，她想到小姐玩得大，但沒想到玩得這麼大，幸虧她瞭解小姐惜命，才沒被嚇破膽。

「你懂醫術，快給太后看看，可別出了什麼事兒。」

先不說太后的身分，她是雲遲的皇祖母，也沒真正惹到她，把她怎麼樣，若真把這老太太嚇沒了命，花顏還是不忍心造這個孽的。

秋月連忙上前，給太后把脈。

周嬤嬤看著秋月，雖然尋常大夫根本沒資格給太后近身把脈，但如今顧不得這麼多了，便緊盯著秋月，生怕她說出太后不好的話來。

秋月給太后把脈片刻，撤回手，對花顏說：「小姐放心，太后只是急火攻心，氣血逆施，造成的暫時性暈厥，開一劑藥，用不了一個時辰就能醒來。」

花顏點點頭，「這就好了，別我沒死成，累了太后的命，便萬死難辭其咎了。」

秋月暗暗抽了抽心口。周嬤嬤也鬆了一口氣，連忙命人抬了太后：「快，將太后抬去……」

她想起這裡不是皇宮，轉頭看向福管家。

福管家回了魂，見周嬤嬤看來，他看向花顏，試探地問：「太子妃，將太后先安置去就近的冬暖閣可好？」

花顏點頭：「自然好，快去吧！」

福管家得了吩咐，連忙對周嬤嬤說：「快，隨老奴來。」

周嬤嬤帶著人抬了太后，急步向東暖閣走去，走了幾步後想起了什麼，看向秋月，白著臉問：「姑娘，可現在就給太后開藥？」

秋月想了想說：「太后鳳體金貴，奴婢不敢開藥，左右太后無事兒，嬤嬤不如等太醫來了開藥可好？」

周嬤嬤想想也對，點點頭，不再多言，立即隨福管家離開。

七公主聽聞太后沒事兒，沒跟著走，而是仔細地打量花顏，見她面色淺淡，容色平靜，看不出半絲剛剛死裡逃生劫後餘生的慘澹樣。她暗暗地唏噓了一聲，上前見禮：「太子妃四嫂。」

花顏瞅著七公主，真真是個明豔的人兒，隱藏在明豔外表下的刁蠻性子想必也是可愛居多些，所以雲遲對其甚是寬容相待。她喜歡陸之凌，他這個當哥哥的便不在意禮數為其找機會促成。她點點頭，笑了笑：「七公主好。」

七公主見她和氣，小聲問：「從那麼高的高閣上跳下來，嫂子就一點兒也不怕嗎？」

「怕得很，但是想想對比嫁給你太子皇兄，還是死了的好。」

七公主驚愕，脫口問：「我太子皇兄很好的，不知四嫂哪裡看不上我皇兄？這般不願意嫁給他？」

花顏長歎一聲：「明月雖好，立於雲端，我比之於他，仿似塵埃，雲泥之別，高攀不上。」

七公主又是愕然，看著她，見她一臉悵然，她一時也不知道該說什麼了。愍了半晌，才道：「嫂子不知道，太子皇兄自從選了你做太子妃，皇祖母勸了沒有一千回，也有八百回了，父皇也是贊同皇祖母，讓他另選，可是他偏不再選，說此生就你了。」

花顏想著雲遲這混蛋，這是往死裡堵她的路。

七公主又說：「四嫂說的什麼明月塵埃，我雖然不太懂，但我見四嫂也是極好的，只要太子皇兄屬意你，你便也如明月一般，不必想太多。」

花顏又長歎了一聲，沒好心眼地說：「我喜歡走馬揚鞭，快意江湖，泛舟碧波，漁歌唱晚，此生志向不是居於巍巍宮牆，而是有個意中人陪著遊歷天下，在紅塵世俗裡打滾就好，不求站於雲端。」話落，她補充，「嗯，就像是陸之凌那樣的，我屬意他少年風流，意氣灑脫，甚是傾慕，比太子殿下好多了。」

七公主霎時目瞪口呆，她怎麼也沒料到從花顏口中聽到了這番話，一時間，心中捲起了驚濤駭浪。她……她竟然也喜歡陸之凌？

這怎麼可以？

陸之凌是她喜歡的人。

她看著花顏，見她望向宮牆外，一臉的神思嚮往，面上不知是夏風吹的，還是湖水映照的，溫溫柔柔的，看起來甚是明媚好看。

七公主張了張嘴，想要說你不行，不能喜歡他的話，一時間卻難以說出來。

花顏對著遠處的宮牆看了半晌，才幽幽地回眸對七公主淺淺一笑，可惜地說：「今日沒死成著實遺憾，七公主快去看看太后吧，我要回去閉門思過了。」

說完，喊上秋月，往鳳凰西苑走去。

秋月瞧了七公主一眼，暗想她家小姐真壞，真不是人，便默默地跟上了花顏的腳步。

七公主看著花顏漸漸走遠的背影，不由得將自己從頭到腳與她對比了一番。她灰敗地發現，她沒有花顏漂亮，沒有花顏溫柔似水。

更沒有如花顏喜歡陸之凌，喜歡到……若嫁太子皇兄，寧願這般乾脆死了的地步。

她比不過，什麼都比不過。

她蹲下身子，抱住腦袋，嗚嗚地哭了起來。

方嬤嬤將花顏的話聽了個清楚，驚駭之餘見七公主哭得傷心欲絕也不知該如何勸慰，一時間，只覺得自從太子十歲後從皇宮移住到東宮來，十年了，今日是最兵荒馬亂最喧鬧驚人的一日。

她的心臟至今還在砰砰砰地跳。

秋月跟在花顏身後小聲說：「小姐，七公主似乎蹲在地上哭了。」

花顏「嗯」了一聲，「陸之凌恨不能飛出敬國公府的牢籠，遠離京城，又怎麼會喜歡這小公主，被她皇室公主的身分困頓住？所以，她哭是早晚的事兒。」

秋月「唔」了一聲，加快腳步，看著花顏，悄聲問：「小姐，您真傾慕陸世子？」

花顏輕笑：「你說呢？」

秋月搖搖頭，嘟起嘴：「小姐的心思奴婢哪裡知道？昨日小姐故意吊著陸世子，奴婢也猜不準。」

花顏用右手轉了轉左手上戴著的碧玉手鐲，淺淺一笑，「假使能毀了這婚約，以後陪著我天山暮雪，走馬揚鞭的那個人若是陸之凌也未嘗不可。」

秋月眨眨眼睛，深深地歎了口氣。

雲影見花顏回了鳳凰西苑，似乎沒有再生事兒的打算，便趕緊地離開了東宮，去了議事殿。

第十一章　寧死不從

安書離準時守約地來到了議事殿，正在殿內與雲遲商議出使西南番邦小國之事。

二人皆是聰明人，便也不拐彎抹角，直來直去地將安定西南的策略輕鬆地商定了下來。

雲影悄無聲息地進了議事殿，落在雲遲身後：「殿下。」

雲遲「嗯」了一聲，也不避諱安書離在場，「如何？」

雲影見太子殿下不避諱，書離公子閒適地喝著茶也未避開，他垂首將東宮發生的事情一五一十稟報了一遍。

雲遲聽罷，驚怒：「她可真敢！」

安書離也甚是驚駭，想起清水寺見太子妃那淺笑如花的模樣，明明溫柔似水般笑語嫣然的一個人，怎麼骨子裡卻是這般剛硬？她到底是因為不願嫁太子甘願赴死？還是為了嚇太后再不敢找她的麻煩而做出了這樣的事兒？

無論是哪一種，沒有武功，敢從高閣上跳下來，都是需要將生死置之度外的莫大勇氣。普天之下，能做到的人，沒有幾個。

雲遲驚怒片刻，忽然氣笑：「將皇祖母都嚇得暈厥了過去，她可真是……好得很。」

雲影暗想可不是好得很嗎？太后何曾被嚇成這樣過？太后這一生，雖不說平順至今，但大風大浪走過來，比常人都要鎮定三分，如今一世英名，今日全毀了。

雲遲氣笑後，揉揉眉心，無可奈何地說：「罷了，本宮也拿她沒法子，沒鬧出人命就好。」

說完，他擺手讓雲影退下，喊來小忠子，「派人知會福管家，未免皇祖母奔波之苦加重病體，讓他收拾出靜水閣，請皇祖母醒來後今日暫且居住東宮吧，待身子稍好些再回宮不遲。」

小忠子應是，連忙去了。

安書離看著雲遲，不由笑了，「看來太子妃極得殿下屬意，即便出了這樣的事情，殿下也不放手毀了婚約。」

雲遲端起茶盞喝了一口，長歎道：「她是惜命之人，今日鬧這一齣，就是專門對付皇祖母的，也算準我知曉皇祖母前往東宮找她麻煩，一定會派人暗中密切關注她的動向，所以她才敢如此從高閣上跳下來，是知曉一定有人能接住她。」

安書離訝然：「太子妃將殿下的心思竟然策算得如此透徹。」

雲遲放下茶盞扶額，失笑：「她不出手則已，每逢出手，必達目的。有時候我真是懷疑，她學的才是謀心之術，帝王之策。」

安書離震驚，這話若是從別人口中說出來，他是一萬個不信的，頂多一笑置之，但從雲遲口中說出來，便不能等閒視之了。

他看著雲遲：「殿下，臨安花家，世代居於臨安，偏安一隅，過著自己的小日子，雖然有自己一族的立世之道，不可小看，但也不至於學天子之策，帝王之謀。尤其是一個女子。若臨安花家有心，在數百上千年來，歷經幾次亂世，不可能固守一方，子孫都不入世。」

雲遲點點頭，淺淺一笑：「這樣說是沒錯，但這一年多來，我收拾了一樁又一樁她弄出的爛攤子。目前，一樁比一樁事兒大，她決心想擺脫這樁婚事，我卻不想放手。交涉一年，也不過五五波。」

安書離自然是知道些這一年多來的事情的，聞言更是驚異。

雲遲又道：「你知道，本宮自小學的便是謀心之術，帝王之謀，治世之道。將人心與利弊權衡，自詡這些年，術業有成，不負先祖，沒有難得住我的事兒。但臨安花顏，本宮卻日漸乏力，幾乎要奈何不得她。你說，她從小到大，都學了什麼呢？」

安書離這一次徹底驚駭了，雲遲的本事，他自然是知道的，否則他也不會以太子之尊被世人位列南楚四大公子之首了。

臨安花家，世代偏安一隅，世人皆知子孫沒出息，臨安花顏，在太子未選妃時，可以說是名不見經傳，籍籍無名，不若趙宰輔府趙清溪有著才貌雙全、名門淑女的名聲。可是花顏，就如平地響起的那一聲驚雷，這些日子，真真是驚破了世人的眼。

他想著從她去年牽扯出他，利用他散布謠言私情之事，想必便是拿準了他不會理會的心思，所以利用得十分乾脆徹底毫無愧疚，而昨日又當著太子的面在他面前說那一番話意圖拉他下水，如今又做出這般駭人之舉驚嚇太后暈厥，她可真是……如雲遲所說，算透了人心利弊。

若真是這樣，也難怪太子殿下說什麼都不放手了。

他看著雲遲，歎道：「既是如此，殿下便好好周全一番吧，總要想個萬全之策，讓太子妃打消了念頭才好。否則如此下去，殿下怕是會一直難安。」

雲遲無奈地笑：「你當本宮沒想過周全之法？任何周全之法，在她面前，都會被捅得潰不成軍，無良策可施。你剛剛沒聽到嗎？她竟然對七公主說傾慕陸之凌，呵……在她的心裡，嫁與天下任何一人，都比本宮強。你也被算在內。」

安書離猛地咳嗽了一聲，如此這般，他也無話可說了。

太醫院的太醫得到了消息，火速地趕往東宮。
福管家站在門口焦急地等著，待人一到，便趕緊帶著人去了安置太后的冬暖閣。
太醫顧不得歇喘，連忙給太后把脈，把完脈，鬆了一口氣，對福管家和周嬤嬤說：「不必憂心，太后是急火攻心，氣血逆施，造成的暫時性暈厥，開一劑藥，服下後，很快就會醒來。」
方嬤嬤想著跟太子妃身邊那婢女說得一樣，連忙請太醫開藥。
一陣雞飛狗跳兵荒馬亂後，哭夠了的七公主紅腫著眼睛來到了冬暖閣，坐在太后床前的矮凳上，一臉的灰心喪氣鬱鬱寡歡地等著太后醒來。
周嬤嬤見太后沒事兒，才有心情問七公主：「公主，您這是怎麼了？」
她在太后身邊多年，也算是看著這位七公主長大，從來沒見過她哭成了這般模樣。難道是今日被太子妃給嚇壞了？不得不說今日太子妃十分嚇人，她這一把老骨頭也險些給嚇丟了魂兒。
七公主搖搖頭，不說話。
周嬤嬤見問不出什麼來，心下歎息連連，想著經此一事，太子妃雖然沒死成是好事兒，但是太后怕是以後見了她都會心有餘悸，再也不敢找她的麻煩了。
太子殿下說什麼都不會毀了這樁婚事兒，而太子妃連死都做得出，死活不願嫁太子殿下。這樣的兩個人，誰插手進來管，誰遭殃。
今日太后便是遭了這個殃了。
煎好了藥，福管家親自端著來到了冬暖閣。

周嬤嬤接過藥碗，讓一旁的宮女扶著太后，一勺一勺地喂了進去。

一碗湯藥喝下去不久，太后悠悠轉醒，她睜開眼睛，便看到了坐在矮凳上紅腫著眼睛一臉死灰般神色的七公主。她騰地坐了起來，哆嗦地問：「臨安花顏，她……她是不是死了？」

七公主聽到太后提及花顏，想起她的話，大顆大顆的淚珠子落了下來。

太后面色霎時一白，一副又要昏厥過去的模樣。

周嬤嬤嚇壞了，連忙上前寬慰：「太后您別急，太子妃沒事兒，沒死成，被太子殿下身邊的隱衛給救了，好著呢。」

太后一喜，不敢置信地問：「你說的話當真？」

周嬤嬤連連點頭：「當真，當真，奴婢的話您還不信嗎？」

太后看著周嬤嬤，聽著她的話，狠狠地鬆了一口氣，無論是心裡還是面色甚至整個身子都跟著輕鬆了起來。她納悶地看著七公主：「既然人沒死成，你哭什麼？」

七公主捂住臉，忍不住哭得更凶了。

太后也從沒見過七公主這般哭過，出生後，皇后將她教養在名下，待她極好十分寬容，與親生女兒沒甚區別，所以性子也給養成了個膽大任性的。皇后薨了後，她將她與雲遲一併接到甯和宮教養，她有心管教拘束她，偏偏雲遲護著，這一年一年的，便就這樣長大了，是皇室一眾公主裡面最沒規矩嬌蠻的一個。

偏偏她聰明，即便驕縱也不會太過分惹人厭，加之學了些雲遲的脾性，從不吃虧。所以，像如今這般哭得凶，她也真沒見識過。

周嬤嬤在一旁說：「公主大約是被太子妃嚇到了。」

太后想想也是，今日花顏竟然從那麼高的高閣上跳下來，一心赴死，今日若真讓她死成了，她也就不用活了。不說雲遲受不住，就是臨安花家她也拿不出個交代來，畢竟她不喜她日久，誰都知道，有口都說不清。

七公主放下手，滾著淚珠哽咽地說：「才不是，我雖被她嚇壞了，但也不至於如此……是她，她對我說，她也喜歡陸之凌……嗚嗚……」

「嗯？」太后一怔。

周嬤嬤也驚異，她聽到了什麼？太子妃喜歡陸之凌？敬國公府世子？

太后板起臉，怒道：「這話你怎麼能渾說？胡言亂語！」

七公主哭道：「我沒渾說，是她說的，她不想嫁太子皇兄，我寬慰她，她卻……卻與我說了那樣一番話……皇祖母若是不信，當時還有人也聽到的，叫個人來問問就是了。」

太后聞言沉下臉，對周嬤嬤說：「去，叫個人來，要能說得清楚話的過來。」

周嬤嬤覺得這事兒不小，連忙應是，立即去了。

不多時，她帶回來了一個小宮女，那小宮女一見就聰明伶俐，她跪在地上給太后見了禮，之後便將花顏與七公主的對話清清楚楚地闡述了一遍，幾乎一字不差。

太后聽罷，又驚又怒：「這個花顏，她……她怎麼敢！」

七公主重新聽了一遍這話，更是哭得肝腸寸斷，死去的心都有了。

周嬤嬤聽得那句「明月雖好，立於雲端，我比之於他，仿似塵埃，雲泥之別，高攀不上」的話，一時間覺得太子妃可真真是通透得讓人不知道該說什麼好。

太后氣怒片刻，想起今日她決然赴死的那一幕，依舊覺得心驚肉跳，一時間氣不順地咳嗽起來。

周嬤嬤連忙為太后撫順脊背。

過了片刻，太后閉了閉眼：「臨安花顏，她真真是……」她不知該如何形容，又過了半晌，才憋氣又後怕地道，「罷了罷了，哀家管不了，自此後可不敢管了。哀家還想多活幾年，太子非要娶她，那麼這等糟心之事，還是讓他自己理會吧！」

周嬤嬤點點頭，順著太后話道：「太后是該仔細身子，萬不可再輕易動怒受驚嚇了。這一次可真是將奴婢給嚇死了。」

太后看了七公主一眼，見她還在哭，惱怒道：「真不知那陸之凌有什麼好？文不成武不就，整日就知道玩耍，他哪裡有我的孫子好？你們這一個個的，到底都是什麼眼光？」

七公主哭得抽噎，不吭聲。

周嬤嬤想著陸世子雖不及太子殿下身分尊貴，但活得肆意灑脫，風流有趣，對於芳華未艾的女兒家，的確是吸引得緊。太子殿下就是因為站於雲端，太高了，尋常女子哪夠得上？她倒覺得，太子妃若是不喜巍巍宮闕，那陸世子對她來說，著實是致命的吸引力，傾慕也就不奇怪了。

小忠子傳回消息，福管家得令，連忙進來稟報太子殿下對太后的安排。

太后是一刻也不想在這東宮待了，每待上一刻，她便會想到花顏從高閣栽落下來的身影，腦子便嗡嗡作響，難耐至極。

於是，她搖搖頭：「不了，哀家這就回宮，哀家可不敢住在這，怕晚上睡覺都驚夢驚魂。」

福管家聞言覺得太后是真被嚇壞了，欲再寬慰勸說：「殿下擔心太后來回奔波身體……」

太后擺手，哼道：「他若是真有孝心，以後便看住了那臨安花顏，別再讓她做嚇人的事兒了，哀家還想多活幾年享享清福，今日真真是被她嚇去了半條命。」

福管家只能住了口，不再勸説。

周嬤嬤連忙吩咐人準備鳳駕，啟程回宮。

於是，太后來東宮一趟，不但沒找花顏麻煩，反被花顏驚嚇得險些丟了魂兒，不但沒在她孫兒宮裡吃上午膳，反而喝了一肚子的苦藥。

這一趟，她著實是鳳儀盡失，毀了一世英名，同時也長了記性，不敢再惹花顏。

雲遲治理東宮嚴謹，多年來，無論是任何大小事兒，只要太子殿下不發話，東宮的一絲風聲都溜不出去。

太后今日鳳駕到東宮，氣勢洶洶，浩浩蕩蕩的前來找花顏麻煩，根本就未曾顧忌和遮掩，跟隨太后前往東宮的人，除了甯和宮侍候的，還有隨扈儀仗隊，人多心雜，隨著太后起駕離開東宮，事情也就悄然地飛出了東宮。

朝野上下，多的是有心人，多的是等著風吹草動以觀風向的人。

所以，很多人自然也就知道了發生在東宮的那一樁……花顏跳高閣觀景台的戲碼。

而隨著這件事兒流傳出去的，還有七公主傷心欲絕大哭的原因也沒能掩藏得住。

花顏的那番話，清清楚楚地蕩漾了朝野上下的人心。

原來太子妃喜歡的人不是太子那樣高於雲端的明月，而是喜歡陸之凌那樣風流灑脫的清風。

這可真是一件大事兒啊！

陸之淩覺得他今日十分倒楣，人在家中坐，禍從天上來了。

臨安花顏，準太子妃，喜歡的人不是太子殿下，而是他？

他？他？他？

天！打雷劈死他吧！

他只是好奇太子妃那一手好賭技，想瞻仰瞻仰而已，並沒有生那起子心思，要將太子妃從太子殿下手中奪過來抱在自己懷裡的想法啊！

昨日蹭了頓飯，他也沒覺得太子妃對他有意思啊？

他覺得自己冤枉至極。

敬國公一腳踹開了房門，怒氣沖天地瞪著陸之淩：「混帳東西，你何時去招惹太子妃了？」

陸之淩本來歪躺在榻上，見他老爹來了，哧溜下了地，躲到了桌子後，隔著桌子瞧著他滿面怒容如雲豹發怒時一般的老爹，苦兮兮地：「爹，我沒去招惹太子妃啊，天地良心。」

敬國公不信，怒喝：「還想狡辯，說實話，不說我今日就打死你。」

陸之淩身子顫了顫，舉起手做投降狀：「爹，昨日太子妃出東宮去了八方齋，我好奇她玩的一手好賭技，便去找她蹭了頓飯，她吃飯時連看都沒看我一眼，對面前的飯菜比對我還上心，吃的渾然忘我，我真是冤枉啊！」

敬國公依舊不信，爆喝：「你沒做什麼，為何從她口中流傳出喜歡你的話？」

陸之淩苦著臉：「我也想知道。」

敬國公掄起手裡的軍棍，大踏步走上前就要揍陸之淩。

陸之凌覺得自己不能憑白挨這頓打，他真沒勾搭太子妃，於是推開了窗子跳了出去。

敬國公見他又跑，氣急了，拿著軍棍又從屋中追了出去。

陸之凌俐落地上了房頂，對敬國公大喊：「爹，她說喜歡我，您就信啊！您怎麼就不相信您的親生兒子吶？」

敬國公暴怒地看著房頂：「她一個女子都從高閣上跳下來赴死了，能說假話？必然是你這個混帳東西做了什麼混帳事兒，才惹得她對你死心塌地。」

陸之凌心裡狠狠地抽了抽，額頭冒青煙，無力地說：「爹，真要找我問罪，也該是太子殿下前來問罪啊？您急什麼？您就我這麼一個親生兒子，打死了誰養您的老？」

敬國公氣得鬍子翹：「我不用你養老。」

陸之凌使出殺手鐧：「您不用我養老沒關係，可是咱們陸家就絕後了啊，您對得起陸家的列祖列宗嗎？」

敬國公最受不住這話，氣得跺腳：「打死了你，我也去九泉下給祖宗賠罪，我怎麼就生出了你這麼個不是東西的混帳東西！」

陸之凌這次沒話可說了，頭疼地道：「您先消消氣，待我去弄明白了什麼情況，您再發落不遲，可別氣壞了您自己的身子。」說完，一溜煙地下了房頂溜出了敬國公府。

敬國公氣得心肝脾肺都疼，也只能乾瞪著眼，陸之凌天生便反骨，自小不服他管教，他讓他做的事兒，他偏偏陰奉陽違的不做。要收拾他，他又躲得老快，多年來練就出了一身好功夫，這敬國公府，日漸關不住他了。

他扔了軍棍，一屁股坐在地上氣喘不已。

敬國公府經過了一陣雞飛狗跳後，終於平靜了下來。

陸之淩出了敬國公府，想著去東宮問問太子妃什麼情況？又想著上次去東宮險些出不來，他心有餘悸，琢磨再三，想想還是算了。

他在城裡轉了一圈，想起了蘇子斬，於是找了匹馬，快馬去了湯泉山。

他覺得發生了這樣的事兒，唯有在蘇子斬面前才能找到他被嚇得空落落的小心肝，為了拯救自己，他毫不猶豫地奔向了蘇子斬。

蘇子斬的身上，有一種奇異的定力，泰山崩於前而色不變，那是陸之淩覺得自己所沒有的。即使他從出生就帶的寒症，一直折磨著他，還是五年前他受了那麼大的打擊後從心魔裡走出來磨練成了一種鮮少有人能有的精魄，總之，不管如何，對於陸之淩來說，有蘇子斬在的地方，就能安人的心。

他一路騎快馬，沒用一個時辰，便來了湯泉山。

蘇子斬自從那日犯了寒症後，便泡在了湯泉池裡，由鄭太醫每日施針，但是這一次寒症發作得太重太洶湧，施針效用也不大，而他偏偏不用雲遲送來的五百年老山參，就那麼咬牙挺著，將鄭太醫急得直冒冷汗。

幸好昨日晚，陸之淩派人送來了一株九炎珍草，蘇子斬再不抗拒，鄭太醫大舒了一口氣，總算是將蘇子斬從鬼門關口拉了回來，也挽救了那剩餘的十六個湯泉熱池，自己也解脫了這兩日的辛勞。

九炎珍草性屬熱，成功地壓制住了蘇子斬身上的寒症，蘇子斬疲憊了兩日夜，出了湯泉池後，體虛力乏，昏睡了過去。他足足睡了一夜又半日，醒來後才覺得整個人活了過來。

青魂在他醒後，立在他身邊，稟告這兩日京裡發生的事兒，包括半壁山清水寺太子和太子妃在德遠大師面前一同抽了兩支大凶的姻緣籤之事，以及今日午時，京中傳來急報，太后前往東宮找太子妃問罪，太子妃從高閣觀景台上縱身一跳赴死，以及與七公主說出喜歡陸之凌的話來，等等諸事。

蘇子斬聽罷，呵笑：「這兩日我泡在湯泉池裡，京城內外可真是好生熱鬧啊！」

青魂頷首，的確是熱鬧，太熱鬧了。

蘇子斬又笑：「也真有她的，竟然前後弄出三支大凶姻緣籤，雲遲自詡翻雲覆雨手，怕是這回也驚異自己竟然沒有他的太子妃的手翻得快吧？他千防萬防，還是入了她的圈套。」

青魂也嗟歎，太子妃真是太厲害了，他也好奇，那兩支由太子殿下拉著她手，在德遠大師、安書離面前，是怎麼憑空冒出那大凶的姻緣籤？

蘇子斬又笑：「我也很是好奇，是怎麼能不用雙手而偷梁換柱的。」

青魂百思不得其解：「難道太子妃用腳？」這也太匪夷所思了。

蘇子斬哼笑：「德遠、安書離、雲遲面前，別說是手不能用，腳也是動不了的。但有一絲一毫的動作，都能被他們察覺，若是我猜測得不假，她根本就沒自己動手腳，是早就安排好了這個坑，等著這一齣戲上演了。不是出在那籤筒上，就是出在有別人暗中相助上。」

青魂驚異：「據說太子妃從臨安花家入京，只帶了一個婢女秋月，當日公子將太子妃帶出東宮，那秋月未曾跟隨，而且屬下查了，太子妃入京，確實無人暗中跟隨，難道有什麼人是屬下沒發現的？」

「她一步一個陷阱，三步一個大坑，現買現賣，連我也利用，如此謀策，自己就夠了，何須暗中帶來什麼人？臨安花家至今無人進京，就這麼放任她自己隻身待在京中這虎狼之地鬧騰，如此放心得很，豈不怪哉？」

青魂住了口。

陸之凌來到湯泉山見到蘇子斬時，蘇子斬正在用午膳。

他也不客氣，一屁股坐下，對人吩咐：「給我也拿一副碗筷來，我也餓死了。」

立即有人去拿了一副碗筷給陸之凌。

陸之凌拿起筷子，不客氣地跟著蘇子斬吃了起來。

蘇子斬一直沒說話，陸之凌風也似地跑來坐在他面前大口用膳，他似乎也不在意，依舊安靜地吃著。

吃飽後，陸之凌拍拍心口，飄蕩的心似乎定了下來，總算舒了一口氣。

有人沏了一壺茶端上來，給蘇子斬和陸之凌各斟了一盞。

陸之凌喝著茶，對蘇子斬說：「你就不問問我怎麼突然跑這裡來找你了？」

蘇子斬眸子清寒地看了他一眼，哼笑：「被太子妃語出驚人地嚇破了膽？陸之凌，你的出息呢，就這麼沒用？」

陸之凌一噎：「你這是在嘲笑我？蘇子斬，你順方賭坊被她砸了招牌，我可沒嘲笑你，你這也太不夠意思了。」

蘇子斬冷哼。

陸之凌盯著他：「你這是什麼表情？枉我騎快馬跑了八十里地，就是來被你嘲笑奚落的？」

蘇子斬冷冷地挑眉：「你來找我做什麼？我又不是臨安花顏，你若是要問為什麼，也該去東宮問她才是。」

陸之凌咳了一聲，沒好氣地說：「我還敢去東宮嗎？前兩天若不是你帶走了太子妃，牽引了太子的視線，我估計會被太子整死，如今還要自己送上門去？我才沒傻。」

蘇子斬冷笑：「那你來找我就管用了？還期待我給你解惑不成？」

陸之凌想著他還真就打的這個主意，看著蘇子斬問：「你與太子妃也打過兩回交道了，你能不能猜出她是為了什麼啊？」

蘇子斬想起他對花顏說的話，可見她是聽進心裡去了，一時間有些煩躁：「我又不是神仙，猜不出來。」

陸之凌看著他似乎發起了脾氣，莫名地訝異：「你怎麼了？這麼反感她？」話落，他忽然想起來，「兩日前，你帶她出京，是不是沒收拾了她，反而被她收拾了？所以，如今提起她來，你便一肚子氣？」

蘇子斬想起背著她走了三十里山路，一時當真有些氣不順起來，如今後背似乎還殘留著她的溫度，湯泉池裡泡了兩日夜都不能消退，他寒著臉瞇起眼問：「你當真想知道為什麼？」

「是啊。」陸之凌點頭，太想知道了。

蘇子斬涼涼地笑了笑：「既然你這麼想知道，那我就告訴你。」

陸之凌眨眨眼睛，豎起耳朵，盯著他，洗耳恭聽。

蘇子斬放下茶盞，將花顏與他那日在道靜庵說的話說了一遍。

陸之凌聽罷，不敢置信，半晌，一拍腦門，騰地站起身，伸手指著蘇子斬：「你……你竟害我！」

「害？」蘇子蘄深深地看了他一眼，冷笑，「這不是好事兒嗎？臨安花顏，雖看起來弱不禁風，但卻是個骨子裡剛硬且有謀算策略的女人，有她喜歡，有什麼不好？」

陸之凌想說她的確是挺好的，他從來沒見過那般隨意閒適與之相處令人心情舒服的女子，他瞪眼：「可她是太子妃！」

「是準太子妃，只有懿旨賜婚，沒有三媒六聘，沒入皇室的玉牒，便不是真正的太子妃。」蘇子蘄糾正，「陸之凌，你不是一直不喜歡京城嗎？何不帶著她遠走高飛？」

陸之凌的臉霎時扭曲了：「蘇子蘄，你沒和我開玩笑吧？你這是攛掇我劫走太子妃？撬太子殿下的牆角？挖他東宮的地洞？搶天家的人？老天！我若是真做了，我爹不打死我才怪。」

蘇子蘄不屑：「出息！」

陸之凌按住自己跳出胸口的心臟，又坐回了椅子上，苦著臉說：「你幹嘛要害我？你怎麼不向她舉薦自己？你不是也不喜歡武威侯府嗎？早就想脫離京城這泥沼了嗎？你從小到大，行事與我也不過半斤八兩，何必要推我出去？」

蘇子蘄臉上凝了一層冰，寒徹骨地說：「我一個廢人，昨日若非你送來九炎珍草，我這一條命便去了鬼門關。沒有一副好體魄，如何自薦？拿什麼自薦？待有朝一日我寒症突發而死，回天無力，讓她哭斷肝腸，隨我而死嗎？」

陸之凌一愣，不由得仔細看蘇子蘄面色，這一看，陡然一驚。

蘇子蘄收了寒意，又涼涼嘲諷地笑：「我這一條命，指不定哪天老天爺就收回去了，風花雪月，情意繾綣，不要也罷。」

陸之凌看著他，一時間心潮翻湧，說不出話來。

皇帝得知了東宮發生的事兒後，終於真正地正視了太子雲遲非這位太子妃不娶的事實。臨安花顏，就如平地一聲驚雷，從她入京，便牽動了朝野上下的心弦。短短幾日，京城因為她空前地熱鬧。

皇帝已經病了月餘，一日有多半時間滯留在床，多日未踏出帝正殿了，又因前幾日被雲遲氣了一場，月餘的湯藥白喝了。

昨日聽了雲遲一席話，終於讓他不再因為雲遲的執著而堵心加重病情，睡了個舒坦覺，今日醒轉後，精神大好，得知東宮之事，再也坐不住了。

於是，在太后回宮後，他當即吩咐人：「小德子，擺駕東宮。」

德公公大驚，看著皇帝，勸道：「皇上，您身體剛稍稍好轉，去東宮不急於一時，還是改日再去吧。」

太后都鎩羽而歸，嚇破了膽，他是真怕皇上去這一趟也如太后一般，那就真出大事兒了。

皇帝哼道：「朕想見見這臨安花顏，一刻也等不及了，別廢話，快去安排。」

德公公見皇帝心意已決，無法，只能出去安排了。

不多時，皇帝由人扶著上了玉輦，儀仗隊御林軍隨扈，浩浩蕩蕩地出了皇宮。

雲遲得到消息，愣了一下，扶額失笑：「還以為父皇比皇祖母定力強些，如今看來，也是高看了他。」

小忠子心裡抽了抽，暗想您怎麼就不想想您的太子妃在東宮做出了多大的事兒呢！這天雷轟頂的大事兒，任皇上再有定力，焉能再坐得住？

雲遲琢磨了片刻，吩咐：「你立即回去，要在父皇進東宮前趕到，親自給太子妃傳個口信，告訴她，父皇病了月餘，身體一直不好，她若是用對付皇祖母那樣的法子來對付他，他怕是自此就在東宮長眠了。謀害一國之君的罪過，讓她好好想想到底要不要擔起來。」

小忠子暗暗地抽了抽，應是，連忙撒開腿騎快馬跑回了東宮。

花顏嚇暈了太后，氣哭了七公主，事情辦的太簡單，她也沒什麼成就感，回了鳳凰西苑後，用過午膳，便懶洋洋地躺去了床上。

秋月小聲嘀咕：「小姐，您最近可真能睡，如今外面天都快塌了，您還睡得著嗎？」

花顏閉上眼睛，嘟囔道：「臭阿月，你家小姐我最近來葵水了嘛，身子骨乏得很，沒力氣，自然困倦得想睡覺。」

秋月歎了口氣：「您就不擔心太子殿下若是知道您對七公主說的那一番話，怒火攻心來找您算帳嗎？太子殿下發起怒來著實嚇人，您被子斬公子劫走那日，他那氣勢排山倒海般的壓得我透不過氣來，幾乎以為自己快死了。」

花顏嗤笑：「出息！」

秋月吐吐舌：「奴婢哪裡有小姐的膽子？那麼高的高閣都敢跳，您就不怕萬一太子殿下沒安排人看顧您，您真摔死了？到時候哭都沒地方哭去。」

「有地方哭，怎麼沒地方？閻王爺那裡唄。」花顏舒服地翻了個身。

秋月一噎，無語地看著花顏。

花顏哼哼道：「雲遲今日不會來找我算帳的，一年多了，他心裡清楚得很，我就是不想做這個太子妃，他能奈我何？有這個算帳的功夫，不如想想怎麼鉗制我才是正理。」

秋月敲敲頭：「我就不明白了，殿下為何非不放手？小姐都給太子殿下惹出這麼多麻煩了，他朝政繁忙，還要應付小姐，這一日一日的，多累呀！」說完，琢磨道，「難道太子殿下真喜歡上了小姐？」話落，自言自語地點頭，「嗯，我看是極像的，殿下對小姐其實很好的，這宮裡上下都得太子殿下的吩咐尊小姐為太子妃，不敢有絲毫怠慢，這儼然是……」

「打住，打住。」花顏受不了地睜開眼睛，白了秋月一眼，「我跟你說過什麼了？忘了嗎？我用不著他喜歡，他的喜歡我可受不起。」

秋月嘟著嘴：「不說就不說嘛，奴婢只是在想著，這樣下去，不知道什麼時候小姐才能真正地讓太子殿下放手取消了這樁婚事兒？」

花顏也鬱鬱地長歎一聲，無力地說：「鬼知道？他也別想讓我收手，做夢！」

二人正說著話，福管家匆匆來報：「太子妃，皇上出宮了，正往東宮而來。」

花顏一怔。

秋月驚嚇地看著花顏：「小姐，怎麼辦？皇上是不是來東宮找您問罪來了？」

花顏蹙眉，看了一眼窗外，晌午剛過，陽光正盛，按理說，正該是皇帝用過午膳休息的時辰，如今來了東宮，還真保不准是為了她而來。

皇帝怕是不像太后那麼好對付，畢竟能生出雲遲這樣的兒子，登基以來，執掌皇權，朝野內外從未發生過暴亂。

尤其是雲遲十五歲時，就讓他司天下學子考績，十六歲便讓他監國攝政，如今雲遲二十。自從雲遲監國攝政以來，皇帝一年有大半年都是不理政事兒，將之推給雲遲。

這樣的一個帝王，不執著皇權寶座，捨得放權給自己的兒子，安於培養太子雲遲，讓南楚日漸繁盛，各大世家關係持橫，決計不可小看。

「太子妃？」福管家沒聽到花顏的聲音，不由提著心試探地詢問。

花顏揉揉眉心，她不想嫁給雲遲，自然不會討好皇帝，但她要用什麼辦法來說動皇帝，讓他不管怒也好還是氣也罷，今日見了她後，能鐵了心不顧雲遲反對下一道聖旨毀了這樁婚事兒呢？

她一時想不出什麼好法子，總不能再去跳一次高閣觀景台吧？

她正想著，小忠子匆匆跑進了西苑。

福管家一見小忠子，頓時大喜，連忙問：「你怎麼回來了，可是殿下有什麼吩咐？」

小忠子點點頭，氣喘吁吁地抹著汗說：「殿下讓我回來給太子妃傳一句話。」

福管家聞言連忙催促：「既然如此，快去說。」

小忠子來到門口，對裡面一拱手，恭敬地稟告：「太子妃，殿下有話讓奴才傳與您聽，是關於稍後皇上駕臨東宮的話。」

花顏已經聽到了外面的動靜，想著雲遲此時派人來，估計沒什麼好話，點點頭：「說吧。」

小忠子連忙將雲遲讓他傳的話一字不差地複述了一遍。

花顏聽完，眼皮直翻，他這是什麼話？

是一國太子，皇帝的兒子該說的話嗎？

什麼叫她若是用對付太后那樣的法子來對付皇帝，他怕是自此就在東宮長眠了？

皇帝長眠，他不就登基了嗎？

她冷冷地哼了哼，還是太子就如此囂張，若他登基成了皇帝，掌控天下，那她還有活路嗎？

她是傻了才會讓皇帝因她在東宮長眠。

小忠子沒聽到花顏回話，只聽見屋中傳出的冷哼聲，他直打鼓試探地問：「太子妃？」

「我知道了，回去告訴太子殿下放心，謀害一國之君的罪過，我還不想擔，我還等著他給我一道悔婚的聖旨呢，哼！」

小忠子額頭冒汗，低低地應：「是！」

花顏從床上坐起身，對秋月說：「幫我梳妝吧！」一邊下床一邊補充，「粉撲的厚點兒，將臉弄得白點兒，唇點的紅點兒，胭脂多用點兒，髮髻梳高點兒，珠翠多用點兒，衣服選鮮豔點兒，首飾多拿出來點兒……」

她一口氣交代了十多條要求。

秋月呆了呆，想著平日裡清雅素淨的小姐，若是今日照她的要求這般收拾出來，那會成多俗的樣子？還能看嗎？

花顏下了床，站在地上，催促著：「還不快點兒幫我弄！」

秋月抽了抽嘴角，連忙點頭，跑去放置在內間的那兩排大櫃裡翻找衣物。

秋月在衣櫃裡扒拉半天，也沒找到一件大紅大紫大花大綠的衣裙。

她無奈地回轉身，對已經坐在了鏡子前的花顏說：「小姐，咱們來京時，沒帶幾件衣服，入了東宮後，太子殿下讓宮衣局給您做的衣服，也是依照您喜歡的顏色樣式做的，這櫃裡的衣服，不是碧綠，就是素青，再就是水藍，還有荷白，總之，沒有一件鮮豔的，首飾也是，都是精緻素雅的極品玉飾，一件金銀的大俗手飾也沒有。」

花顏剛要往臉上猛地拍粉，聞言住了手，豎起眉。

秋月合上衣櫃，攤手：「小姐，巧婦難為無米之炊啊！誰讓您自從住進這東宮，太子殿下吩咐下來對您的吃穿用度安排都十分合心合意合您的癖好，萬事周到周全呢！」

花顏狠狠地磨了磨牙，放下手裡的粉撲，想著不能讓皇帝因大俗而厭了眼，那該怎麼做呢？

她一時間腦子急轉。

「皇上駕到！」

外面傳來一聲高喊。

花顏聽著這高喊聲不對，怎麼這麼近？像是就在西苑門口一般？皇帝難道這麼快就進了東宮？馬不停歇不等東宮的人迎駕便直接來了她這裡？

秋月也驚了，連忙打開房門，入眼處，一個明黃的身影由人護衛著入了西苑。

西苑侍候的人大驚，以候在門口等花顏吩咐的福管家為首，嘩啦啦地跪了一地。

秋月駭然，立即跑回了屋，白著臉對花顏說：「小姐，真的是皇上，已經進了院子了。」

花顏也聽到了，暗暗歎了口氣，這皇帝可真是雷厲風行，一點兒也不符合他纏綿病榻月餘，久用湯藥體虛力乏，需要人攙扶著慢悠悠而來的模樣。

她想著箭在弦上也沒能想出什麼好法子，只能先出去看看他的目的再說了。於是，從菱花鏡前站起身，給了秋月一個安定的眼神，緩步走出了房門。

第十二章　晚膳之約

皇帝已經來到院中，停住腳步，對福管家沉聲問：「太子妃呢？」

福管家心下急跳，連忙回話：「回皇上，太子妃她在……」

花顏一腳邁出門檻，聽到了皇帝的話，心下一突，皇帝稱呼她為太子妃？不是如太后一般稱呼她臨安花顏？這樣的差別，大了去了。

太子妃，說明皇帝承認她這個準兒媳婦兒，臨安花顏，說明她是臨安花家的女兒，還未得到承認的皇室媳婦兒。

午後的日光正盛，花顏踏出房門，便覺得頭頂上一片烤熱，刺目的光晃得人眼睛疼。她用衣袖擋了一下臉，適應了片刻，才緩步走下臺階，隔著幾丈遠的距離，對著那明黃的身影見禮：「臨安花顏，拜見皇上，皇上萬安！」

皇帝目光落在花顏的身上，剛剛她走出房門，那因為日光太盛而抬起手臂遮了一下臉的動作，自然隨意，緩步走出門檻，沉靜不懼，也沒有絲毫緊張的模樣，皆入了他的眼底。

那一眼間，他倒是沒大注意她的容貌，只覺得初夏午後的日光似是更強烈了些。

他盯著花顏屈膝見禮後，不待他說免禮平身便直起身雙手交疊而立的模樣，請安後她安靜而立，他不開口，她也沒有開口的打算，便沉聲道：「抬起頭來，讓朕看看你。」

花顏慢慢地抬起頭，目光與皇帝對上。

這是她第一次得見天顏，這位高坐金鑾殿上的九五至尊，這位自皇后薨了之後時常病倒的皇帝，雲遲的父皇，南楚的一國之君，她懿旨賜婚後與雲遲明裡暗裡打了無數次交道，卻從未見過的皇帝。

他有十五個兒子，十一位公主，如今每一個都活得好好的，至今沒有一個爭權，沒有一個傷殘，和和睦睦。那些同室操戈、皇室無親情的戲碼，至今沒上演。

太子雲遲的位置坐得穩，皇帝的位置坐得也甚是安然。

他面容消瘦，湯藥氣極濃，眉目依稀有幾分年輕時風華氣韻的影子，兩鬢有幾根白髮，一雙眼睛沉如海，亮如星晝，薄唇抿著，看人的時候不怒自威，帝王威儀盡顯。

她打量皇帝，皇帝自然也在打量她。

花顏穿著淺碧色的雲紗織錦綾羅裙，未施脂粉，容色清麗，頭上雲鬢只簪了兩支玉釵，整個人在日光下，散發著淡淡的光華，她神色沉靜，眸光淺淡，似乎並沒有因為對面站著的人是南楚的皇帝，而膽怯半分。

皇帝暗暗地點了點頭，想著怪不得他的好兒子非她不娶，端看這一副模樣，便勝過這京城無數閨閣女子。

他身為皇帝最是明白，多年來，敢直視他這麼久的人，除了雲遲和天不怕地不怕的蘇子斬以及玩世不恭的陸之凌和溫潤平和謙謙君子的安書離外，連趙宰輔都做不到，他是官居宰輔之位，位置坐得越久，越小心謹慎怕出差錯，說白了，還是捨不得那個位置，而他的女兒趙清溪，卻比他要強得多。

但若是拿趙清溪來對比這臨安花顏，趙清溪在見他時卻多了幾分緊張和拘謹以及小心翼翼。

他看著花顏，沉緩地開口：「你來東宮也有幾日了，喜歡哪處景緻？帶著朕去看看吧！朕許久未來這東宮了，也看看可有什麼變化。」

花顏心思一動，搖頭：「回皇上，依我看來，東宮沒甚好景緻可看。」

「哦？」皇帝挑眉，「鳳凰木呢？在你眼裡，也不值一看？高閣的觀景台呢？你不是上午剛帶太后去看過嗎？」

花顏一笑：「鳳凰木的確極美，但它是王者之花，富貴至極，若看它的氣韻，我倒覺得皇上不如看自己亦或者太子殿下就好。至於高閣的觀景台嘛，登樓入目，看的是大半個南楚京城不假，卻僅是整個南楚京城最榮華富貴錦繡之地，另一半是何模樣見不到，少了分圓滿不看也罷。」

皇帝聞言豎起眉頭：「這麼說，你是絲毫也看不上東宮了？」

花顏搖頭，誠摯地說：「東宮景緻世間少有，天下無數人尊崇敬仰，恨不得一睹為快。但對我來說，東宮高牆巍巍，樓闕深深，再好的景緻，每日困居於此，也膩得慌。」頓了頓，她笑，「不知道皇上您可出過京城？南楚的河山大得很，景緻千奇百態，雖然不及東宮這兩處冠絕天下，但卻更吸引人些。」

皇帝聞言沉下面容：「說來說去，在你眼裡，還是東宮不好了？」

花顏淺笑：「東宮不是不好，是太好了，民女福薄，消受不起這裡的景緻。」

皇帝忽然哼了一聲，不再說話。

花顏揣度著他這一聲哼是什麼意思？是對她實話實說不滿了嗎？若是如此，最好不過。

皇帝又打量了她片刻：「既然沒甚可看，你便陪著朕在你這院落裡走走吧！」

花顏點點頭，這次不再推脫。

皇帝對身後擺手：「所有人都不必跟著，只需太子妃跟著就行。」

德公公和儀仗隊們齊齊應是。

皇帝對花顏招手，命令道：「你過來扶著朕。」

花顏心中暗緊，皇帝沒對她的話不滿？竟然讓她扶著他？

她慢慢地挪動腳步走上前，扶著皇帝向院落裡走。這鳳凰西苑，她雖住了幾日，卻也沒仔細地遊逛過，便隨意地扶著皇帝沿著一處走，心中思量該怎麼讓他給一道取消婚約的聖旨？

走了不遠，皇帝緩緩開口：「這東宮，是皇后懷著太子時，朕命人修建的。鳳凰東苑和西苑這兩處，是皇后親自做的圖紙，那株鳳凰木，是皇后為太子栽種的。」

花顏愣了一下，沒言聲。

「太子五歲時，皇后薨了，太子被太后接去了甯和宮教養，太子十歲時，朕准他入住東宮。如今太子二十，他在這東宮住了十年了，鳳凰西苑一直空著，直至你來了才住進了人。」

花顏聽到這，有一種不妙的預感。

果然，皇帝接下來擲地有聲地道：「太子既然選了你，那麼，他的太子妃便是你了。朕沒見到你時也就罷了，見到你後，著實覺得太子眼光不錯，朕不比太后，太后老了，好糊弄，朕如今還不糊塗。你不必從朕這裡打主意讓朕給你一道聖旨取消婚事兒，朕是無論如何都不會答應的。你若不喜歡這樁婚事兒，便自去同太子交涉，你若能做到讓他放手，朕也不會多說什麼。」

花顏聽著皇帝這話，心就涼了，她是怎麼也沒想到皇帝一開口，便將她謀算的路給堵死了。

她放開扶著皇帝的手臂，無語地看著他。

皇帝胳膊一鬆，停住腳步，對她挑眉：「怎麼？你有話說？」

花顏暗暗地提了提氣，看著皇帝，平靜認真誠然地道：「皇上，我做不來太子妃，我不端莊賢良，不守閨儀，是一個喜歡玩並且好玩的人，每日所思就是怎樣玩的舒坦活的輕鬆愜意，沒有責任感，不懂以夫為天為何物，在我這十六年的生命裡，從沒人教導我做這些。花家的男兒不求娶名門淑女，花家的女兒不嫁高門深宅。您說，這偌大的東宮，憑我這般，能支撐得起嗎？能做得好太子妃嗎？為了您的江山，陛下要仔細三思才是。」

皇帝聞言忽然笑了起來。

花顏不明白這笑聲背後所暗藏的意思，便靜靜等著他開口。

片刻，皇帝收了笑：「你可知，太子對朕說非你不娶時，朕也說過這樣的話。但太子卻對朕說，他的母后是名門閨秀，懂禮儀，守閨訓，賢良淑德，溫婉端方，實乃母儀天下的典範，可是那又如何？放入皇宮深院，宮牆碧瓦裡，被人稱讚不假，但這個典範還不是早早就零落了塵埃？她典範了天下多久？問我難道要他再娶個如他母后一樣的女子，來步皇后和朕的後塵？」

花顏眉頭皺緊，這話她隱約聽雲遲提過，說那些端方恭順，他不要也罷。

不知皇帝是一口氣話說了太多，還是因為說到了他的痛楚，咳嗽了起來。

花顏起先沒管，之後見他咳嗽得厲害，伸手為他拍後背順氣。

皇帝慢慢地止住咳，又忽然開口問：「你當真喜歡陸之凌？」

花顏心裡打了個轉，立即說：「是啊，皇上，陸世子瀟灑風流，玩世不恭，我甚是仰慕，若將太子殿下換成他，我沒有意見。」

皇帝哼笑一聲：「陸之凌那小子的確不錯，除了朕的七公主喜歡他，京城還有許多姑娘也喜歡他。你仰慕他也沒什麼，只要他搶得過太子，朕也不會治他的罪。」

花顏目瞪口呆，又深感無力，沒想到皇上竟然這麼開明，真是始料未及。

她還能說什麼？

皇帝見她不語了，心情一瞬間似乎極好，繼續向前走，「你可會彈琴？」

「會一點兒。」

皇帝又問：「你可會下棋？」

「會一點兒。」

皇帝再問：「作畫作詩作賦臨帖呢？」

「一樣。」

皇帝還問：「針織女紅呢？」

「不會。」這個回答得十分乾脆。

皇帝挑眉：「哦？為何？沒學過？還是不喜歡？據朕所知，天下女子，無不擅女紅者。尤其是京都柳氏女，臨安花家女，最為著名。據傳花家有玉織紡，十金一寸墨雲彩沉香緞，配以花家獨傳的奇巧飛天繡，累世傳承，得一匹，奉若價值連城的至寶。」

花顏眨眨眼睛，失笑：「皇上，百年前，這門繡工早已經失傳於花家了。二十年前，您與皇后大婚，那十金一寸墨雲彩沉香緞製的皇后服飾，是花家前人所留，是世上最後一匹。」

皇帝聞言似也想起來有這說法，點點頭，看著她道：「即便獨步天下的繡工失傳了，但花家的繡工還是世所難及。即便沒了十金一寸墨雲彩沉香緞，但以花家獨傳的奇巧飛天繡，累世傳承，也還有別的，總之，繡工不輸給誰。」

花顏頷首：「那倒也是，我上有十六個姐姐，都學了繡工，唯我不喜，不曾學。反正花家獨傳繡工早已經沒有了傳承重任，不學也罷，長輩們也無人強求我。」

皇帝笑道：「看來花家的一眾長輩甚是寵慣你。」
花顏淺笑：「誰叫我最小呢！在我之後，迄今為止，族中再沒一個妹妹降生，嫡系這一脈，唯我自己。」
皇帝道：「聽聞你有個大你三歲的同胞哥哥，因生來體弱有殘，見不得光？」
花顏收了笑意，點頭：「正是，哥哥如今十九，天生有疾，常年纏綿病榻。」
「治不好嗎？」
花顏搖頭：「天下醫者見他皆哀，說是無治，只能每日用好藥喂養著。」
皇帝皺眉：「如此說來，豈不是與蘇子斬的寒症一般？」
花顏點頭：「差不多吧！不過子斬公子要比哥哥好些，他不必整日裡纏綿病榻，能做他想做的事情，哪怕最終寒症無治，他多年來肆意妄為，已然活得夠本。但我哥哥卻比他苦多了，多年來，踏出房門的日子，屈指可數。」
皇帝聞言深深歎息：「真是可惜了。」
花顏笑了笑，不再說話。
二人又走了片刻，來到一處涼亭，皇帝累了，說：「去亭子裡坐坐吧。」
花顏點點頭，扶著皇帝進了涼亭。
二人坐下，皇帝對她道：「你既會下棋，下一局？」
花顏痛快點頭：「行啊。」
皇帝清聲喊：「來人，拿棋盒來。」
隨即有人現身，瞬間將一棋盒放在了皇帝面前的玉石桌上，又悄然退下。

皇帝邊打開棋盒，拿出棋盤，邊對花顏說：「你喜歡執黑子，還是白子？」
花顏歪著頭說：「我不挑，什麼都行。」
皇帝失笑：「你倒是個好說話的，但對於與太子的婚事兒，何必這麼執拗？」
花顏淡淡一笑：「臨安花家的人，無論是男兒還是女兒，都喜歡過尋常的生活。我不想從我這裡成為那個打破臨安花家累世傳承規矩的例外。」頓了頓，補充，「更何況，繁華雖好，但與我的脾性不合，我這種胡亂過活的人，喜歡的就是市井巷弄，十丈軟紅，太子立與青雲之端，對我來說太高不可攀了。」
皇帝聞言哼笑：「聽你這話，朕最好的兒子，最有福氣投身到皇后肚子裡的太子，竟因為身分太好，太尊貴，真的如他所說，遭你嫌棄？」
花顏搖頭：「怎麼能是嫌棄呢？是花顏高攀不上。」
皇帝又哼了一聲，不再說話，自己拿起了黑子。
於是，花顏執白。
花顏拿了一子，放在了棋盤上，皇帝慢悠悠地落下一子。
二人便這樣你來我往，片刻後，白子便被黑子吃了一大片，如同風吹秋葉，四處飄零。
皇帝終於忍不住問：「你到底會不會下棋？」
花顏歪著頭認真地說：「會下一點兒。」
皇帝氣笑：「這就是你所謂的會下一點兒？」
花顏頷首：「是啊，一點兒本就不多。」
皇帝一噎，伸手一推棋盤：「這麼說，你剛剛說的琴棋書畫都會一點兒，都是這般了？」

「是啊。」花顏點點頭。

皇帝一時無語，看著她無辜的眼神：「你這確實稱得上會一點兒。朕真是懷疑，你前往順方賭坊，那九大賭神的賭局是怎樣破的？難不成蘇子斬故意放水？」

花顏失笑：「皇上，子斬公子掏出的是真金白銀，順方賭坊十年盈利，如今都歸我名下了，您覺得他會捨得對我放水嗎？琴棋書畫這種高雅的東西我雖然不精，但是不入流的賭技、鬥雞、雜耍什麼的，我玩的自然都是極好的，因為，我從小就玩。」

皇帝默了片刻，道：「普天之下，怕是再也找不出第二個如你這般，與名門閨秀大相徑庭的人來了。朕知曉臨安花家養子教女，都與別家不同，卻沒想到是這般不同，如今算是見識了。」

花顏認真地重申說：「所以，皇上，您給我一道取消婚事兒的聖旨有利無害。」

皇帝嗤笑：「朕說不管，便不會再管。太子非要選你，你卻不願嫁他，你們便自己折騰好了，誰有本事，便是得之所願，沒有本事，便是聽人發落。」

話落，他站起身：「來人，擺駕回宮。」

花顏眼看著皇帝就這麼扔下一句話走了，心下暗罵，果然是生了雲遲的男人。

早先她聽聞皇帝也和太后一樣，對她極不滿意，認為她配不上他的太子，如今這風是怎麼吹的？雲遲到底對他說了什麼做了什麼？讓他態度大逆轉？不反對了？

她皺眉坐在亭子裡看著皇帝離開，她連送也沒送，沒心情。

秋月悄悄進了亭子，見花顏臉色不好，輕喊了一聲：「小姐？是不是皇上為難您了？」

花顏哼笑，有氣無力地說：「他若是為難我還好了，如今嘛，不惱怒我的沒禮數，不惱怒我看不上東宮不嫁他兒子，不惱怒我什麼都不會只會玩。呵……天底下還真有這樣的公公！還讓我給遇到了。」
秋月想說皇上沒為難，待小姐和氣寬容，那不是很好嗎？但又想到小姐想與太子悔婚……
花顏歎息：「太后那條路沒走通，我跳高閣將她嚇暈了過去都沒管用，皇上這條路也走不通了，我話裡話外，直言直語，言談行事半分沒顧忌，他卻還是咬死了無論如何也不會給我一道悔婚的聖旨。如今，唯一能做的，只能利用朝野，鼓動洪流了。」
秋月似懂非懂：「小姐，您什麼意思？」
「自古以來，水能載舟亦能覆舟，雲遲把持朝野，可謂一言九鼎，但只要是網，總有能戳開它的刀劍。如今即便無縫可鑽，我也要生生地撕開一條縫子，決了堤壩，洩洪。」
秋月驚道：「小姐，這可不是鬧著玩的，您妄動朝綱，會引起動亂的。」
花顏冷笑：「雲遲不是有能耐嗎？那就讓我看看他有多少本事能穩得住朝綱，鉗制困住我甘願在這東宮給他做太子妃。」
秋月無言，想著小姐真是逼急了，這一年多無論怎麼鬧騰，都不能讓太子取消婚約，如今皇上、太后這裡都行不通，她終於要從朝綱下手了。
動朝綱等於動社稷，她覺得未來定會波濤洶湧，海浪翻騰，前景堪憂啊！
傍晚，雲遲回了東宮，徑直踏入了鳳凰西苑。
花顏已經用過晚膳，命人找了一架梯子，爬上了房頂，看著日落西山，又看著夜色降臨，再看著雲遲車馬回宮後，他下了馬車，徑直向鳳凰西苑走來。
那遠遠走來的青袍身影，有著翩翩濁世裡洗滌的清雅，又如天邊那一抹落入塵世浮華的雲。真真是絕代風華到了極致。

她嘖嘖感慨，上天太暴殄天物，給了他這麼一副好樣貌，偏偏托生在帝王家。

她想起南燕另外三大公子，雖然都不如雲遲容色驚豔，但都比他看起來讓人舒服多了。

這個人，就不該落入凡世，更不該死拽著她這個喜歡在塵世裡打滾的泥蝦登大雅之堂。

所以，對他掌控的朝野出手，就別怪她了！

雲遲踏入鳳凰西苑，站在門口，便看到了坐在房頂上的花顏，晚風拂來，她一身淺碧色織錦綾羅，裙襬纏枝海棠十分秀雅，青絲墨髮，端的是麗色無邊。他揚了揚眉，揮手一陣風掃向那架梯子，梯子平地而起，捲去了遠處的西牆根，平平躺在了地上。

花顏眨了眨眼睛。

雲遲收了手，緩步踏入院中，嗓音溫涼清越地對她說：「你若是想下來，就從房頂上跳下來好了。這宮殿的房頂雖然不及高閣的觀景台，但也能將你摔個身殘肢殘，免得你總是折騰了，以後也能讓我省力不少。」

花顏翻了個白眼，這是為他皇祖母找場子來了？她哼了一聲：「今日的確是難得領會一回高空墜下的刺激，托太后的福了。」話落，她站起身，望著雲遲道，「既然殿下也想親眼見識一番，那我定義不容辭，摔個身殘肢殘，的確免得再折騰，更免得你我都累。」

話落，她當真一腳邁出，從房頂上跳了下來。

雲遲眸光驟黑，眼看著她墜落，即將落到地面時，飛身而起，速度快如閃電地接住了她。

「原來殿下不過說說而已，看來你以後當了皇帝，也不能做個一言九鼎的好皇帝。」

雲遲氣笑，狠狠地箍著她的纖腰，涼聲道：「你算是看透了我？看來今日父皇來了，也沒能讓你死心，接下來，你還想做什麼？從哪裡伸手讓我取消婚約？」

花顏對他粲然一笑：「殿下不妨猜猜？」

雲遲死死盯著她：「皇祖母、父皇那裡無路可走，還有朝堂，你是要對朝堂伸手嗎？」

花顏心想猜得可真準啊！不愧是雲遲。她淺笑盈盈地說：「太子殿下監國攝政多年，朝野上下，一手遮天，您覺得，我若是伸手，能捅出一條路來嗎？」

雲遲箍著她的腰一寸寸收緊：「憑你的本事，難道還真能捅出一條路來？」

花顏感覺腰上傳來陣陣疼痛，她皺眉：「你鬆手，想要勒死我嗎？」

雲遲不鬆手，磨牙道：「你不是不惜命嗎？勒死你算了。」

花顏怒目而視。

雲遲抱著她上了玉階，邁進門檻，珠簾劈里啪啦一陣作響，又打了花顏一臉，花顏惱怒，依舊抓了珠簾去砸雲遲的臉。

這般一陣鬧騰，進了房內後，二人的臉上都被珠玉砸出了些許紅。

雲遲放下花顏，又氣又笑：「真是半點兒虧也不吃。」

花顏跳出他懷裡，對他哼道：「憑什麼要吃你的虧？別以為你是太子殿下，就能霸道得真一手遮天了，我相信這世間上，總會有什麼東西是能奈何得了你，讓你放手的。」

雲遲理了理衣擺，坐下身子，對她淡淡地笑：「十五年前是有的，我母后，可惜她早早便死了。若是她在，她說不讓我娶你，我便也許真能同意的。」

花顏暗想，難道她要去將皇后的墓穴撬開？將她從棺木裡拖出來讓她開口？腦子有病！皇后早重新投胎了。

雲遲對外喊了一聲：「將飯菜端來這裡。」

方嬤嬤連忙應是，立即去了。

花顏惱怒：「太子殿下，您沒地方去嗎？東宮這麼大，回府就往我這裡跑，我這裡是勾著您的魂兒了？」

雲遲自己斟了一盞茶，輕笑，頷首：「你這兒確實是勾著我的魂兒了，畢竟東宮再大，別的地方都沒有你，不是嗎？」

花顏氣結。

方嬤嬤很快便帶著人端來飯菜，雲遲拿起筷子，對她問：「你吃過了？」

花顏哼了一聲：「不吃，難道還等著你回來一起吃嗎？」

雲遲溫聲道：「以後，等我一起吧。」話落，見花顏彷彿沒聽見，他笑了笑，聲音溫和，「十年了，我自己住在這東宮，早膳、午膳、晚膳，一日三餐，不管在哪裡，都是我自己獨自用。如今你既然來了，我便可以不再是一個人了。」

花顏撇嘴，嘲諷地看著他：「太子殿下若是想要人陪著用膳，一抓一大把，何必把自己的高高在上說得這般苦哈哈？」

雲遲搖頭：「多少人，也不是我心中所願，不要也罷。」

花顏扭過頭：「你還不是我心中所願呢，憑什麼等著你一起用？」

雲遲想了想，道：「這樣吧，以後我不再不經你允許輕薄非禮你，你每日陪我用膳，如何？左右我們一日不取消婚約，你一日是我的太子妃。」

花顏臉騰地一紅，氣怒，瞪著他，直呼名姓：「雲遲，你要不要臉，這種事情也拿出來與我交換條件？」

雲遲微笑地看著她頰生紅暈：「你油鹽不進，我也實屬無奈，這種事情雖然不可言說，但到底你面皮厚些，我說出來也無妨。」

花顏一噎，幾乎咬碎一口銀牙，氣破肚皮，惡狠狠地看著他。

雲遲任她瞪了半晌，笑問：「如何？」

花顏深吸一口氣，他若是化身為狼，欺負起人來不是人，如今的她還真沒法子反抗，便沉聲問：「你說話算數？」

雲遲點頭：「君子一言駟馬難追。」

花顏不屑：「就你？是君子嗎？」

雲遲笑看著她：「大多數時候還是比較君子的，只有極少時候被你氣得失了風度和理智。」

花顏哼了一聲。

雲遲道：「不過此事只要你與我交換，我決計一言九鼎，一諾千金，絕不反悔。」

花顏挑眉：「若反悔呢？」

雲遲盯著她柔嫩的唇瓣，默了片刻，說：「甘願給你退婚書。」

花顏乾脆地點頭：「成交！」

當日晚，二人達成協議，花顏當即履行，坐在桌前陪著雲遲意思意思地吃了些。

用過晚膳後，雲遲對花顏道：「後日便是趙宰輔生辰宴了，明日你好好休息。」

花顏打了個哈欠：「只要你們家人別再來，我就能休息好。」

雲遲失笑：「放心，皇祖母和父皇都來過了，明日我會吩咐管家，若有誰來全都推擋了就是了。」

花顏點點頭，對他揮手。

雲遲站起身，緩步走到門口，忽然想起了什麼，又回身對她道：「因為你對七公主說的一番話，安國公險些打斷陸之凌的腿，這等害別人的事兒，你以後還是少做得好，若是想害，我任你隨便害。」

花顏哈欠打到一半，改為翻白眼：「太子殿下有受虐傾向？所以，這一年多來，無論我怎麼鬧騰，你都覺得我害得不夠？越害你越喜歡？所以，才死活鉗制著我不取消婚約？」

雲遲氣笑：「受害傾向我倒沒有，只是覺得，認定了你，便是你罷了。習慣了你鬧騰害我，便不想換別人了。」

花顏冷哼，忽又嫣然一笑：「陸世子甚是得我心意，他若是能被安國公打斷腿，早就打斷了，不會如今還活蹦亂跳的。太子殿下放心，我看中的男子，結實得很。」

雲遲眉目籠上一層青霧，盯著她笑臉看了片刻，輕飄飄地問：「你說陸之凌甚合你心意，那蘇子斬呢？」

花顏心下一緊，不動聲色地言笑晏晏：「子斬公子的寒症實在是太嚇人了，令人見而生畏，而且他那副身子骨，指不定能活多久，自然是不及陸之凌。」

「哦？是嗎？」雲遲瞇了瞇眼睛。

花顏頷首：「蘇子斬冷心冷肺，骨寒無情，雖然他的醉紅顏的確是好喝，可……還是陸之凌的瀟灑風流，幽默風趣更好些，畢竟，與人相處是其樂融融，與酒相處，便成酒鬼了。」

雲遲涼涼地笑：「你說得倒貼切得很，不過他怕是要讓你失望了，陸之凌沒那麼有出息的。」說完，轉身出了房門。

隨著他離開，珠簾晃動，劈里啪啦發出悅耳至極的聲響。

花顏心下暗罵。

第二日，果然東宮依照雲遲的吩咐，閉門謝客，花顏老老實實地在鳳凰西苑貓了一日。

對比東宮安靜，外面卻並非如此。

因清水寺大凶姻緣籤之事，外面還沒消退這場風潮，京中的百姓們還在談論。

大部分人都想著太子和臨安花顏的婚事兒怕是要取消了，有的人為臨安花顏可惜，想著她一年多前有多幸運被太子殿下選中為妃，沒想到卻不是個有福氣的，這還沒大婚，便出了這等事兒。有的人覺得出了這事兒簡直是太好了，太子與臨安花顏毀了婚約，那定然要重新擇選太子妃的，自家豈不是就有機會了？

如今的太子妃，將來便是一國之母，母儀天下的后位，誰不眼熱？

尤其是當年太子監國攝政前，皇上便丟出了一句話：「若朕退位，雲遲必登帝位，除了他，南楚江山帝座不做第二人選。」

所以，太子的帝位，是鐵板釘釘的。

這幾年，皇上有大半年不上朝，將朝政都推給太子全權監國處理，朝野上下，在太子的治理下，無人不服氣，無人敢作亂。

皇上有十五位皇子，皇子間皆相差一歲或者半歲。

這些皇子們，無論是年長或年少於太子殿下的，迄今為止，沒有一個在朝中擔任要職，也沒有一個外放出京的。年長的擔任閒散職位，無甚權利，年少的每日學習課業，更無權力心。

他們任何一個人拿出來，或者合在一起，都抵不住太子殿下揮一揮衣袖。

所以，即便這些皇子們如今都活得好好的，無一人傷殘，但這南楚未來的天下，也是非太子雲遲莫屬。這也是從太子出生起，皇帝有意促成的。而太子也不負所望，撐起了南楚江山。

所以，有人已經在私下暗暗打起了準備，只待皇上下旨取消婚約，或者太后撤回懿旨，再者太子殿下親力作罷了這樁婚事兒，就能立即運作起來。

可是等了一日，都沒等到宮裡或者東宮傳出取消婚約的消息。

太后和皇上各自駕臨了東宮一趟，回宮後，卻都沒說什麼。

轉日，便是趙宰輔生辰壽宴。

今年趙宰輔生辰壽宴，因皇帝傳話要前往趙府與君臣同樂熱鬧一番，便早早張羅起來。

趙夫人在趙清溪的幫襯下，請了戲班子，布置安排賞花、賞景、鬥詩、投壺等場地，以供來客祝壽後在趙府玩樂一日。

趙府的帖子幾乎覆蓋了整個京城高門鼎貴，因趙宰輔為官多年來，雖位居宰輔，但待人和善從不與人為惡，所以，收到帖子的一眾府邸自然都十分給面子。

不過因為花顏進京，先是在順方賭場將自己的賭技弄得天下皆知，緊接著，又弄出大凶的姻緣籤之事，所以，近來朝野上下市井巷弄的言談都圍繞在了她身上，反而將趙宰輔的壽辰給淹沒了個沒影。

即便如此，所有人都依舊記得這一日，早早地都趕去了趙府。

趙府的所有人都換上了新衣，一派喜氣洋洋。

趙宰輔穿了壽星的福壽字袍服，神采奕奕，趙夫人跟著穿了吉祥如意的印花袍裙，一臉的精神，趙清溪穿了一件藕荷色的蓮花羅裙，端莊淑雅，沒有因為連日來的勞累而減色半分。

趙宰輔只得趙清溪一個獨女，來客太多，府中人手不夠，所以，早早地從趙府宗族裡擇選了些兄弟伯侄以及其家眷來幫忙。

大清早，趙府的管家便帶著人站在門口接客接壽禮。

各府的車馬如趕集市一般，從各府邸出來，都要途經榮華街，將榮華街堵了個水泄不通。

蘇子斬與陸之凌從湯泉山騎馬回城，一入城，便看到了這副盛景。

蘇子斬見所有馬車都湧入一個方向，冷笑：「這趙宰輔過壽辰，都快趕上皇上過壽誕了，著實排場大，熱鬧非凡。」

陸之凌點頭：「不錯，想必今日趙府熱鬧得緊。」話落，問蘇子斬，「你去不去？」

蘇子斬目光穿過街道，望向東宮方向，涼寒地道：「我與趙府沒甚交情。」

陸之凌想了想：「我似乎也沒有，但我們都收了趙府帖子。難道不去？」

蘇子斬收回視線，扭頭看向他，挑眉：「今日太子妃應該會去趙宰輔府，你不去豈不是任人猜測她與你的關係？不怕她又對外說什麼？」

陸之凌心裡咯噔一下子，恨恨地瞪著蘇子斬：「這事兒都怪你！可是我去了，能攔得住她嗎？她可是太子妃，我若是湊近與她說話，不是更坐實了她早些的那一番話？若不去，她再當著那麼多人面前說什麼，我這輩子也洗不清了。你說說，我該怎麼辦？」

蘇子斬催馬前行，涼聲冷笑：「我怎麼知道？」

陸之凌急了，也催馬上前，兩匹馬並肩，他一把拽住蘇子斬的韁繩：「你如此害我，必須趕緊給我想想辦法。我家老爺子今日定然也會去，我可受不住他以後為了這事兒對我喊打喊殺。還有雲遲，我潛入東宮，再加上這件事，沒準兒他會將這兩件事的帳一起算了。」

蘇子斬不屑：「出息！」

陸之凌面皮極厚地說：「我自然沒你有出息，逼急了敢對自己老子拔劍。」說完，他強拉住蘇子斬，「你必陪我一起去，若是不能澄清，我也斷然不會讓你這個始作俑者清閒。」

花顏並沒有拿去趙宰輔壽宴當回事兒，一覺睡到了日上三竿才醒。

秋月聽到動靜，推門進了屋，見花顏醒來依舊躺在床上賴床，她無語地一邊挑著帷幔一邊說：「小姐，天色不早了，您再不起來梳洗打扮，就誤了趙府壽宴開席的時辰了。」

花顏伸了個懶腰，渾身舒爽地說：「太子殿下走了？」

秋月搖頭，小聲說：「太子殿下在外屋畫堂裡等著您一起用早膳，已經來了一個多時辰了。見您一直不起，在看書。」

花顏這才坐起身，看了一眼窗外照進來的日色，估計快巳時了。

秋月走到衣櫃前，一邊翻弄衣物，一邊問：「小姐，據說今日滿京都的人幾乎都去參加趙宰輔生辰宴，您是第一次在高門鼎貴那麼多人前露面，要仔細裝扮，您說穿什麼才好呢？」

花顏撇嘴：「又不是我爹的壽宴，裝扮什麼？一切如常就行了。」

秋月手一頓，轉身道：「這……不太好吧？畢竟您的身分擺在那，可別被人小瞧了去。」

花顏哼笑，不以為然：「我穿好穿差，打扮不打扮，也是這個身分。誰若是能奪了去，那感情好了，也不必我自己折騰了。」說完，催促她，「隨便找一件來穿就行了。」

秋月無語，轉回身想了一下，從中挑出了一件，拿給花顏。

花顏見是她慣常穿的，只不過式樣繁瑣了些，倒也沒說什麼，痛快地穿了。

秋月又多找出了兩件玉飾，幫著花顏梳了頭。收拾妥當，花顏對著鏡中看了一眼自己，比平日裡稍顯繁重那麼一點兒，這樣的裝扮，拿到今日趙宰輔壽宴上，定然是不夠看的。

她緩步出了房間。

雲遲等在畫堂，氣地神閒地坐在桌前，案桌上擺了幾碟糕點和一壺茶，糕點整齊，顯然未動過，雲遲一手握著書卷，一手端著茶盞，一邊看書，一邊喝茶。

聽到珠簾的動靜，雲遲聞聲抬頭向她看來。

花顏見雲遲也如往常一般的打扮，穿著青色錦袍，腰束玉帶，腰間墜著一塊龍紋玉佩，沒有因為趙宰輔生辰宴而重視到隆重的地步。

她對他挑了挑眉：「太子殿下以後早上要上朝，我這人懶得很，就喜歡睡懶覺，你以後還是別等我用早膳了。另外，中午無事也不用回府特意與我一起用膳，晚上我不會睡太早，晚膳一起吃就是了。免得你要遷就我，我於心是否難忍尚且不說，長此下去，被人知道，豈不是要彈劾我糟蹋太子殿下身子骨？這個罪過，我可不背。」

雲遲失笑，放下書卷和茶盞，從善如流地點點頭，「也好，你起得的確太晚了些。」

花顏坐在他對面：「我又不是太子殿下要處理朝政，自然是可以每日睡到自然醒。」

雲遲看著她：「東宮的中饋呢？你當真不管？」

花顏揚眉：「你說呢？」

雲遲揉揉眉心，歎了口氣：「也罷，你既不想管，還是讓福管家暫代著吧。左右我們如今還未大婚，由他暫代，倒也沒什麼。大婚後，有些事情，他便代替不了了。」
花顏暗嗤，根本就不會有大婚，不過她也懶得再說。
方嬤嬤帶著人端來早膳，二人安靜祥和地吃了。雲遲起得早，似乎真餓了，吃了不少，花顏也吃了很多，二人也沒有著急，用過早膳後，才一同慢悠悠地出了房門。
方嬤嬤站在門口問：「太子殿下，奴婢是否點些人跟著太子妃？只秋月姑娘一人，奴婢怕照料不好太子妃。畢竟太子妃和秋月姑娘都沒去過趙府。」
雲遲點頭，對她道：「你親自帶幾個人跟著去就是了。」
方嬤嬤連忙應是。
花顏剛想說不需要，雲遲已安排妥當，方嬤嬤立即選定幾人跟在了她身後，她只能作罷。別說沒去過趙府，就算是沒去過哪個狼窩虎穴，她也是不怕的。
福管家已經備好車，將六十萬兩銀子裝了六個大箱子，抬上了馬車。
走出垂花門，二人上了馬車，東宮護衛儀仗隊早已經準備就緒，啟程出了東宮。
花顏這個人，從來有地方躺著歪著，絕不坐著，上了馬車後，見馬車寬敞，便拿起了放在車中的一卷書，歪著躺下來翻看著。
雲遲見此失笑：「你睡了一日到日上三竿方醒，身子骨躺軟了？連坐一下都累得慌？」
花顏哼哼：「是啊，我如今與一灘爛泥沒什麼區別，太子殿下要不然考慮一下，將我扔下車別去見人得了。」
雲遲慢聲道：「今日趙宰輔府定然熱鬧，你確定捨得不去？」
花顏以書遮面，不吭聲了。

第十三章 直戳人心窩子

此時的榮華街，已經沒那麼擁堵了，馬車一路暢通，來到了趙宰輔府。

東宮的馬車剛露頭，有人便大聲唱喏：「太子駕到！太子妃駕到！」

本來隔著半條街就能聽到趙府傳出的喧鬧聲，但這一聲唱喏聲響起後，霎時趙府高牆內院裡忽然一靜。

花顏暗想，雲遲這太子威儀，可真是震懾朝野啊，不過她隨即蹙眉，對雲遲說：「我還不是太子妃，這唱喏得未免太正兒八經了些。」

雲遲淡聲道：「早晚都是一樣，沒什麼區別。」

花顏心裡又將雲遲罵了個半死，古往今來，從沒見過，沒三媒六聘，八抬大轎，三拜天地，就這般冠冕堂皇地給她扣上個太子妃頭銜的。

馬車停下，外面又傳來一聲齊刷刷地迎接聲：「恭迎太子殿下，太子妃！」

花顏聽這一片聲音，顯然出來迎接雲遲車駕的人不少，她躺著沒動。

雲遲看向她，伸手將她一把拽起，道：「你應該知曉，男女賓客分席而坐。皇祖母年紀大了，前日又被你嚇了一場，今日定不會來湊熱鬧，在所有女眷裡，你的身分便是最高的。除了父皇，不必給人見禮，等著人給你見禮就是了，包括趙宰輔和其夫人。如今我們來晚了，進府後，想必耽擱不了多久就會立刻開席。也就是說，你與我不在一起，有什麼需要，知會方嬤嬤就是。」

花顏「嘁」地一笑，「知道了，太子殿下慣常都是這麼婆媽的囑咐人嗎？」

雲遲氣笑：「你是什麼性子，在皇祖母和父皇面前，都膽大妄為得很，倒是我囑咐的多餘了。」話落，他拽著她的手，挑開車簾下了馬車。

花顏掙了掙，掙不脫，只能任由雲遲將她拽下了馬車。

入眼處，趙府門庭高大，兩尊石獅子十分氣派，燙金牌匾顯示其在朝中獨一無二的地位。院門內，烏壓壓地跪了一大片人，足有數百人之多。

雲遲下了車後，拽著花顏的手立在門前，對當前身穿官袍的一位年約五十上下的老者一笑：「趙大人免禮，本宮來晚了，可誤了時辰？」

那人連忙搖頭，恭敬含笑拱手：「不晚，太子殿下來得正好，還沒開席，皇上也剛到不久，大哥正陪著皇上敘話，吩咐老臣在此等候太子殿下。」

雲遲笑著點頭：「父皇倒是比我早到了。」話落，他轉頭對花顏笑著說，「這位是趙宰輔的族弟，官居通政使司。」

花顏打量了一眼，點點頭，趙宰輔的族弟，三品大員呢，可見趙家一門實打實的富貴鼎盛。

那人聞聲看向花顏，只覺得眼前女子容色照人，清麗絕倫，他目光落處，這才發現雲遲緊握著她的手，他心下一跳，不敢多看，當即恭敬地見禮：「這位想必就是傳聞已久的太子妃殿下，老臣有禮了。」

花顏淺淺一笑，漫不經心：「趙大人無須多禮，我這個太子妃，不知能坐幾時，無須客氣。」

那人心下又是一突，看向雲遲。

雲遲伸手輕敲花顏腦袋，神色似帶寵溺，聲音溫柔含笑：「顏兒又調皮了！自然是我在位一日，你便是一日的太子妃，斷無更改。」

花顏心下暗罵，雲遲這個混蛋，誰是顏兒？噁心死她算了。

趙大人心下大驚，不止是因為雲遲這一句話，還因為他對花顏說話的語氣，那眉目含笑，溫潤柔情，與往常所見，實在大不相同。

他見慣了雲遲的溫涼寡淡，冷漠高遠，如今乍然見到他這般，一時駭然得緊。

難道太子當真是喜歡這位太子妃？所以，才選了她？並非甯和宮中流傳出的，選妃那日對著花名冊隨手一翻便定下了人？

所以，太后屢次勸說，皇上也十分不滿，但太子殿下執意不改？

容不得他多想，當即謙恭地請雲遲和花顏入得府內。

一行人剛走出不遠，唱喏聲又響起：「太子殿下，太子妃，送白銀六十萬兩，恭祝趙宰輔壽宴長壽順意。」

趙大人腳下一顛，險些一個跟頭栽出去，他驚訝地扭頭看向雲遲，太子殿下送給大哥的壽禮竟然是六十萬兩白銀？

這……從沒聽過壽宴賀禮送白花花的白銀……

花顏欣賞著這位趙大人的表情，覺得他面色真真是十分精彩，這一聲唱喏，整個趙府闔府的人估計都能聽到，不知那位趙宰輔和滿堂賓客面上是什麼表情？

雲遲微微一笑，面容平和：「趙大人怎麼了？」

趙大人來不及細想，慌忙收整神色，笑道：「下官走得太急，不小心顛了一下腳，無礙，無礙，殿下小心腳下的路。」

雲遲頷首，不再多言。

趙大人不敢再多思，也不敢再出一步差錯，恭謹地將人請到了廳堂。

趙府的廳堂極大，皇帝坐在了左上首，右上首空了一個座位，趙宰輔坐在下首，其餘人不是朝中官員，便是名門望族有身分之人，陪同而坐。

雲遲和花顏的到來，除了皇帝，所有人皆起身對太子見禮。

雲遲掃了一眼眾人，溫涼的聲音清越地淡笑：「趙宰輔快免禮，今日是你壽辰，壽星為大，不必多禮了。」話落，又道，「眾位也都免禮吧！」

眾人齊齊平身。

趙宰輔看向太子身邊的花顏，打量片刻，一雙老眼看不出什麼地詢問：「太子殿下，這位是？」

雲遲一直握著花顏的手，含笑：「臨安花顏，本宮的太子妃，她入京後，因身體不適，連宮門還沒踏入，本宮前日收了趙府的帖子，便帶著她先來趙府給宰輔賀壽，也讓大家見見。」

趙宰輔聽著雲遲這話，快速地在心中打個轉，連忙躬身拱手道：「老臣見過太子妃，承蒙太子妃給老臣這個天大的顏面，老臣慚愧。」

花顏淺淺一笑，聲音讓人如沐春風：「趙宰輔嚴重了。」

她本就長得傾城絕色，即便淡施脂粉，輕掃娥眉，也難掩其容貌，尤其這淺淺一笑，更是容色照人。頭上朱釵無幾，周身首飾不多，但無論怎麼看，都是端得清雅絕倫，秀麗無邊，使得滿堂似乎都多了幾分華彩。

眾人心下皆驚豔不已，原來這太子妃當真好容貌。

在一片寂靜聲中，雲遲緩步入內，來到皇帝面前，含笑見禮：「父皇。」

花顏掙不開雲遲的手，只能跟著他上前，平靜地見禮：「皇上！」

皇帝也沒料到雲遲來為趙宰輔賀壽，準備的壽禮竟然是六十萬兩白銀，他方才跟眾人一樣，也驚了驚，不過隨即便恢復常色，如今見二人攜手來見禮，他笑得極其和善地擺擺手：「太子妃較前日氣色好了不少，坐吧。」

花顏想著這廳堂中沒有一個女子，她坐哪兒呢？

雲遲聞言看了皇帝身邊右上首一眼，只兩個座位，皇帝坐了一個，另一個是空的。他轉身看向趙宰輔，笑道：「看來宰輔府的女眷都忙得很。」

趙宰輔面色一變，因他確實對雲遲選花顏為妃有些不悅，故而，趙夫人雖然給花顏下了帖子，但私以為她還不算是正兒八經的太子妃，便未安排人特別迎接。

如今觀皇上待花顏極其和氣，雲遲攜她手而來，至今沒鬆開，這態度再明顯不過了。他心下涼了一涼，但到底是縱橫朝堂一生的宰輔，連忙正色道：「早先大長公主來了，夫人迎了長公主前去後院，應是還沒抽出空來。」話落，他高喊，「來人，快給太子妃置坐。」

有人立即應聲，匆忙地搬來一把椅子，放在了右上首那個空座位旁。

雲遲淡淡一笑：「大姑母來了自然不能怠慢，本宮也有半年沒見大姑母出府了。」話落，笑著拽著花顏去了座位上坐。

花顏隨著雲遲坐下，他才鬆開了她的手。

她擺脫了鉗制後瞅了一眼自己的手，都被他攥出紅痕了，心下恨恨，他不拽著她，她也不會跑，如今這般做戲給人看，真是混蛋。

皇帝瞅了二人一眼，知曉二人正較著勁兒，臉上露出些許看好戲的笑意。

眾人依次落坐，都正大光明地或偷偷地打量花顏。

臨安花顏這位太子選中的太子妃，從一年多前，就令人好奇。奈何，一年多了，京中派出的探子不少，都沒撈回她一張畫像，今日一見，不說別的，單這容貌，就暗讚一聲真是個美人。

只不過可惜，這美人善賭技，出入賭坊，似是沒有閨閣規矩禮數。

一時間，殿中十分安靜，院外似也沒了喧鬧聲。

有人端上茶水，花顏坦然地喝著茶，任眾人或明或暗地將目光落在她的身上，她亦不客氣地看回去，她的目光可不比這些人含蓄，而是十分的直接，似能看到人的心裡。

一時間，不少人都有些受不住，移開眼睛，暗想這位太子妃膽子真大，哪有女子這般看男人的？尤其廳堂裡有年輕官員和世家大族的公子，更是被她的視線眸光看得紅了臉。

花顏看了一圈，暗想，沒見蘇子斬，也沒見陸之凌，難道他們沒來？安書離似昨日啟程去西南番邦了，更是不會來了。

安靜了足有半盞茶，外面傳來細碎低淺的腳步聲……

一陣幽香飄入門檻，珠簾被人挑起，一名芳華正盛的女子走了進來。

只見她身穿一件藕荷色蓮花羅裙，纖腰曼妙玲瓏有致，容貌姣好如月華，隨著她蓮步移動，捲起楚楚香風，甚是嬌人可憐。偏偏她眉眼色正目純，看起來甚至端方，讓人見她如見出水蓮花，不可褻玩。

花顏讚歎地打量，想著這便是趙宰輔獨女趙清溪了吧？這才叫真正的溫婉賢良，端方賢淑，大家閨秀。

她盯著她看了個夠，直到她走上前給皇帝、雲遲見過禮後轉向給她見禮，她依舊不收回視線，起身上前一步，拉起她，握住她的手，淺笑嫣然地說：「趙姐姐真是個讓人一見就愛極了的可人兒，我家中姐姐眾多，卻沒有一個如你這般讓人移不開眼睛的，我是個沒什麼禮數教養的人，與你站在一起，真是被比得沒了。」

趙清溪一怔，沒想到花顏初次見面便這般當著皇帝、太子滿堂賓客的面，熱絡地說著漂亮話大大地恭維了她一番，同時將自己貶的一文不值，她呆了呆，很快恢復鎮定，露出笑容：「太子妃說的哪裡話，臣女哪裡比得上太子妃？太子妃容色傾城，切勿自貶，臣女慚愧。」

她入得門來，雖然只看花顏一眼，但這一眼，已經足夠她為她的容貌吃驚。

花顏笑容明媚真誠，歪著頭對她說：「容色這種東西，最是不靠譜的東西，皮囊而已，哪裡及姐姐從骨子裡透出的內在美？我從不說假話，趙姐姐真是當得起南楚第一美人呢。」

趙清溪被誇得有些臉紅，措手不及，早先來時見花顏的準備都被打亂了個無影無蹤，一時不知該說什麼好了，看了趙宰輔一眼，見他也十分意外，她只能笑道：「太子妃過獎了，臣女真是被你誇得快羞於見人了。」

花顏雖然不是個厭醜喜美的人，但是見到如花似玉的美人，還是忍不住心花怒放。本來進京有一半是為了東宮裡的美人，偏偏入得東宮才發現，半個美人也無，著實讓她失望得很。

如今見了這趙清溪，她確實當得上南楚第一美人的稱評，心下不由地想，雲遲真是瞎了眼，豬油蒙了心，放著這內外兼修溫柔似水的美人不選，偏偏選她這種在花名冊上連臉都沒有的？

若非他非禮輕薄了她幾次，她真是懷疑偌大的東宮後院空虛是因為他有病。

花顏握著趙清溪的手捨不得鬆開，眸光晶亮，燦若星辰，越看越喜歡。

趙清溪本就妝容精緻，擦了上好的胭脂，如今被她這麼一誇，更是豔若桃李，嬌如春花，似把個出淤泥而不染的蓮花生生地變成了妖豔盛華的曼陀羅，甚是奪目。

兩名美人這樣一站，廳堂內眾人只覺得光華照人，天地失色。

趙宰輔意外過後驚異地發現，這臨安花顏，即便與他女兒站在一起竟絲毫不遜色半分，且容色更勝一籌，甚至她淺笑嫣然的模樣，對比他女兒略有些拘謹局促，更是生動明媚。

他心神一凜，咳嗽了一聲，開口笑道：「溪兒，你來得正好，太子妃與我等一眾男子待在一起，多有不便，你母親因長公主抽不開身，由你招待太子妃，最是妥當。」

趙清溪正找不到臺階下，聞言連忙頷首：「爹爹說得是，女兒來此，就是應了母親囑咐來接太子妃過去的。」

趙宰輔點點頭，對花顏笑道：「太子妃不必拘謹，來了這裡，便當成自家就好。」

花顏聞言笑吟吟地點頭：「我對趙姐姐一見如故，恨不得結八拜之交，宰輔放心，我定不會客氣拘謹。」

趙宰輔笑道：「這就好。」

趙清溪對皇帝、太子殿下行了告退禮，欲帶花顏離開廳堂。

這時，雲遲緩緩開口，溫聲囑咐：「顏兒，女眷席圍湖而設，你身子還未大好，離湖風遠些，切莫著涼。」說完，對外面清聲道，「方嬤嬤，仔細照看太子妃，不得出絲毫差錯，否則，唯你是問。」

「是，老奴謹記！」方嬤嬤在廳堂外連忙回話。

眾人聞言心神齊齊驚異，這太子殿下對太子妃未免也太緊張了些。

花顏暗暗不忿，想著雲遲這混蛋裝模作樣，著實可恨，想瞪他一眼又忍住了。

趙清溪腳步頓了那麼一下，便微笑端莊地說：「太子殿下放心，我會照顧好太子妃的。」

雲遲頷首，淡淡溫和一笑：「有勞了！」

趙清溪不再多言，帶著花顏出了廳堂。

花顏一直握著趙清溪的手，就如雲遲握著她的手時一樣，只不過她握得沒有那麼緊，趙清溪也不掙脫，所以，便一路握著，即便出了廳堂，她也沒鬆開。

趙清溪從沒與人攜手如此之久，心下十分不適應，但她又不好抽開，只能任花顏握著手，與她說著閒話，介紹走過看到的景緻。

走了大約兩盞茶功夫，來到了湖畔。

果然如雲遲所言，宴席圍湖而設，湖畔處一排排涼亭，女眷們不計其數。

花顏大致掃了一眼，只見入目處盡是雲鬢美人，人人衣著光鮮，花枝招展，到處脂粉飄香，甚是一片大好的繁華盛景。

趙清溪笑著一指中間處那最大的亭子：「我母親與大長公主和敬國公夫人、武威侯夫人、安陽王妃等都在那一處。我們過去。」

花顏早就看到了，那一處亭子最大最敞亮，裡面的人衣著首飾華麗的程度顯然比其餘各處更耀眼，顯然都是身分極高的貴客。

她對趙清溪點點頭：「隨趙姐姐安排就是。」

趙清溪連忙正色道：「太子妃切莫一口一個姐姐，清溪可當不得，太子妃身分貴重，清溪萬不敢落人話柄。」

花顏淺淺一笑：「我如今還不是真正的太子妃，趙姐姐多慮了。」

趙清溪一噎：「這……」

花顏嗔了她一眼：「我喊你趙小姐，未免太生分了，喊你清溪，你比我年長，也不大好。這個稱呼，最是妥當。」

趙清溪被說得無言，也只能任由她了。

秋月和方嬤嬤等人跟在二人身後，秋月暗暗咋舌，想著小姐抓到了美人，不止看個夠，還要摸個夠，這從小到大的秉性，看來是改不了了。

二人剛一露面，湖畔各亭中的人都向二人看來，確切說，她們看的是花顏。

臨安花顏這個名字，早在一年前因為太子選妃便響徹天下，之後一直被人好奇著，尤其是她來京城後在順方賭場大殺四方，半日時間從蘇子斬手中贏走兩百多萬兩銀子時，更是空前響亮。

如今藉為趙宰輔賀壽，能一睹她芳容，著實是所有人的心思。

如今見趙清溪攜手她走來，一個蓮步輕移，行走便可見大家閨秀的教養與規矩，看起來雖然嬌柔，但偏偏端方賢良得很；一個步履隨意，行止輕緩，明明舉手投足看不出半絲大家閨秀的教養和規矩，但偏偏給人感覺比趙清溪還要端麗秀華，姿態優雅，容色照人幾分。

眾人心底皆不由得暗暗吃驚，沒想到這臨安花顏，當真是好樣貌好姿態。

趙宰輔夫人也十分驚異，她一直覺得，普天之下，怕是沒有哪個女子再能比她女兒更好了，無論是容貌，還是教養，亦或者才學，她一直以來為有這樣的女兒自傲。

如今見花顏不止容貌比她女兒略勝一籌，就連姿態也勝過她幾分，一時間不是滋味，臉色也隨即掩飾不住地難看起來。

大長公主、安陽王妃等人都沒注意趙夫人神色，落在花顏身上的目光都有些收不回來。

看著她，她們心中所想的皆是，這樣的容貌，唯昔日的皇后和武威侯夫人可比了。可惜，那二人都故去了。

武威侯繼夫人也是個美貌過人的，雖然不及趙清溪，但在南楚年輕女子中，也是排名前幾的，可如今她看著花顏一身清雅清爽，對比她滿頭珠翠首飾，豔色裙子，油然而生一種自慚形穢之感。尤其是，她想到了那一日侯府暗衛傳回消息，蘇子斬就是為了她，重新開封了醉紅顏，也是為了請她喝醉紅顏，深夜帶著她騎馬出京去了半壁山清水寺，又背著她夜行了三十里到道靜庵。

蘇子斬背過誰？

從來沒有！

她心下忽然湧上一股濃濃的嫉妒，在一片寂靜聲中，終於忍不住冷笑一聲：「這太子妃的容貌可真是絕色，將趙小姐這南楚第一美人都比下去了，怪不得讓太子殿下選中為太子妃呢。」

她此言一出，趙夫人臉色瞬間地黑了。

眾人皆是一怔，大長公主和安陽王妃齊齊回頭看了她一眼。

武威侯繼夫人這一句話，聲音拔得極高，且有些尖銳，自是傳出了亭外。

趙清溪腳步猛地一頓。

花顏自然也聽到了，她們距離得還有些遠，傳入耳的聲音雖然不大，但也足夠聽得十分清晰。她也停住腳步，看向亭內，從一眾夫人小姐中看到了那做婦人裝扮的年輕婦人。珠翠首飾太多，衣服太豔，讓她整個人看起來好比一隻開屏的孔雀。

她瞅了一會兒，問旁邊：「趙姐姐，那位夫人是誰？」

趙清溪定了定神，道：「是武威侯繼夫人。」

花顏一怔，又仔細地看了那年輕婦人片刻，暗想蘇子斬年少時便是喜歡這樣的女子嗎？眼光可真是特別。她「撲哧」一樂，笑著對趙清溪說：「趙姐姐，你看，我剛剛在廳堂裡說完容色乃皮相，這便有一個只看皮相不看內在的俗人了。」

她這話說得不高不低，卻也一樣地傳出了挺遠。

亭中的眾人聞言皆是一怔。

趙夫人的面色霎時稍緩，其餘人面面相覷，想著這太子妃與武威侯繼夫人有仇有怨？怎麼二人這剛一見面還沒說一句話便如此針鋒相對上了？雖然是武威侯繼夫人惡語在前，但這太子妃也太不客氣了些，直接說人是俗人。

武威侯繼夫人名換柳芙香，她聽到花顏笑語反擊，淺笑嫣然，霎時換做她臉黑了。她心裡冒火，諷笑道：「太子妃說臣婦是俗人，難道太子妃自己就不是俗人？這些日子，我們可一直都聽著太子妃在順方賭坊大殺九大賭神的事蹟呢，尤其最受下九流之輩推崇！」

眾人聞言恍然，原來是為了順方賭坊流失的大筆銀兩結的怨。

花顏依舊握著趙清溪的手，反客為主地拉著她向亭中走去，對比柳芙香難看的臉色，她面上笑吟吟笑容可掬地說：「我從來自詡不是個雅人，但卻從未俗到只憑一副皮相就褒貶人的地步，下九流人物也是南楚的百姓，武威侯繼夫人今日真是讓我領教了。」

她將一個「繼」字咬得極重。

柳芙香面上霎時沉如水，冷笑道：「好一個伶牙俐齒的太子妃，本夫人也領教了。」

「好說，以後同是生活在京都，我的本事可不止善賭技，善口才，武威侯繼夫人將來要領教的地方怕是多得是，如今誇我尚早。」

柳芙香諷笑連連：「你如今也不過是與太子有賜婚懿旨而已，還不是真正的太子妃。若說以後與我同生活在京城，話是不是說得太早了點兒？誰知道太子殿下會不會因清水寺大凶姻緣籤之事取消了婚約呢。」

她將「大凶」兩個字也咬得極重。

花顏聞言好笑地回頭對方嬤嬤道：「嬤嬤，你來告訴這位夫人，太子殿下會不會因為清水寺大凶姻緣籤之事取消婚約？」

方嬤嬤立即恭敬地回話：「回太子妃，不提早前太子殿下一直盼著太子妃來京，就是剛剛來這趟府，太子殿下還說了，只要殿下在位一日，您便是一日的太子妃，斷無更改。」

花顏心下雖不喜這話，但如今得借這東宮之勢，她聞言輕笑：「我看太子殿下說的話啊，也不見得沒人質疑的，這不，這位武威侯繼夫人便質疑了嗎？」

方嬤嬤看了柳芙香一眼，面色難看地說：「太子妃不必理會這等婦人言語，殿下待您之心，日月可鑒，天地可表。」

花顏嘴角抽了抽，哼笑一聲，不想說話了，她怕再聽到什麼死生契闊，什麼雲遲對她海誓山盟上窮碧落下黃泉死不改志的話來。

柳芙香認識方嬤嬤，是東宮掌管內宅的嬤嬤，當初在皇后身邊當差，太子出生後，分撥給了太子殿下，身分很高，經她如此一說，她臉色霎時變了。

早先她乍看到花顏，想起蘇子斬為她所做，被嫉妒沖昏了頭腦，沒瞧見方嬤嬤竟然跟著，如今也只能吞下這苦水，沒了聲。

亭中的大長公主和安陽王妃以及一眾夫人小姐們早先被花顏吸引了注意力，也沒注意到方嬤嬤竟然在其後跟著，如今都暗暗心驚，看來太子殿下著實重視太子妃，非她不娶。

方嬤嬤是東宮的人，自然不會說假，所以，無人懷疑。

趙夫人稍好的面色又難看起來，想著臨安花顏何德何能，哪裡極得上她的女兒？若太子殿下非她不娶，那豈不是說明她的女兒沒有機會了？

她一時心血翻湧，但到底是宰輔夫人，不比柳芙香年輕氣盛，閱歷不高，徒惹人笑話的窘地。她壓了壓氣血，忙起身迎出亭外，面上含笑：「太子妃有禮了，你今日能來，著實令我這府裡蓬蓽生輝。」

花顏對於笑臉相迎的人，從來都不會惡臉相對，雖然她見這位宰輔夫人面上雖笑，眼睛裡並沒有笑意。她和氣地莞爾一笑：「夫人怪不得能生出趙姐姐這般內外兼修的美人，早就聽聞您面善可親，如今一見，果然如是。在座這許多人都比我光鮮，蓬蓽生輝我可不敢居功。」

趙夫人一怔。

趙清溪笑起來，趁機抽出一直被花顏握著的手，轉而挽住了趙夫人的胳膊，笑道：「娘，您還不知呢，太子妃從一見面，便一直誇女兒，當著皇上、太子殿下，以及滿堂賓客的面誇，女兒臉紅得都沒處放了。女兒不善言辭，您快教教女兒，怎麼誇回來？」

趙夫人又是一怔。

趙夫人沒想到花顏一見面就誇她，不止如此，早前還是當著皇上、太子、滿堂賓客的面誇她的女兒，她心下十分吃驚，暗想這臨安花顏，打的是什麼心思？

依照剛剛她反擊柳芙香十分之漂亮的言語手段看來，定然是個不好相與的。

她收起了輕視之心，眼裡流入了些真正的笑意，笑呵呵地道：「沒聽太子妃說嗎？你是娘生的，你不會誇人，娘就會誇了？」

趙清溪嬌嗔一聲：「這可如何是好。」

花顏看著趙清溪撤回了手，等於魚兒入了水，面上笑意更濃三分：「我說的是實話，趙姐姐不必不好意思，這普天之下，內外兼修的美人本就寥寥無幾，像我這種，徒有其表之人，自然是排不上號，只有趙姐姐才是真正的冠絕群芳，說出去，也沒人不認可的。」

趙夫人又是大吃一驚，想著太子妃這話說得可真是讓人舒坦極了，她早先湧入喉頭的心血一下子都退了個乾乾淨淨，不止如此，整個人的腰板瞬間不自覺地挺直了。

她暗讚這太子妃說話似有魔力一般，專撿直戳人心窩子的話說，誠如對付柳芙香，刀子剜心，剜的痛快且毫不留情面，誠如對她和她女兒，一語中的說出了她們心中最高傲在意的事兒。

這等放大的效果，她既驚異，又驚奇，還多多少少有些佩服和駭然。

如此厲害的女子，不過二八年華的年紀，這若是嫁給太子，成為真正的太子妃，將來母儀天下，該是何等讓人小心謹慎不敢在她面前出絲毫差錯？

端看一面，可窺極多，趙夫人生生地覺得，天下人怕是錯看了臨安花顏。

趙夫人這一番心思，也不過是眨眼之間，便滿面含笑，連眼裡都帶著笑地拉過花顏的手，笑著誇道：「這般會說話的太子妃，真真可人，怪不得太子殿下屬意你，怕是任誰見了都喜歡。」話落，笑著拉她進入亭中，「快隨我進亭中坐，所有人都到齊了，就差你了，你來晚了，稍後要罰酒三杯。」

花顏暗讚不愧是趙宰輔的夫人，這般心思變化靈活巧妙地見機行事，真是厲害。

她淺笑盈盈地隨著她入亭，隨口笑著說：「這可不能怪我，要怪就怪太子殿下，是他的車輦行走得慢，這酒我可不認罰。」

趙夫人大樂：「被你這樣一說，我可不敢罰你了，若是被殿下知道，豈不是要怪罪？」

花顏笑著轉了話音：「雖然我不認罰，但是初次見面，陪著眾位夫人小姐喝兩杯自然是可以的。」

趙夫人更是讚歎，這話語被她說出來，就跟變著花一樣，想怎麼說就怎麼說，著實讓她都佩服了。她笑著點頭：「這樣最好，我們這裡可有好幾位愛酒之人呢。」

花顏隨著趙宰輔夫人進了亭子，趙夫人便笑拉著她介紹亭子中的眾人給她認識。

大長公主、安陽王妃、敬國公夫人、武威侯繼夫人就不必說了，還有其他十幾位有頭有臉的夫人以及一眾小姐。

大長公主喜好吃齋念佛，已經有半年沒踏出府門了，今日是專程奔著花顏來的。她雖不是太后親生，但是自小頗得太后照拂，念著太后的恩，知曉她不喜歡花顏，花顏來京又不進宮去拜見，反而去了順方賭坊，讓她也著實覺得此女不堪當太子妃，前日又聽聞了大凶姻緣籤以及太后去東宮找花顏被她嚇暈過去之事，今日怎麼也坐不住了，來了趙宰輔府。

她知道雲遲一定會帶花顏來，所以，先一步早早來了等著見她。

她是打定了心思，要好好地看看這臨安花顏，她到底有何德何能讓太子，皇室裡最好的兒子，非她不娶，太后磨破了嘴皮子，皇上也反對，宗室裡不少人私下也頗有微詞，偏偏他一心不改，認定了她。

今日一見，真真是讓她驚訝不已，單從她對付武威侯繼夫人那一番言語，以及誇趙夫人母女，很快便讓趙夫人待她為座上賓，真是個厲害的人兒。

她才二八年華，這話語機鋒便比他們這活了半輩子的人還順溜，怪不得太后和皇上在見過她後，都沒了一言半語的反對之詞。

她和氣可親地拉住花顏的手，笑道：「果然是個水靈人兒，怪不得太子殿下一心認定了你，我看你真是極好的。」話落，她想褪下自己手腕的鐲子給花顏，卻發現花顏手腕戴著的鐲子比她這個要好上許多，水頭潤滑，她當即住了手，將一枚最珍視的翠玉戒指擼了下來，給了花顏。

花顏將她細微動作和打算以及神色看在眼裡，面上不動聲色地笑顏逐開，連忙推脱道：「大長公主客氣了，您的禮物還是留待我真能和太子殿下大婚時再送吧，這世上的事兒，都是說不準的，沒準兒我和殿下走不到那一天，豈不是讓您的禮物白送了？」

大長公主一愣。

花顏將玉戒指重新戴回她手上，笑吟吟地說：「我與殿下的緣分，是要看天意的。」

大長公主沒想到她這般，一時不知該如何接話。

亭子內的眾人也是一靜，想著剛剛她對付武威侯繼夫人時，搬出了方嬤嬤，那神色何等坦然自信，如今這又是鬧得哪一樁？

他們這些在京城貴裔圈子裡生活的人，最靠近權利中心，自然也最是瞭解太子雲遲是個什麼樣的人。從小到大，就沒聽說過太子想要做一件事情做不成的。只要他一心認定，從來就斷無更改。皇上、太后奈何不得，朝臣百官也奈何不得，更遑論別人了。

趙宰輔夫人也是心裡突突地跳，笑著出來打圓場：「太子妃，你這說的是哪裡話？讓我們在座的人可都聽不懂了。」

花顏淺淺一笑，離開大長公主一步，剛要開口，便有人如一陣風似地衝進了亭子。

她眸光掃見來人，將話又吞了回去。

七公主似乎來得急，氣喘吁吁，進了亭子後，掃了一圈眾人，對大長公主匆匆見了禮，然後便盯著花顏：「你那日與我說你傾慕陸之凌，可是真心話？」

眾人瞬間面色各異，都想起來前兩日的消息，一時間都望向花顏。

尤其是正主兒的娘，敬國公夫人，她猛地睜大了眼睛。

敬國公那日要打斷陸之凌的腿，後來被陸之凌給跑了，至今還未回府。她這個當娘的，素來不管他們爺倆的事兒，因為根本就管不了，敬國公脾氣又硬又急，陸之凌的脾氣是又滑又順，她哪個也捏不住，這麼多年，便這樣過來了。

但這件事兒不同以往雞毛蒜皮的小事兒，這是上升到與太子殿下爭一個女人的大事兒，敬國公府闔府不得不重視。

花顏沒想到七公主這時候當著這麼多人的面將這事給捅了出來。

花顏對上七公主那雙十分堅定的雙眼，似乎是要不到個答案，誓不甘休。

方嬤嬤眼看不妙，趕忙上前一步，對七公主開口：「七公主，無稽之談而已，您……」

七公主頓時不幹了：「嬤嬤，那日你也在的，也聽到的，怎麼說我是無稽之談呢？我今日一定要問她個清楚，你不准攔我！」

方嬤嬤的頭頓時嗡嗡地疼起來，她畢竟是個奴婢，如今見七公主這樣，自然不好再插手管主子們的事兒。只看著花顏，期盼她否認。否則這是明晃晃乾脆地打太子殿下的臉面啊！

太子妃怕是……不會在乎太子殿下的臉面，畢竟她本就不喜歡東宮，不想當太子妃……

果然不出她所料，花顏才不管那麼多，覺得機會來了。

她對七公主露出笑意，面色平靜柔聲地說：「我那日與你說的話，都是出自真心，我跳高閣，鬼門關前走一遭，沒有什麼比這件事兒再清楚不過的事情了。」

七公主臉色唰地變得煞白，身子哆嗦起來，緊咬著唇瓣，伸手指著她：「你……你竟真敢當著這麼多人的面承認，你置我太子皇兄於何地？」

花顏清清淡淡一笑，笑容如秋風般涼薄：「太子選我，非我所願，他一心求娶，我甚是作難，因太子殿下身分高貴，立於皇權之巔，普天之下，想選誰就選誰，由不得人家不同意，不能說個不字，連御畫師前往我家府邸，我不願配合，都拿太后的旨意出來壓人。」

眾人這時又忽然想起，那本花名冊，臨安花顏的確是以書遮面的。

花顏繼續道：「皇權天威，本就是世間大道，不容褻瀆。道理我懂，但心裡卻接受不起。我花顏從小到大，便是喜歡在萬丈紅塵世俗裡打滾的泥人，通身上下，自認為無一處不俗，太子何等人物？那是高站在雲端之上，配我這個太子妃，著實委屈了，我不願背負起背不了的責任，也沒什麼錯。」

七公主手指發顫：「可是太子皇兄，不覺得委屈……」

花顏又是一笑：「他是他，我是我，他是明月，喜歡照耀塵埃，而我卻嚮往清風，可以隨風而行。」說完，她語不驚人死不休地對已經僵立當場的敬國公夫人柔和一笑，聲音憑地如泉水撞擊玉石般好聽，「陸世子是清風般的人物，風流有趣，我心甚慕，在我看來，我不過背了個強加於人的懿旨賜婚而已，也不算是真正的皇家人。就算今日當著大家的面公然說出來，也沒什麼可丟人的，夫人也不必恐慌，我喜歡陸之凌，不關他的事兒，也不關敬國公府的事兒，是我自己的事兒而已。」

敬國公夫人徹底驚駭了，張了張嘴，看著花顏，不知該說什麼話。

所有人，包括趙夫人和趙清溪，也都震驚不已，齊齊都想著，天下怕是再沒哪個女子這般膽大，敢公然說這等話，承認這等事情，這……她可真是半絲不顧忌。

七公主最是受不住，想哭，但這兩日眼淚已經哭沒了，她被花顏一番話堵得沒了話，本來認為自己伶牙俐齒，如今在花顏面前，突然變得不善言辭起來。

這時，武威侯繼夫人似是終於找到了機會，想著臨安花顏，既然你自己撤掉了太子殿下這把保護傘，那就別怪我踹你進泥坑了。

於是，她再次冷笑開口：「太子妃可真真是讓我等大開眼界，當初，太子選妃時，天下便傳言臨安花顏與安陽王府書離公子有私情，如今這剛入京城，又說傾慕敬國公府陸世子。這很難不讓我等懷疑，太子妃朝秦暮楚，吃著碗裡看著鍋裡的，實在是從沒見過你這種女子。」

武威侯繼夫人這機鋒打得很是時機，也是一語中的，說的是事實。

本來坐著觀戲的安陽王妃沒想到自己也被捲入了戲中，她的兒子安書離，去年，的的確確與臨安花顏傳了好一陣子謠言，謠言傳的十分逼真且快速，當初她幾乎都信以為真了。後來她逼問他兒子數次，確定他確實不認識臨安花顏才作罷。

後來，她也知道了。那謠言是從臨安花家內宅傳出的，太子選中太子妃後，花家的族長帶禮登門致歉，她也是個大度之人，兒子更不計較，事情便揭了過去。

沒成想，如今竟然被武威侯繼夫人說了出來。

她看著花顏，沒有敬國公夫人那般驚駭得誠惶誠恐，反而十分鎮定地看著她，似是等著她反擊柳芙香。

花顏想著柳芙香這人也真是有意思，她與蘇子斬青梅竹馬，蘇子斬釀酒只給他娘和她喝，想來在他心中，地位和他娘比肩，著實不一般的。沒想到，他娘死去，她卻嫁給了他爹，這般撒狗血般的事，實在是比戲本子還精彩。

如今她這般針對她，眼神裡的嫉妒憤恨毫不掩飾，想必她還是在意蘇子斬的？因為在意，所以憤恨一切與蘇子斬有交集的女子？還是獨獨因為蘇子斬某些地方待她不同？

花顏心裡打著轉，面上卻輕輕悅耳地笑了起來，石破天驚地開口：「去歲，與書離公子有私情的傳言，確實是我命人傳出的。」話落，她見安陽王妃驀地睜大了眼睛，似是難以置信，她笑容可掬地說，「自然是想用書離公子來擋一檔太子選妃，我既不願被太子殿下拉入雲端，做出這等事兒，也沒什麼可稀奇的。」

眾人聞言都驚異莫名，原來，那熱鬧了足足有兩三個月的傳言，是她自己為之。這可真是嘩天下之奇談了。

花顏繼續道：「可惜，書離公子實在是太君子了，即便被我如此利用，也沒好奇地親自前往臨安解決此事，太子殿下也相信書離公子人品，此事也就不了了之了。」說完，她對安陽王妃柔如春風地一笑，「對於被教養得太君子的人，我多數時候，還是於心不忍拖人下水第二次的。所以，有些旖思，也就隨著謠言消失而殆盡了。」

安陽王妃被花顏那一笑晃了神，眸子裡驚豔無以復加。

花顏轉過頭，笑容明媚地對柳芙香說：「武威侯繼夫人今日如此針對我，可是因為子斬公子？聽說你二人青梅竹馬，子斬公子待你不薄，你還他的情分也著實厚重得多。侯夫人故去後，你代替了侯夫人當了他娘，照拂於他，這等捨身為人的心胸，著實讓我佩服，想必在座各位也都十分敬佩。」

此話一出，眾人都齊齊地感受到無數把尖刀飛向了柳芙香。

當年，武威侯夫人故去沒多久，柳芙香便嫁與了武威侯，讓無數本來都覺得她鐵板釘釘是要嫁與蘇子斬的人，都驚掉了下巴，此事好生地熱鬧了一年才平息。

如今被花顏毫不客氣地揭出來，著著實實讓所有人又回憶了一遍當年。

柳芙香再也坐不住了，騰地坐起身，氣沖沖地衝到花顏面前，揚手就要打她。

花顏輕而易舉地握住了她的手，笑吟吟地看著她那已經青紫交加扭曲的臉，好好地欣賞了片刻，才笑著說：「武威侯繼夫人這是怎麼了？我可有說錯了什麼？讓你這般激動？」

柳芙香目齜牙咧嘴地瞪著她：「你……你……」

她一時說不出話來，因為事實便是如此。

花顏輕輕向前一推，鬆了手，口中笑道：「武威侯繼夫人看來因為日頭太烈，導致肝火旺盛，湖水清涼，不如下去洗洗，才能對症治一治你的心火。」

隨著她話落，柳芙香倒退的腳步一腳踩空，「噗通」一聲，栽進了湖裡。

眾人對這一變故都驚呆了，不敢置信地看著花顏，她竟然當眾推人下湖？

大長公主、安陽王妃、敬國公等一眾夫人小姐們都坐不住了，齊齊站起身，快速走到亭子邊去看，就連僵立不動了許久的七公主也忍不住去看向湖裡。

只見，柳芙香在湖水裡撲騰，大聲喊著「救命」。

花顏向前走了一步，扶著欄杆看著在湖中掙扎的女人，短短時間，她撲騰的頭髮四散，朱釵悉數掉入了湖裡，臉色蒼白驚駭得瞳孔睜大，她顯然不會游水，每喊一聲「救命」，便喝一口湖水，狼狽至極也嚇人至極。

的記憶。

她欣賞著，對這個女人來說，這一定是一次深刻的記憶，無助得以為自己會到閻王爺那報到

趙宰輔夫人最先反應過來，這裡可是趙府，今日可是她家老爺的壽宴，若是出了人命，即便太子妃被問罪，趙府也脫不了責任，她顫抖地大喊：「快，快來人，救……」

花顏眸光掃見不遠處走來的身影，隨手捂住了趙夫人的嘴，笑著說：「夫人不必大呼大叫地喊人，既然是我親手將人推下去的，理當由我下去將人救上來。」說完，她扶著欄杆，縱身一跳，跳進了湖裡。

趙夫人睜大了眼睛，霎時駭然得半聲也發不出來了。

這太子妃竟然也跳下去了？

花顏不管眾人如何想，同樣「噗通」一聲，跳入了湖裡，她落下的位置，正巧是柳芙香所在的位置，因她跳下來，濺起大片的水花，澆了不停揮手掙扎的柳芙香滿臉，柳芙香瞬間受不住，淹沒了下去，水面上霎時只露出一雙揮舞的手。

花顏一把拽住那隻手，死死地攥住，用巧勁，將她用力地一托，人瞬間被她又托回了水面。緊接著，她深吸一口氣，拉著她游了幾下游到湖邊，想要將她推上去，發現自己如今這副身子，因葵水還未乾淨，著實虛軟得很，便喊：「秋月，過來幫忙。」

秋月不像別人那般對這一幕大驚小怪，她乾脆地應了一聲，俐落地來到湖邊，蹲下身子，伸手接過花顏手中的柳芙香，將她拽上了岸。

柳芙香已經暈死了過去，如一灘爛泥，倒在地上。

秋月不再管她，又伸手去拽花顏，口中不滿地說：「小姐，要救她，您又何必親自下水？吩

咐奴婢一聲，奴婢來救不就好了？您近來身體不適，這湖水甚涼，您因此生了病，落下病根可怎麼辦？」

花顏一邊聽著秋月絮叨地埋怨，一邊任由她拽著她上了岸，同時見那兩個人影已經快步奔了過來，她嘴角微勾，心情極好地對她輕笑：「你救與我救，哪能一樣？」

秋月不解，不就是她推人下水教訓一番再救上來嗎？何必自己親力親為這麼費力氣。

花顏上了岸，渾身溼答答地往下滴水，整個人如落湯雞一般，虛弱無力地往地上一坐，鬆開秋月的手，對她說：「快給她看看，可別真要了命。」

秋月點點頭，連忙去給柳芙香把脈。

第十四章　大事化小

這時，腳步聲奔近，那兩個人影眨眼便來到了近前。一人緋色華服，披著一件同色披風，容貌秀逸絕倫，鳳眸長挑，三分清貴，五分風流，兩分涼寒；一人藍色錦袍，容貌俊逸，十分的灑意，十二分的輕揚。

一個是蘇子斬，一個是陸之凌。

二人幾乎同時停住腳步看著當前的情形，蘇子斬面色涼寒，陸之凌疑惑不解。

花顏溼答答地坐在地上，擰頭髮上的水，見到二人，當先揚起笑臉，笑吟吟地說：「子斬公子，陸世子，好巧！」

巧？是很巧！

蘇子斬看著她的模樣，第一時間想起的是女子葵水一般要七日，她這才剛過幾日？想必身子還未曾乾淨，便這般下湖，湖水涼寒，她是找死嗎？他伸手解下披風，揚手便蓋在了她身上，未發一言。

身旁的陸之凌一怔，本欲開口詢問，生生將話憋了回去。

花顏不客氣地拽住披風衣領，裹在了自己的身上，頓時覺得風吹來沒那麼冷了，且有幾分暖意包圍，她淺淺一笑，眸光粲然：「多謝子斬公子的披風，又承了你一個情。」

緋紅披風裹上身，一剎那，素淡清雅的人兒因那一笑，驀地絕豔驚華。

陸之凌看得清楚，瞬間呼吸一窒。

蘇子斬冷冽地看了花顏一眼，似是無法承接，扭開臉，轉眸看向躺在地上的柳芙香，面無表情地問：「這是怎麼回事兒？」

秋月給柳芙香把完脈後，忙著幫她壓出肚子裡的水，沒空答話。

花顏聳聳肩，笑著說：「武威侯繼夫人似乎對我頗有些仇怨，今日初見，便肝火旺盛，屢屢刁難，我想著必是這入夏了，天氣炎熱，湖水清涼，有益於醒腦，遂請她下湖洗洗。」

蘇子斬移回視線，沉聲問：「那你這又是怎麼回事兒？也同樣肝火旺盛？」

花顏看著他，仰著臉笑吟吟地說：「人是我請下去的，自然要我親自請上來。畢竟是武威侯繼夫人，旁人若是近身施救，身分也不夠，不如我親手救，與她握手結個相識之情。」

蘇子斬冷笑：「你可真會與人結交情。」

花顏「唔」了一聲：「武威侯繼夫人見了我之後十分熱情，我也是盛情難卻。」

蘇子斬又冷笑，眉目湧上幾分凌厲：「好一個盛情難卻。」

花顏眉目動了動，見亭子內的人都圍了過來，慢慢收緊披風，垂下了頭。

趙宰輔夫人為首帶著大長公主、安陽王妃等一大群人來到近前，趙宰輔夫人見花顏無事兒，連忙看向被秋月折騰的武威侯繼夫人，急問：「怎麼樣？要不要請大夫？」

秋月已經將武威侯繼夫人肚子裡的水壓出了大半，忙擺手道：「這位繼夫人不過喝了幾口水而已，在奴婢看來，沒甚大礙，昏迷是因為被嚇得暈厥了，不過夫人若是怕奴婢醫術不足以讓您信服，為防怕出事兒，不妨請大夫過來瞧瞧。」

趙宰輔夫人看著秋月，知道這個是太子妃的婢女，小小年紀，醫術能有多高？於是，立即對身後吩咐：「來人，快，去將府中的大夫立即請來。」

「是。」有人應聲，立即去了。

眾人看著當前的情形，想著早先一刻發生的事兒，一時再無人上前說話。

敬國公夫人看到了自家兒子，再看向垂著頭安靜地坐著的花顏，她身上裹著的緋紅披風尤其醒目，她想起早先花顏說的話，心下翻騰，張了張口，終是詢問：「凌兒，你與子斬怎麼來了這裡？」

眾人聞言也都看向突然出現的蘇子斬和陸之凌，自然也都齊齊想起了花顏在亭中的那一番言談，多數人的目光都落在陸之凌身上。

陸之凌頓覺自己如被放在烈火上烤，一瞬間，讓他想溜之大吉，他勉強壓制住逃跑的衝動，看了一旁的蘇子斬一眼，渾身不自在地拱手給大長公主和眾位夫人見禮，然後才回答他娘的話：「我與子斬剛剛入府，聽聞大長公主和王妃在，特意先過來請個安。」

話雖然是這樣說，但心裡打的什麼主意，只有他和蘇子斬知道。

敬國公夫人將信將疑地點點頭，不再說話。

一片安靜中，趙府的大夫提著藥箱匆匆而來，趙夫人見了來人，連忙吩咐趕緊給武威侯繼夫人瞧瞧診治。

那大夫手腳麻利地放下藥箱，為武威侯繼夫人診脈，片刻後，面帶輕鬆地笑著說：「夫人放心，這位夫人是驚嚇所致暫時性昏迷，開一劑驅寒安神的藥，好好休息兩日，什麼事兒就都沒有了。」

趙宰輔夫人大鬆了一口氣，不加思索地轉向蘇子斬，試探地詢問：「子斬公子，你看，這事兒該如何處理？」

「處理？」蘇子斬聞言涼寒地揚眉，「不知夫人說的處理是什麼意思？」

「這……」趙夫人看著蘇子斬，又看向花顏，這才驚異地發現花顏身上裹著的竟是蘇子斬慣常穿戴的披風，而地上同樣渾身濕漉漉，遭了罪的武威侯繼夫人卻就那樣昏迷躺著，什麼也沒裹，而蘇子斬也沒緊張地上前，她一時心裡打轉，只覺得腦子不夠使，不知該如何答話，一時有些吶吶，「這……出了這等事兒，一個是武威侯府的夫人，一位是太子妃……」

蘇子斬忽然冷笑：「趙夫人是忙昏了頭也嚇昏頭了不成？連稱呼都不會說了？明明一個是繼夫人，一個是準太子妃。」

趙夫人面色一時有些架不住，但對面這人是連皇帝、太子的面子都不給，十分囂張狠辣不好惹的人。她壓下臉面，點頭：「的確是把我給嚇著了，繼夫人畢竟是武威侯府的人，而準太子妃是東宮的人。這……在趙府出了這等事兒，我也不敢怠慢做主，幸好子斬公子你恰巧在，你看，我畢竟是一個婦人，還是聽你的安排……」

她想的是，雖然武威侯繼夫人不招人喜歡，但花顏推人下水總是不對，但偏偏她又親自下水救了人。若這武威侯府要問責花顏，趙府也得跟著被問責，招待客人都給招待到了湖裡，這若是鬧開，趙宰輔的壽宴也就砸了。

她自然是不敢做主安排，不知是否該去請皇上和太子來，所以，暗暗慶幸蘇子斬在，他這位武威侯府的嫡出公子，當得了武威侯府的家做得了主。

蘇子斬面色清寒，周身寒氣蔓延，讓人難以近身，待趙夫人說完了，他涼寒一笑：「太子妃方才與我說，繼母肝火旺盛，請她入水去去火氣，如今親自將她請上來，握手結個相識之情。既然如此，也是好事兒。還需要什麼處理？」

趙夫人一怔。

眾人也都睜大眼睛看著蘇子斬。

蘇子斬又道：「趙宰輔六十壽宴，一生也就一次，小小水花，無傷大雅，何必勞師動眾。依我看，繼母不能繼續在這裡做客了，著人送回去歇著就是了，畢竟洗淨了火氣，也費了力氣，總要歇著。至於太子妃……」他轉向花顏，見她低著頭，不知道在想什麼，寒聲道，「可帶了方便換洗的衣物？換一身衣物，不勞累便繼續留在府裡做客，勞累得不能繼續做客，也回東宮歇著就是了。」

他這話一出，就是大事化小，小事化了了。

趙宰輔夫人自然是滿意這個處理之法，她最不希望驚動皇上、太子和滿朝官員。她立即看向花顏，試探地問：「太……準太子妃，你看你還可否留下……」

她覺得，花顏實在是個不好惹的，不止言語不吃虧，行動也太手辣，最好她能快些回東宮。

花顏抬起頭，卻對趙宰輔夫人和悅地仰臉一笑，不如她所願地說：「自然能的，我剛剛來，還沒湊得熱鬧，自然不能走。」

趙宰輔夫人只能露出笑意：「你可真真是把我嚇壞了，幸好沒出事兒。」話落，連忙說，「這湖水畢竟寒涼，濕透的衣服要趕緊換掉。」

花顏轉頭問秋月：「我隨身衣物可有多帶一件來？」

秋月立即說：「帶來了兩件呢，在馬車上。」

方嬤嬤這時也驚醒，快步來到近前，對花顏說：「太子妃，您快起來，地上涼。」說著，扶起她，又吩咐一名宮女，「快，去馬車上給太子妃把衣物拿來。」

那名宮女應聲，快步跑著去了。

花顏恢復了些力氣，掃了一圈眾人，目光落在蘇子斬面上，又移開看向陸之凌，對他一笑，柔和地說：「陸世子，今日可隨身帶著骨牌了？」

陸之凌通體頓時一涼，驚嚇得後退了一步，就要跑。

蘇子斬隨手一把拉住他，死死地扣住了他手腕。

陸之凌被鉗制住，瞬間覺得血液都僵了，他轉頭看向蘇子斬，只見他面色依舊除了涼寒沒甚表情，他心中叫苦，惱道：「你扣著我的手做什麼？」

蘇子斬冷笑：「太子妃問你可帶骨牌了？你跑什麼？」

陸之凌心下狠狠地一揪，頓時覺得無數目光落在他身上，頭頂上日光烤得他想死。他立即說：「沒帶。」

花顏一歎：「真是可惜了，本想著趁今日的熱鬧，在宴席後尋個地方與世子好好切磋一番。看來今日是不成了。」

陸之凌心疼肝疼，沒了話。

花顏又對他一笑：「改日，世子一定要記得帶著。」

陸之凌覺得渾身都疼了，在眾人的目光中，他不知該點頭，還是該搖頭，真真是覺得今日自己不該來，更不該扯著蘇子斬這混蛋一起來。

花顏瞧著陸之凌被蘇子斬鉗制著，被眾人的目光盯著，如放在高架上被熊熊大火燒烤一般的煎熬，心下暗笑，欣賞了片刻，才放過他，看向趙清溪。

趙清溪站在趙夫人身邊，與所有人一樣，面上的表情十分精彩。

她淺淺一笑，對她開口：「趙姐姐，煩勞帶我找一處換衣的地方。這濕漉漉的衣服貼在身上，著實讓人難受得緊。」

趙清溪驚醒，連忙走上前，面色恢復如常，笑著說：「我這便帶你去。」

花顏笑著對大長公主和安陽王妃、敬國公夫人道了聲「先失陪了」，便隨著趙清溪去了。

秋月和方嬤嬤等人立即跟上。

一行人走後，蘇子斬收回視線，放開陸之凌的手臂，寒涼地吩咐：「來人，送繼母回府。」

有人應聲現身，立即將躺在地上的武威侯繼夫人帶走了。

蘇子斬再不多言，也不與眾人告辭，衣袍揚起一角清寒的風，轉身走了。

陸之凌心下暗罵蘇子斬不是人，害了人就這樣一言不發地走，他咬了咬牙，硬著頭皮與大長公主和眾位夫人們行了個告退禮，也跟著他轉身去了。

二人一走，湖畔的眾人都覺得寒意一退，你看我，我看你，一時無人說話。

七公主忽然蹲在地上嗚嗚地哭了起來。

眾人聽到哭聲，齊齊轉頭，便見七公主抱著膝蓋蹲在地上，哭得好不傷心。

大長公主愣了愣，連忙走上前，對她問：「棲兒，你哭什麼？」

七公主逕自哭得傷心，顯然不想說話。

趙宰輔夫人想著今日是她家老爺的大喜日子，這般哭法可真是晦氣，但這哭得傷心的人是七公主，她也不好上前去勸說。

大長公主見七公主只哭不答話，想起方才的事兒，頓時明瞭，七公主喜歡陸之凌，這是人盡皆知的事兒，如今她這般鬧出來，不但讓花顏親口當眾承認，惹出了一樁事端，而她自己也沒落得好處，真是不智。

她一時覺得頭疼，親自蹲下身，拍拍她後背，勸道：「今日是趙宰輔壽辰，你這般哭像什麼話？快別哭了，你若是真傷心，便先回宮去吧。」

七公主也覺得自己在人家的壽辰上這般大哭不好，抽噎著慢慢地強自止了哭。

大長公主見此，鬆了一口氣。

七公主又蹲著哽咽了一會兒，忽然騰地站起身：「我不回宮，我去找陸之凌，我要問問他，他到底喜歡誰？」說完，轉身就跑了。

大長公主伸手去攔，但哪裡攔得住？七公主轉眼就跑了個沒影，無奈地歎了口氣：「這般說風就是風，說雨就是雨的性子，才剛來這就鬧出了一樁落水事件，若是去前面，還不知要再鬧出什麼事來，這可如何是好？」

趙宰輔夫人聞言也頓時擔心起來：「長公主，你看，這可怎麼辦？」

大長公主想了想，連忙叫來一人吩咐：「快去，將七公主和這裡的事兒知會太子殿下一聲。」

有人應是，立即去了。

大長公主吩咐完，轉頭對趙夫人說：「若是論誰能管得了七公主，非太子殿下莫屬了。這裡的事情恐怕殿下在前面早已經知道了。有殿下在，即便七公主找到陸之凌，應該也不會再鬧出什麼事端來。」

趙夫人想想也對，遂放下心來。

一行人又重新地回了涼亭中。

趙清溪將花顏領到了距離湖邊最近的一處暖閣，花顏便換下了身上的濕衣和布包，又用帕子絞乾了頭髮，重新梳洗了一番。

出了裡間，花顏對趙清溪道謝：「多謝趙姐姐給予方便了。」

趙清溪連連搖頭：「太子妃說的哪裡話？這本就是應該的。」話落，她看見秋月懷裡抱著花顏的濕衣服以及陸之凌的那件緋紅披風，眸光動了動。

方嬤嬤上前，低聲問：「太子妃，子斬公子借您的披風，是奴婢現在就叫人送過去，還是待今日之後洗了再送過去？」

花顏看了一眼，笑著說：「被我沾染過身的披風，子斬公子定然是不會再要了的。讓秋月拿回東宮，回頭燒了就是了。」

方嬤嬤一怔：「這……不太好吧？畢竟東西是子斬公子的。」

花顏淺笑：「大不了賠他銀子就是了，難道我將衣服送回去，他還會穿不成？估計也是一樣要燒掉的。」

方嬤嬤想想也對，不再多言。

趙清溪暗暗想著，蘇子斬何曾解下披風給別人用過？即便有人在他面前凍死，他沒那麼好心，更何況，當時地上還躺著同樣濕漉漉昏迷不醒的柳芙香。

她又想起陸之凌要跑，是蘇子斬扣住了他，顯然蘇子斬是在幫臨安花顏。

花顏砸了順方賭坊的場子，蘇子斬似乎沒與她記仇，這不得不讓人思量。

花顏瞧了趙清溪一眼，淺淺然地一笑，伸手又握住她的手：「趙姐姐，我們快走吧，都是因為我才耽誤了宴席的時辰，讓大長公主和眾位夫人小姐們餓肚子。」

趙清溪連忙打住思緒，今日雲遲和花顏本就來得晚，如今又這樣折騰一番，自然宴席的時辰也就往後推了，她點頭，連忙急步帶著花顏向湖邊涼亭走去。

二人來到涼亭，眾人已經在等候了。

見到她們，趙夫人連忙吩咐：「快，擺宴。」

有人應是，立即去給廚房傳話了。

趙夫人對花顏招手，指著安陽王妃和敬國公夫人中間空出的座位笑道：「太子妃，請上坐這裡。」

花顏瞧了一眼，想著這座位安排得可真巧妙啊，一個是與她傳過私情的安書離的娘，一個是她今日公然吐出說心儀的陸之凌的娘。她若是沒點兒定力，豈不是要被架在火上烤？

她嫣然一笑：「挨著王妃和國公夫人，是我的福氣。」說完，笑著坐了過去。

安陽王妃對她一笑，爽利地說：「瞧你這張嘴，慣會說話，真是個可人兒。」

敬國公夫人不知該不該接話，琢磨了一下，還是沒想好怎麼言語合適，只能對花顏笑了笑。

花顏覺得，這王妃和夫人，都是極好的人，怪不得能教養出安書離和陸之凌。她有些渴了，端起桌子上的茶，慢慢地喝了一口。

趙府的宴席上得很快，一盤盤美味佳餚由婢女端著魚貫而入。

花顏因早膳吃得晚，吃得多，自然是不餓的，在趙夫人招呼眾人後，她直至喝完了一盞茶，解了渴，才慢悠悠地動筷。

一眾夫人小姐們坐姿優雅，用膳的模樣也都極其規矩，筷子碰碗碟的聲音幾乎聽不到，一時間，亭中多人用膳，卻是沒什麼動靜。

花顏想著幸虧今日她早膳吃的晚，否則這麼樣吃飯法，她可吃不飽的。

不得不說，趙府的廚子做得菜肴味道不錯，比東宮的廚子相差不遠。

她聽到遠遠的前方有熱鬧聲傳來，不同於這邊的安靜，想著還是男人們好，可以敞開了吃喝，暢快地喝酒，大聲談笑，在這樣的宴席上，也不會講究食不言寢不語的規矩。

她剛要無趣地放下筷子，趙夫人笑著開口問：「太子妃可是吃不慣我府裡的飯菜？怎麼不見你動筷？」

花顏笑著說：「府裡的飯菜味道極好，只是眾位夫人和小姐們的姿態都太優雅了，我相形見絀，一時真是難以多下筷子鬧出笑話。」

趙夫人一怔。

安陽王妃笑了起來：「一看你就是個喜歡熱鬧的人兒，我們這亭中安靜，前方卻熱鬧得很，你是因為不熱鬧，所以才吃不下吧？」

花顏莞爾一笑：「王妃說得是。」

趙夫人一拍腦門：「哎呦，是我忘了，咱們這裡也備著酒的。今日是我家老爺壽辰之日，我們便也別講究那麼多規矩了，放開了吃菜喝酒才是。」

「不錯，我們雖是內宅婦人，但也不能輸於男人們，也是該要熱鬧熱鬧。」安陽王妃贊同。

於是，趙夫人吩咐為每人都滿上酒，頓時，亭中一陣酒香撲鼻。

自古以來，無論是男人們，還是女人們，只要有酒，宴席便等於有了催動熱鬧的興奮劑。

所以，酒一入席，眾人的神色都不約而同地放鬆了些。

花顏聞著專門供女子喝的上好果酒，即使喝多了也不容易醉，便笑著端起酒杯，對眾人道：「今日是我的不是，讓大家受驚了，我自罰三杯。」

眾人被她一提，都想起早先的事兒來，想著可不真是受驚了嗎？不止驚，還嚇了個夠嗆。誰能想到，她見了面就與武威侯繼夫人針鋒相對起來，且毫不猶豫地將她推下了湖？這麼多年，可沒有誰敢這麼對付武威侯繼夫人。

畢竟她除了是武威侯的繼室，還是柳家的嫡長女。

京中除了趙家、蘇家、安家、陸家四大頂級世家外，其次就是孫家、梅家、柳家、王家、崔家了。柳家雖然在京城排名不算靠前，但在這南楚，那也是根基頗深的。

她雖不討人喜歡，但說起來其實也是一位善於與人交際的人，尤其是與各高門鼎貴的夫人們，年紀輕輕的，雖然有五年前那一段不算光彩的事兒，但已經時過境遷，她的身分擺在那裡，她不輕易得罪人，別人也不會去得罪她。

可是今日，一反常態，她當面言語刻薄太子妃，而這太子妃偏偏接招得毫不含糊，不止諷刺刻薄了回去，還將她推下了湖，換做在座任何一人，她們都做不出這當面鑼，對面鼓的事兒來。一個弄不好，這可是會在眾目睽睽下弄出人命的。

可這位臨安花顏，似乎是真不怕，不止膽大包天，且心狠手辣。

不少夫人小姐們都覺得以後還是離她越遠越好。

花顏三杯酒下肚，笑吟吟地說：「這果酒還真是不錯，初夏時節，難得還能喝到桂花釀。」

趙夫人笑起來，趁機推崇女兒：「這果酒是清溪在去歲中秋時收了好些桂花，費了好一番功夫釀造的，一共就十壇，她說留在今日她爹壽辰來宴請客人，剛剛險些被我忘了。」

花顏聞言揚起笑臉：「哦？趙姐姐還會釀酒？」

趙清溪端莊地笑著說：「不算會釀，我只是愛喝桂花釀，饞嘴而已，正巧府中有個會釀酒的師傅，便與他學了些皮毛。」

花顏不吝嗇地誇讚：「趙姐姐真是個多才多藝的妙人。」

趙清溪臉頰一紅：「今日總聽太子妃誇我，真是讓我羞煞不已。」

「我可不是見了誰都誇呢，那武威侯繼夫人我可就誇不出她什麼來，長了一副尖酸刻薄的嘴臉，著實讓人喜歡不起來，我誇姐姐，是真心的，你坦然收著就是了。」

趙清溪聽她如此貶低武威侯繼夫人，一時不知道該說什麼，只能承了這句話。

眾人也都不好接這話。

花顏卻不在意，逕自又倒了一杯酒，對身邊的敬國公夫人笑著說：「夫人，我敬您一杯。」

敬國公夫人的心一下子就提起來了，她覺得太子妃自罰三杯後，這敬的第一杯酒，可是大有深意，這酒若是不喝，便是當面落了她的臉，若是喝，她可真不知該怎麼端起來喝下去。

畢竟如今她是懿旨賜婚的準太子妃，而她早先又說了那番話，喜歡他那兒子……

她真是覺得自己被架在火上烤了，左右為難得進不是，退也不是。

花顏看著敬國公夫人臉色變化，想著陸之凌早先露出那般神色，估計就遺傳了他娘，她輕輕一笑：「一杯酒而已，不論什麼，夫人是長輩，喝得的。」

敬國公夫人見眾人都看著她，聞言一咬牙，端起了酒杯喝了。

花顏見她喝下，瀟灑地揚脖將杯中酒一飲而盡，之後便放下了酒杯，笑著說：「我雖也想敬大長公主、王妃和各位夫人，奈何早先落水，身體還是有些不適，就不敬了，各位海涵。」

敬國公夫人一杯酒剛下肚，聽到花顏這番話，渾身血液都僵了，後悔的想把酒吐出來。她一下子覺得中計了。

她獨獨只敬她一杯就不再繼續敬了，連大長公主、安陽王妃、趙宰輔夫人這個主人都略了過去。她……她一時間，覺得又熱又冷。

花顏起身離席：「眾位慢用，我尋個太陽暖和的地方去醒醒酒。」她話落，見趙清溪要站起，連忙說，「趙姐姐坐著吧，在這宰輔府裡，我總不會丟了。」

趙清溪聞言看向她娘。

趙宰輔夫人連忙笑著說：「太子妃想要暖和的地方歇著，不如讓溪兒帶你去她的住處。」

花顏淺笑：「不必那麼麻煩的，我是來玩的，便沿著這湖，賞賞趙府的景緻，遇到一處隨心的，便坐下歇一會兒就是了。我可聽聞有雜耍班子，最是喜歡，待到了時辰，有熱鬧可玩吧？我可不能錯過。」

趙夫人笑著說：「也好，府中不大，找人也好找，既然太子妃喜歡隨心所欲，那便去吧，今日人多，你小心些。」

花顏點點頭，出了亭子。

秋月和方嬤嬤一眾人等簇擁地跟上了她。

她一走，亭中的氣氛又是一變，不少人都偷偷地打量敬國公夫人。

敬國公夫人如坐針氈，但她又不能走，怕這時候跟著花顏後面走惹人揣測不說，若花顏再尋她去一處地方說話，那她就有口也說不清了。

哎，這都是什麼事兒啊！

花顏慢悠悠懶洋洋隨意地走著，觀賞著趙府的景緻，秋月和方嬤嬤等人亦步亦趨地陪著。

方嬤嬤覺得，她真是看不懂太子妃，她當真不喜歡太子殿下，喜歡陸之凌？

可是她今日見了，不像啊，女子喜歡一個人，應該是七公主那樣吧，喜歡極了，喜歡的得不到便食不下嚥夜不能寐日日難安。可是她，全然自顧自地做著自己的事情，不管別人如何想法，做了就是做了，做完了，別人愛如何想，她就不管了。

秋月踩著青石磚，瞄著花顏腳印，暗暗在心裡翻白眼，她跟隨小姐多年，不比旁人，她大多時候傻，偶爾還是聰明的，小姐的心思啊，原來……

哎，真是愁人！

花顏覺得趙府的景緻還真是不錯，她逛了幾處，在一處園中的鞦韆上坐了下來，對方嬤嬤說：「你們也找地方坐吧！」

方嬤嬤點頭，坐在了不遠處的石桌石凳上。

秋月立在鞦韆旁，伸手晃動鞦韆，小聲說：「小姐，那子斬公子的披風，您……真不還回去還要燒了？」

花顏看了她一眼，眸光流轉：「哪兒能呢？先收起來，以後還給他。」

秋月撇撇嘴：「收哪兒去？這邊的事兒，太子殿下一定知道了。這披風咱們是帶不進東宮的。」

花顏想想也是，雲遲是什麼人？他收了蘇子斬那塊玉佩，便在他心裡打了個結，若再將這披風帶進東宮……

估計雲遲會殺了她。思忖了片刻，示意秋月停下晃動鞦韆，招手讓她靠近。

秋月停手，身子往前湊了湊。

花顏低聲在她耳邊說：「這樣吧，趁著今日這趙府人多紛亂，你現在就聯絡咱們的暗人，將這件披風，送回家裡好了。」

秋月聽罷心驚：「小姐，這……可行嗎？公子若是收到子斬公子的披風，怕是要為您添憂思了。」

花顏歎了口氣：「如今看來，要想解除婚約，少不了要家裡幫我一把了，傳話回去不如我送一件東西回去讓他明白我的決心。如今憑我自己，依舊不能撼動雲遲分毫，這樣下去，我怕我真要折在雲遲手裡，再回不去家裡了，哥哥總不想我一輩子待在京城吧！」

秋月想了想，有些憂心：「太子殿下雖然對小姐寬容，但對這種事兒總是不同，若是知道您沒將披風還給子斬公子，卻不見了，他便會知道小姐的心思了。那也是一樁大麻煩。」

花顏道：「讓他知道我心思也好，都一年了，我迫他放手，他偏不放手，如今走到這地步，也怪不得我。」

話落，她目光深深：「華麗而充滿誘惑的金絲牢籠，我是瘋了才會甘心將自己折在這裡。」

秋月點點頭：「既然小姐心意已定，我這就去辦。」

花顏頷首。

方嬤嬤見秋月要出園子，立即問：「秋月姑娘，你去哪裡？」

秋月停住腳步，有些不好意思地小聲說：「嬤嬤，您先照看著小姐，我肚子有些不適，去茅房一趟，很快就回來。」

方嬤嬤點頭：「快去吧。」

花顏自己晃動著鞦韆，優哉游哉地閉上了眼睛養神。

沒過多一會兒，一陣腳步聲傳來，她還沒聽出什麼，方嬤嬤等人騰地站起身，齊齊見禮：「太子殿下！」

花顏皺眉，想著雲遲這便算帳來了？也來的太快了些。

她睜開眼睛，看向他，只見他容色一如往常，在驕陽下緩緩走來，輕袍緩帶，姿態如畫般清華尊貴。

她揚眉淺笑：「太子殿下不是在前面吃酒嗎？怎麼這麼快就找來了？」

雲遲來到花顏近前，一片陰影罩下，遮住了她身上的大片陽光，眉目定定地看著她，並未言語。

花顏與他目光相對，坦然而視，笑吟吟地問：「殿下這麼看我做什麼？難道來了趟府一趟，這裡風水養人，我美得讓您移不開眼睛了不成？」

雲遲凝視她，依舊不語。

花顏看盡他眼底，如一望無垠的廣闊大海，深不見底，她淺淺而笑：「殿下是不是在想著不如現在就給我一紙退婚書，讓我滾出京城的好？」

雲遲忽然冷笑，終於開口：「你做夢。」

花顏輕笑，仰著臉看他：「我今日公然表明心意，讓殿下顏面盡失，你卻還如此不放手，真真是願打願挨啊！堂堂太子，何必呢？好聚好散！」

雲遲瞳孔微縮：「我已經告訴你多次了，我這一輩子，非你莫屬。」

花顏不懼他，誠然地說：「我也告訴你多次了，我不喜歡做你的太子妃。」

「那你喜歡做什麼？」雲遲盯著她，似望盡他眼底，「做蘇子斬的妻子嗎？」

第十五章　就是喜歡他

花顏莞爾一笑：「殿下在說什麼呢？我喜歡的人是陸之凌。」

雲遲冷笑：「你以為我會信？」

花顏看著他：「為何不信？」

雲遲眉目沉暗：「今日，你推柳芙香下水，又故意在蘇子斬來時親自跳下水去救人。然後，得他解披風給你。別人被你矇騙，你以為我也能被你矇騙？」

花顏好笑：「殿下說的就跟親眼見到一樣，你若是當時恰巧在湖邊，輪不到他的。」

雲遲涼薄地瞧著花顏：「是嗎？」

「是啊。」花顏懶懶一歎，「畢竟，您是太子殿下，您在的話，哪裡還需要假他人之手？我與子斬公子，是一壇酒和三十里路的交情，算起來，雖不深厚，但總比他那個嫁給了他老子給他做後娘的青梅竹馬強不是？他有披風，給我也沒什麼奇怪。」

雲遲盯著她，又沒了言語。

花顏又閉上眼睛，對他說：「太子殿下別擋了太陽，您若是不走，就邊上挪挪，或者，找個地方去會會佳人。」說到這，又睜開眼睛，笑著說，「我今日見到趙清溪，才明白什麼叫做真正的女人，真是不明白了，殿下放著她如此好的女子不娶，偏偏鐵板釘釘地定下我，為何？」

雲遲站著沒動，面容沉且涼地說：「你便如此看不上我？」

花顏嫣然一笑：「這南楚，千千萬萬的女子，殿下不需要我看得上。」

話落，她認真地說：「趙小姐真的不錯，若她是你的太子妃，能為你把持東宮中饋，將來更能幫你坐鎮後宮。如此賢內助，夫復何求？」

雲遲神色不動：「你在那日對我說，昔日，我曾為她畫過一幅美人圖，你認為那是少年思動。殊不知，就是那時，我的想法是，這一生，絕不娶趙清溪！」

花顏一怔，脫口納悶地問：「為何？」

「她不適合站在我身邊。」雲遲道。

花顏得到這個答案，「喊」了一聲，嘲笑，「難道你覺得，普天之下只有我能嗎？」

雲遲點頭：「只有你能。」

花顏坐不住了，從鞦韆上下來，直起身板，面對著他：「給我一個真正的原因，藏於你內心深處，讓我信服的原因。」

雲遲看著她：「給了你原因，你便不會與我退婚了嗎？」

花顏斷然道：「當然不可能！」

雲遲平靜地道：「那我何必要告訴你？」

花顏一噎，氣結，磨牙，狠狠地道：「滿肚子算計，偏偏針對一個女子，堂堂太子，你可真是出息！」

雲遲不理她譏諷：「這天下如你這樣的女子又有幾個？我即便針對你，也不見得沒出息。」

花顏轉過身，又氣又惱：「你非要氣得我砸了趙宰輔壽宴，將他氣病，讓他遍地的門生對你不滿，口誅筆伐地聲討換了我這個太子妃嗎？」

「即便如此，我也不會悔婚，你也不會被換。」雲遲聲音堅定得沒有半絲撼動。

花顏深吸了一口氣，又再深吸了一口氣，挫敗得次數多了，反而越戰越勇。

「好啊，那我們就繼續。今日宴席前，在這趙府，無論是當面說出我喜歡陸之凌，還是推武威侯繼夫人下水，不過都是小打小鬧，算不得什麼，這天色還早，日頭還高，聽聞趙府今日誠意滿滿，讓所有人吃了晚宴玩樂夠了才盡興而歸，那麼，殿下就等著瞧吧！」

雲遲盯著她，看了又看，忽然轉過身，問方嬤嬤問：「蘇子斬的那件披風呢？在哪裡？」

方嬤嬤一怔，立即看向花顏。

花顏想著他可真是在意，對他笑問：「殿下要那披風做什麼？」

雲遲不理她，只看著方嬤嬤，等她回話。

方嬤嬤連忙恭敬地回道：「回殿下，與太子妃的濕衣物在一起，換下來後，放去了車裡。」

雲遲立即吩咐：「你親自去，將那件披風拿來。」

「是。」方嬤嬤應聲，不敢耽擱，立即去了。

花顏想著，秋月雖然大多數時候是個笨蛋，但少數時候還是很聰明的，辦事的效率還是很讓人放心的，她便也不阻止，任由了。

雲遲見她似不甚關心他要做什麼，眯了眯眼睛，剛要說什麼，遠處有一連串的腳步聲傳來，十分的細碎，似是女子的，他住了口，一把攥住花顏的手，將她拽進了懷裡。

花顏惱怒，掙了掙不脫，罵道：「你不是說不非禮我了嗎？言而無信。」

雲遲埋手在她肩頭，在她耳畔吹氣，聲音溫涼：「我說的是親吻，那才叫真正的非禮，這不算。」

花顏臉一下子如火燒，氣恨：「你放開我，來人了。」

雲遲不放，輕巧地鉗制住她，他一腔悶氣瞬間消散了大半：「就是因為來人了，我才更不會放開你。早先剛說心儀陸之凌，轉眼便對我投懷送抱，你說，別人若是見了，作何感想？」

花顏氣急，憤怒地說：「還能作何感想，誠如柳芙香所言，你選的太子妃朝秦暮楚朝三暮四水性楊花。這樣一來，你的臉上便有光了嗎？」

雲遲低笑，低沉悅耳：「我今日早已經丟了面子，再丟也是不怕了的。你無論是好是壞，我都不放手，也讓全天下都看看我的執著。」

花顏心底湧上涼氣，抬腳，狠狠地踩他。

雲遲躲得快，沒讓她踩到，反而笑著說：「我從出生，便被喂疏鬆筋骨的藥，從會走，便開始練武，二十年來，這武功總算在對付你時，方才覺得沒白學。」

花顏氣得幾乎吐血，剛想破口大罵，門口便傳來數聲驚呼，她頓時將話憋了回去。

雲遲聽見驚呼聲，擁著花顏轉身，當看到門口的一眾女子，他清清淡淡的眼神瞟了一眼，容色溫涼一如既往，沒說話。

花顏看到以趙清溪為首，一群小姐們，似是逛園子逛到了這裡，大約有十幾人。

那些人看到擁在一起的雲遲和花顏，面上都十分驚異。

趙清溪最先回過神，連忙見禮：「太子殿下。」

其餘一眾小姐們也驚醒，慌忙地垂下頭，齊齊見禮：「太子殿下。」

雲遲淡淡地「嗯」了一聲，「免禮吧！」

眾人齊齊直起身，一時間，不知是該進來，還是識趣地出去。

花顏看著趙青溪，她低垂著頭，除了剛剛的驚色，再看不清神色，似是在無聲請罪。

她琢磨著，既然雲遲早就打定主意絕對不會娶她，那麼，無論她對她做什麼算計，他也是不會娶的，這位趙小姐，她是利用不得了。

她又看向別人，有人緊張得手足無措，有人臉紅地偷瞄雲遲，還有人如趙青溪一般，垂著頭，似為了撞破了不該撞破的而無聲請罪。

她心中打著思量，倒沒再拼命想著要從雲遲懷裡掙脫。

雲遲卻對花顏說：「時辰不早了，我還有事兒，將你放在趙府實在是讓人不放心，與我回去吧！」

回去？花顏頓時不幹了：「我還沒玩夠呢？」

雲遲寵溺地對她輕笑：「不就是雜耍班子嗎？待趙宰輔壽宴過了，我叫人將其請入東宮，任你觀看上一日。」

花顏皺眉：「不止雜耍班子。」

雲遲道：「賞詩、賞花、品茶這等高雅的玩樂，你這種俗人也不喜歡，除了雜耍班子，便沒有別的對你口味的了。」說完，她扣著花顏手腕，不容置疑地抬腳就走，「來人，吩咐下去，備車，回宮。」

小忠子應是，連忙吩咐了下去。

花顏惱怒，知道雲遲是說什麼都不會讓她留在這裡破壞趙宰輔生辰了，若不想當著這麼多人的面與他鬧得太難看，不止他沒臉，她也丟人，只能作罷依了他。

花顏被雲遲拉著，經過趙清溪身邊，感覺她周身僵硬，她暗暗一歎，沒說話。

趙清溪定然是喜歡雲遲的，怕是喜歡了不短的時間，另外，無論是趙宰輔，還是趙夫人，顯然都是將趙清溪往太子妃的目標培養的，琴棋書畫、詩詞歌賦、針織女紅，閨閣禮數，奈何，雲遲是腦子被驢踢，不選人家。

所謂，落花有意流水無情。

他有牡丹花不摘，偏偏收了她那一根乾巴杏花枝，暴殄天物的同時，又錯把她這個魚目當珍珠不放手。

天下應該再也沒有這麼腦子不好使的人了。

趙青溪並沒有再開口說話，其餘女子也都不敢說話，見雲遲拉著花顏離開，便不約而同地給他讓出一條路來。

花顏感慨，若是依照舊例，這些貴女們等年齡到了都會要入宮的。

可是雲遲這個太子，多年來竟不喜女色，東宮空得連隻母雞都少見，那……

等他將來登了基，偌大的後宮，難道也讓其空著？

這是什麼破秉性！

有美人堪折，自然是要折的，他這一國太子，偏偏不折，反其道而行，真是讓人受不了。

走出不遠，方嬤嬤迎面匆匆走來，因為趕得急，走了一身汗，見到雲遲，立即兩手空空地請罪：「殿下，那件披風不在車裡，不見了。」

「嗯？」雲遲挑眉，「為何不見了？」

方嬤嬤搖頭：「老奴也不知。當時，的確是著人放去車裡的，車夫一直沒離開，也說沒人靠近馬車，奇了怪了。」

雲遲轉頭看向花顏。

花顏瞪了他一眼，沒好氣地說：「看我做什麼？披風是蘇子斬的，他讓人給取走了唄！」

雲遲溫涼地涼聲道：「以他的性子，既然公然不避諱人地借給你，便不可能偷偷拿回去。」

花顏聳肩：「太子殿下既然這般瞭解子斬公子，那就趕緊命人好好找找，我本來就沒打算還給他，拿回去燒了再賠他些銀子的，如今沒了，倒也省心了。」

雲遲盯著她，輕輕吐口：「是嗎？」

花顏掙脫他的手：「愛信不信。」

雲遲在花顏剛掙脫手後，又立刻抓到了自己手裡握住，對方嬤嬤平靜地道：「既然如此，不必找了，回宮吧。」

方嬤嬤看了一眼雲遲身後，見秋月已經如廁回來，她點點頭垂首應是。出了垂花門，遇到了幾位青年才俊，連忙避在一旁給雲遲見禮。

雲遲溫和地頷首，說了幾句話，自始至終握著花顏的手，出了趙府。

東宮的馬車停在府門口不遠處，皇帝的玉輦還在，顯然還沒走，雲遲拉著花顏上了馬車，落下車簾，吩咐：「回宮。」

車夫一揮馬鞭，儀仗隊隨扈等一路人馬便離開了趙府。

花顏覺得這一趟來得太晚，走得太早，收穫太小，飯菜沒吃幾口，真是有點兒虧。

上了馬車後，雲遲不放花顏的手，反而用力，一把將她拽進了懷裡。

花顏惱怒地瞪著他：「太子殿下是要毀了交換條件的約定嗎？」

雲遲心情極其不好，盯著她，怒問：「蘇子斬的披風你藏去了哪裡？」

花顏哼笑：「殿下至於嗎？一件披風，丟了就丟了，你揪著我不放做什麼？」

雲遲沉著眉目，眸底如海浪翻湧：「真是小看你了，你便真對他在意至此？連一件披風也捨不得還回去？」

花顏想著這個人也算真的瞭解她，咬了咬牙，索性豁出去：「我就是捨不得還回去，也不會燒了，就想留下，你待如何？有本事你找出來毀了好了。我連他貼身玉佩都敢要，更遑論一件披風就要不得了？」

雲遲見她承認，臉色霎時陰沉如水：「你對他心動了，喜歡上了他？」

花顏輕笑：「殿下以為呢？」

雲遲扣著她腰的手收緊：「只因他為你開封了醉紅顏？只因背著你夜行三十里的山路？」

花顏想起那夜，目光飄忽了一下，幽幽地說：「從小到大，我沒喝過比醉紅顏還要好喝的酒，從小到大，沒有人背過我，更遑論夜行山路三十里。殿下說的對，我對蘇子斬著實心動。今日，見了那柳芙香，我便厭惡她透頂，恨不能將她淹死算了。等見到蘇子斬，我又覺得親自跳下去將她救出水也好，他身上的披風，若是不主動給我，我也會搶到自己的身上披上的。」

雲遲臉色冰寒，周身一瞬間如北風刮過，透骨的冷。

花顏宛若不覺，低聲說：「你看，我見蘇子斬才幾面而已，便這般容易且輕易地為他心動，殿下與我相識，也一年有餘了，你一心娶我，我心底卻生不出半絲波瀾，只想逃離你，不停地出手對付你，也許，過不了多久，我還會對你心生怨恨，我們這樣下去，何必呢？」

雲遲薄唇抿成一線，眼眸黑不見底，一言不發。

花顏有些受不住雲遲的神色，掙脫了下，發現他手箍得緊，她掙不開，索性閉上了眼睛，安靜地躺在他懷裡，不再多說。

雲遲靜靜地坐著，一動不動，沒有放開手的打算，也沒有再說話，車中氣壓低沉，外面車軲轆壓著地面似乎也有一種承受不住的重量。

一路再無話，馬車回到東宮。

車夫將車停下，等了半晌，不見車中有動靜，小聲提醒：「殿下，回宮了。」

雲遲慢慢地鬆開了手，對花顏沉聲說：「我是不可能放手的，即便你對他心動喜歡，即便他母親臨終囑咐我照看於他。」

花顏覺得她這般對他，也算是天底下最不識抬舉的人了，他聽了她這番話，該受不住讓她滾才是，或者是應該伸手掐死她。可是他依舊說出這樣的話，她心下又是氣悶又是煩躁，懶得再與他多說，便從他懷中起身，一把挑開簾子，跳下了車。

她腳才剛沾地，便快步向西苑走去。

秋月和方嬤嬤隨後下了車，便見花顏已經走出老遠，步履匆匆，似帶著十分惱怒之氣，二人一怔，秋月連忙拔腿追了上去。

方嬤嬤猶豫了一下，來到車前，低聲試探地問：「太子殿下？」

雲遲緩緩地挑開車簾，下了車，看了花顏一眼，神色一如既往，吩咐道：「好好侍候太子妃，不管發生什麼，她都是本宮的太子妃，不得有誤。」

方嬤嬤心下一凜，恭敬地應是，見雲遲不再言語，連忙帶著人去追花顏。

雲遲立在門口，看著東宮的牌匾，仔細認真地看著，如十歲那年，他移出皇宮，搬來東宮那一日。

小忠子站在雲遲身後，看著太子殿下，他想著有多久沒見過殿下這樣的神色了，十年？那時候太子殿下還是個小小少年，他也如今日這般的站在殿下身後，那時候他不理解殿下為什麼盯著這牌匾一站一看就兩個時辰，如今，卻隱約有些理解了。

東宮這塊牌匾，不僅僅是代表「東宮」這兩個字，而是它背後的重量。殿下的重擔，是從出生起就背負著的。

皇后娘娘薨了，又加重了殿下的重擔，武威侯夫人故去，又為這重擔添了一筆。殿下承載的，便是這南楚江山，社稷之重，千秋萬載，功勳累世。

多少年來，容不得他退後一步。

他心疼得上前勸說：「殿下，進去吧！已經入夏了，這晌午剛過，日頭正烈，若是曬中暑就不好了，您畢竟有許多朝事兒要忙。」

雲遲依然一動不動，宛若未聞。

小忠子咬牙，低聲說：「太子妃已經進去了，如今她定然什麼都不想地上床午睡了。」

雲遲終於動了動手指，慢慢地，如玉的手覆在額頭上，用力地揉了揉，啞然而笑：「我與自己過不去做什麼？左右我這身分，從出生就註定的，在這二十年裡，背負了母后一條命，又背負了姨母一條命，無論如何，是卸不掉的。」

小忠子猛地點頭，勸慰：「您是太子殿下，這普天之下，除了皇上，便是您最尊貴。不是誰生來就能主宰這南楚山河生靈萬物的。何必為此自困？奴才只相信，從小到大，沒有什麼事情能難得住殿下，您要做的事情，一定是能做成的。」

雲遲聞言轉過身，看了小忠子一眼，露出笑容：「當初選你在我身邊，看來真是沒錯。」說罷，輕喊，「雲影。」

「殿下。」雲影應聲現身。

雲遲嗓音溫涼，吩咐：「去查查，蘇子斬的那件披風，被她藏在了何處？是怎麼藏的？」

雲影垂首：「是。」

蘇子斬離開湖畔後，並沒有逗留，連宴席也沒吃便離開了。

陸之凌一腔怨氣地隨著蘇子斬出了趙府，踏出府門。蘇子斬翻身上馬，陸之凌也跟著他上了馬，蘇子斬縱馬疾馳，他也跟著縱馬疾馳，蘇子斬騎馬出了城，他也一樣緊隨其後。

二人一前一後，跑出城外三十里，來到了半壁山下，蘇子斬才勒住了韁繩。

陸之凌也隨之勒韁繩駐足。

蘇子斬翻身下馬，一屁股坐在了地上，臉色在晌午的陽光下晦暗不明。

陸之凌也下馬，不解地看著他：「你這是怒個什麼勁兒？看起來似乎比我還想要殺人的樣子，是因為太子妃把你的青梅竹馬推下水？還是因為太子妃？」

蘇子斬抬眼，冷冷地道：「你知道什麼？」

陸之凌甩開韁繩，挨著他坐在地上，伸手拔了一根草，叼在嘴裡，鬱鬱地說：「我知道太子妃是拿我做幌子，其實心下在意的人是你。」

蘇子斬面色一變。

陸之凌似笑非笑地看著他：「我雖然大大咧咧，腦瓜子不甚聰明，但也還不算傻，沒有哪個女子在口口聲聲說喜歡我的時候，眼裡雖然滿目柔情，手下卻緊攥著別的男子的披風披著不鬆手的。」

蘇子斬死死地盯著他。

陸之凌哼道：「你這樣看著我做什麼？難道我說錯了，你蘇子斬聰明得很，我能看出來的事情你會看不出來？」話落，他感慨，「真沒想到啊，這天下還真有女人在與太子殿下有懿旨賜婚的婚約時，還敢明目張膽地喜歡別人。」

蘇子斬轉過臉，望著遠山重重，碧草青青：「什麼嚴重的後果？」

陸之凌「哈」地一笑，「太子殿下對臨安花顏，勢在必得，絕不放手，這一年多來，無論是太后，還是皇上，還是太子妃本人，所作所為，都沒能讓他鬆口，可見這決心下得何其之大。若太子妃真喜歡上別人，以她的脾氣，勢必要掙個魚死網破，不是東宮覆，就是臨安塌，你說，這後果嚴重不嚴重？」

蘇子斬面容冷寒，眉目沉暗，不語。

陸之凌偏頭瞧著他，端看了半晌，笑著說：「你與太子殿下，有些時候，還真是像。」

蘇子斬面色霎時湧上殺意，陰狠地看著陸之凌說：「你知道你在說什麼嗎？」

陸之凌坐著的身子瞬間向一旁挪了三丈：「我自然知道，你們發怒的時候是一個模樣。只不過你殺機更外顯，而太子殿下殺機藏於心裡。但論行事的脾性，其實八九不離十的，你不偽裝，他不過是因為那個身分，習慣了不動聲色罷了。」

蘇子斬冷笑：「他流的是雲家的血，我流的是蘇家的血，如何像？笑話！」

陸之凌翻白眼：「皇后娘娘與你娘是同胞姐妹，也有一半的血統，像有什麼奇怪？你這些年，能在南楚京城橫著走，不也是因這層關係嗎？你爹可沒那麼大的面子罩著你活到現在。」

蘇子斬冷嘲：「我與他，不共戴天！」

陸之凌哈哈大笑：「既然如此，那你就將他的準太子妃搶過來啊！正巧她對你有心有意，且也不是個手軟的，你還惱怒個什麼勁兒？犯得著這般折騰自己嗎？」

蘇子斬殺意漸漸褪去，身子一仰，躺在了草地上，不再言語。

陸之凌看著他：「嗯？怎麼不說話了？」

蘇子斬閉上眼睛，任陽光完完全全地打在他那張臉上，也不覺得熱。

陸之凌瞧著他，想到他的寒症，歎了口氣：「你的寒症，有朝一日總會有轉機的，說不定就找到那妙手鬼醫天不絕了呢！你如此過早地便對自己下結論，把自己的路堵死，也未免對自己太心狠了些。」

蘇子斬不說話。

陸之凌又挪到他身邊，伸手拍拍他肩膀：「兄弟，你做什麼事情，何曾優柔寡斷瞻前怕後過？人生一世，何必呢？」

蘇子斬冷笑，揮開他的手：「你說得好聽，到底是誰聽說她喜歡你時，嚇得六魂無主？」

陸之凌癟嘴，也隨著他躺在草地上，望天道：「我的確是一時被嚇住了，不過如今想想，若她真喜歡我，也沒什麼大不了的，反正她已經鬧開了，沒準兒我就帶著她離開京城逃婚呢。」

蘇子斬冷哼：「你有那個出息？」

陸之凌拍胸脯：「被逼急了，總會有的。那日，我老子氣如鬥牛，想要打斷我的腿，今日，我娘估計也被她嚇破了膽。南楚京城不日便會鬧騰宣揚開，索性豁出去的事兒，也許就眼睛一閉，一不做二休了。」

蘇子斬哼笑：「如今你可以滾回去試試帶她走。」

陸之凌攤手：「她不喜歡我啊，那是假的。」

蘇子斬默了一瞬，寒聲道：「那又有什麼關係？若我是你，我便去做。可惜，蘇子斬不是陸之凌。」

陸之凌無語：「說來說去，你比我沒出息多了，不就是個寒症嗎？你辛苦忍受了十九年都不懼，何懼區區這一片心意？」

蘇子斬徹底沉默下來。

陸之凌覺得這話是真說進他心裡去了，有些惆悵地想了什麼，似乎又沒想什麼，只覺得頭頂上的陽光烤得人慌，他受不住，用袖子遮住了臉，才覺得舒服了些。

山腳下，半絲風絲也無，四周靜靜，沒有人聲。

過了許久，就在陸之凌快要睡著時，便聽到了蘇子斬的呢喃：「哪裡是區區一片心意？一個連東宮太子妃的位置都不想坐的人，不想要至高尊貴，那麼，便是想要清風環繞，明月相許，兩心相伴，天長地久。可我這種，有今天沒有明天的人，能許人什麼？給得起嗎？」

陸之凌睫毛動了動，暗暗地更惆悵了。

花顏一口氣疾步回到西苑，站在門口時，盯著那牌匾看了一會兒，才狠狠地深吸一口氣，邁進了門，進了裡屋，又狠狠地吐了一口氣，讓自己心平靜了下來。

秋月緊追慢追，費了好一番力氣才氣喘吁吁地追著花顏進了屋，關上房門，走到花顏身邊，小心翼翼地問：「小姐，太子殿下難為您了？」

「難為？」花顏的鬱氣又沖上心頭，一屁股坐下，搖頭：「沒有。」

秋月瞧著她：「那您這是……」

花顏揉揉臉，又揉揉腦袋，只覺得渾身無力，疲憊地說：「他知曉了我今日對付柳芙香是為了蘇子斬，我與他挑明，他卻一根筋，說什麼也不成全我。」

秋月垮下臉：「小姐，您叫我說您什麼好？那子斬公子，您怎麼對他……他寒症實在太嚇人，這兩日，我聽人說，因為他寒症發作，湯泉山兩個溫泉池被他化成了寒池毀了，若沒有陸世子送去了九炎珍草，他就沒命了。您就算不喜歡太子殿下，喜歡誰不好？怎麼偏偏是他？」

花顏趴在桌子上，無力應答。

秋月又道：「無論是安陽王府的書離公子，還是敬國公府的陸世子，都是極好的。您不想做這太子妃，不想有朝一日跟著太子殿下母儀天下，何必非要子斬公子呢？這不是自掘墳墓自毀一生嗎？您要跳出太子殿下這個火坑，也不能入子斬公子那個火盆啊！」

花顏將臉埋在案桌上，悶悶地說：「雲遲是不可能為我不做太子的，而蘇子斬的寒症也許可以治。哥哥天生的病不都被天不絕給治得半好了嗎？這寒症雖難，但交到天不絕手裡，也不是不可能。」

秋月歎氣，一屁股坐在地上，也悶悶地說：「看來小姐心意已定，但您這樣，可有考慮過，世間千萬條路，您偏偏選了一條最難走的路。一是與太子殿下悔婚，二是治了子斬公子的寒症與他終成眷屬。何其之難啊！」

花顏也歎氣：「我也知道這是一條極難的路，那一日，蘇子斬告訴我，若是我真不想做太子妃，陸之凌是最好的選擇，他是明擺地堵死了他與我的路。我那時覺得，也許他說得對。可今日見到柳芙香時，我才發現，我做不到。哪怕這是一條最難的路，我也要跳下去。」

秋月徹底沒了話，愁容滿面地說：「披風這事兒一出，公子很快就會知曉今日之事，也很快就會知曉您的心思。若是他知道，想必會為您憂思難眠。」

花顏嘟起嘴，忽然輕輕地笑起來：「若是他知道我如此困頓辛苦，決心之大，想必會幫我解了這困局。哥哥最是心軟，見不得我難熬的。」

秋月有些忿忿：「小姐最壞了，總是拿公子的心軟欺負人。」

花顏站起身，一時間，心情似乎忽然又好了，彎身伸手彈了秋月額頭一下：「我什麼時候擺脫雲遲另嫁他人，什麼時候才能將你送給他。所以，笨阿月，你還是期盼你家小姐我早點兒擺脫這困局吧！否則你這一輩子，別想離開我了。」

秋月臉一紅，惱怒地瞪著花顏。

花顏笑吟吟地走到床前，甩了身上的外衣，一個打滾，躺了上去。

七公主在趙宰輔府找了兩圈，也沒能找到陸之凌的影子，抓人詢問，才知道他與蘇子斬早就走了。而雲遲也攜花顏回了東宮，她想了想，追來了東宮。

福管家聽人稟告，連忙迎了出去，見七公主紅著眼圈，他暗叫怕又是一樁麻煩，連忙笑呵呵地問：「公主，您這是怎麼了？」

七公主吸著鼻子，鼻音濃濃的：「太子皇兄呢？我要找他，在不在？」

福管家點頭：「殿下在書房。」

七公主立即邁進門檻，向書房走去。

福管家連忙跟上，小心地說：「公主，殿下今日心情不好。」

七公主腳步一頓，難受地說：「我心情也不好，正好與太子皇兄一起了。」

福管家歎了口氣：「您慢點兒走，老奴去稟告殿下一聲。」

七公主點頭。

福管家連忙快跑去了書房，站在門口，小聲稟告：「殿下，七公主來了，說想見您。」

雲遲坐在案桌前，案上堆了一堆的奏摺，他正翻開一本看著，聞言吩咐：「讓她來這裡找我。」

福管家應是。

不多時，七公主來到，福管家迎上她，悄聲說：「公主，有些話，您可要三思之後再說啊，殿下待您素來親厚，可別因您說了什麼話語，傷了殿下，疏遠了這分親厚。」

七公主心裡咯噔了一下，默默地點了點頭：「我知道。」

福管家不再多言。

七公主推開書房的門，走了進去，見到雲遲，眼淚又要不爭氣地往下流，哽咽地喊：「四哥。」

雲遲抬眼，見七公主頗有些狼狽，眼睛紅腫的不像話，眼淚在眼圈打轉，似乎多說一句，立刻就要流下來。

他看著她：「我告訴你多少次了，女子的眼淚雖然管用，但也不能總是流，你怎麼總是不聽呢？」

七公主委屈得不行，眼淚再也控制不住，洶湧流出，又蹲在地上，用胳膊抱住頭，泣不成聲：「四哥，我難受，若換成別人，我可以拿身分壓人，可是偏偏是嫂子她喜歡陸之凌……」

雲遲默了默，忽然一笑：「誰說她喜歡陸之凌？」

七公主愕然，猛地止住眼淚，抬起頭，看著雲遲：「是她……自己親口說的。」

雲遲溫涼一笑：「她慣會騙人，她說什麼，你就信什麼嗎？你放心，她喜歡的人不是陸之凌。」

「怎麼會？」七公主脫口而出，隨即，又覺得不該質疑雲遲，她的太子皇兄從來就不會說錯什麼事情，她睜大眼睛，眼淚汪汪地問，「真的嗎？」

雲遲揮手，她蹲著的身子不由自主地站了起來，他溫聲道：「是真的。」

七公主掏出帕子，抹了眼淚，不解：「她為何要騙我？」

雲遲看著她：「她如今就在西苑午睡，你可以去問問她原因。」話落，補充，「若是她不說，你就在她面前不停地哭，她那個人，想必是見不得女人哭的，你總會得到答案。」

七公主呆了呆：「這樣？」

雲遲頷首：「去吧。」

七公主似乎找回了全部底氣，重重地點點頭，轉身就跑出了書房，還不忘幫雲遲關上房門。

雲遲在七公主離開後，重新拿起奏摺，一瞬間，似乎心情極好。

女帝

千樺盡落——著

百年簪纓世家鎮國公府，一朝傾塌灰飛煙滅，
嫡長女白卿言重生一世，
絕不讓白家再步前世後塵……

- 年度閱文女頻、風雲榜第一名！
- 破億萬人點閱，二百萬人收藏推薦！
  2024年十大必讀作品！

鎮國公功高震主，當今陛下聽信讒言視白家為臥側猛虎欲除之而後快！南疆一役，白卿言其祖父、父親叔叔與弟弟們為護邊疆生民，戰至最後一人誓死不退，白家二十三口英勇男兒悉數戰死沙場，百年簪纓世家鎮國公府，一朝傾塌灰飛煙滅。

上輩子白卿言相信那奸巧畜生梁王對她情義無雙，相信助他登上高位，甘願為他牛馬能為白家翻案，洗刷祖父「剛愎用軍」之汙名……臨死前才明瞭清醒，是他，聯合祖父軍中副將坑殺白家所有男兒；是他，利用白卿言贈予他的兵書上的祖父筆跡，偽造坐實白家通敵叛國的書信；是他，謀劃將白家一門遺孤逼上絕路，無一善終；

上天眷顧，讓嫡長女白卿言重生一世，回到二妹妹白錦繡出嫁前一日，世人總說白家滿門從不出廢物，各個是將才，女兒家也不例外！

白卿言憑一己女力，絕不讓白家再步上前世後塵……一步步力挽狂瀾，洗刷祖父冤屈、為白家戰死男兒復仇，即使只剩一門孤兒寡母，也要誓死遵循祖父所願，完成祖父遺志……「願還百姓以太平，建清平於人間，矢志不渝，至死不休！」

全十四卷完結

STORY 093

花顏策 卷一

作者 西子情
主編 汪婷婷
編輯協力 謝翠鈺
企劃 鄭家謙
美術設計 卷里工作室 季曉彤

董事長 趙政岷
出版者 時報文化出版企業股份有限公司
108019 台北市和平西路三段二四〇號七樓
發行專線——(〇二)二三〇六六八四二
讀者服務專線——〇八〇〇二三一七〇五
(〇二)二三〇四七一〇三
讀者服務傳真——(〇二)二三〇四六八五八
郵撥——一九三四四七二四時報文化出版公司
信箱——一〇八九九 台北華江橋郵局第九九信箱
時報悅讀網 http://www.readingtimes.com.tw
法律顧問 理律法律事務所 陳長文律師、李念祖律師
印刷 勁達印刷有限公司
一版一刷 二〇二四年九月二十七日
定價 新台幣三六〇元
缺頁或破損的書，請寄回更換

時報文化出版公司成立於一九七五年，
並於一九九九年股票上櫃公開發行，於二〇〇八年脫離中時集團非屬旺中，
以「尊重智慧與創意的文化事業」為信念。

花顏策 / 西子情作 . -- 一版 . -- 臺北市 : 時報文化出版企業股份有限公司 , 2024.09-
冊； 14.8×21 公分 . -- (Story ; 93-)
ISBN 978-626-396-776-2 (卷 1 : 平裝). --

857.7 113013266

Printed in Taiwan